KB093199

^{화랑}
바도루

강 숙 인

1953년 대구에서 태어나 서울예술대학 문예창작과를 졸업했다. 1978년 '동아연극상'에 장막 희곡이 입선되어 작가로 활동하기 시작했으며, 1979년 '소년중앙문학상'과 1983년 '계몽사아동문학상'에 동화가 당선되었다. 우리 역사와 고전에 대한 특별한 애정을 갖고 역사적 사건이나 인물을 새로운 시각으로 그려 내거나 고전을 재해석하는 작업을 꾸준히 해 오고 있으며, 제6회 '가톨릭문학상'과 제1회 '윤석중문학상'을 수상했다. 대표적인 작품으로 『마지막 왕자』, 『아, 호동 왕자』, 『청아 청아 예쁜 청아』, 『뢰제의 나라』, 『화랑 바도루』, 『초원의 별』, 『지귀, 선덕 여왕을 꿈꾸다』 등이 있다.
블로그_ www.blog.naver.com/rese0468

푸른도서관 8

화랑 바도루

초판 1쇄 / 2005년 2월 25일
초판 8쇄 / 2020년 11월 5일

지은이 / 강숙인
펴낸이 / 신형건
펴낸곳 / (주)푸른책들
등록 / 제321-2008-00155호
주소 / 서울특별시 서초구 양재천로7길 16 푸르니빌딩 (우)06754
전화 / 02-581-0334~5 팩스 / 02-582-0648
이메일 / prooni@prooni.com 홈페이지 / www.prooni.com
인스타그램 / @proonibook 블로그 / blog.naver.com/proonibook

ⓒ 강숙인, 2005

ISBN 978-89-5798-026-2 03810

＊잘못된 책은 구입한 곳에서 바꾸어 드립니다.
＊이 책 내용의 일부 또는 전부를 재사용하려면 반드시 저작권자와
(주)푸른책들 양측의 서면 동의를 얻어야 합니다.

이 도서의 국립중앙도서관 출판시도서목록(CIP)은 e-CIP 홈페이지
(http://www.nl.go.kr/ecip)에서 이용하실 수 있습니다.
(CIP제어번호 : CIP2005001361)

 (주)푸른책들은 도서 판매 수익금의 일부를 초록우산 어린이재단에 기부하여
어린이들을 위한 사랑 나눔에 동참합니다.

화랑 바도루

강숙인 지음

푸른책들

이야기 순서

소년의 꿈

늦은 오후의 가을 햇살이 저잣거리를 서성이고 있었다. 파장 무렵의 저잣거리는 한산하였고, 이따금 불어 오는 바람에도 스산함이 묻어 있었다.

달해는 나뭇단과 바꾼 곡식 자루를 지게에 얹고 단단히 묶었다. 지게 한짐 가득 나무를 지고 온 것에 비하면 적은 양이었지만 뿌듯했다. 흐뭇해할 누나가 떠올랐다. 벌써 몇 달째 자리에만 누워 있는 아버지의 얼굴도 어른거렸다.

달해는 얼른 지게를 메고 빠른 걸음으로 걸었다. 저만치 앞쪽에서 장꾼 두 사람이 짐을 꾸리면서 수군대는 모습이 보였다.

"궁중의 느티나무가 사람처럼 소리내 울었다는 거야, 글쎄."

"느티나무인들 어찌 마음이 편하겠나. 나라가 망하게 생겼는데."

달해는 발걸음을 멈추었다. 저잣거리에 나오면 으레 듣는 소문인데도 발길이 떨어지지 않았다.

―사비성 우물물이 핏빛으로 물들었다더라.

―서쪽 바닷가에 작은 물고기들이 물 밖으로 나와 죽었는데, 그 수가 너무 많아 백성들이 다 먹지 못할 정도였다더라.

―밤마다 귀신이 궁궐 담 밖에서 통곡을 했다더라.

지난 해 봄부터였다. 이런 불길하고 흉흉한 소문들이 사비 저잣거리를 휩쓸기 시작한 것은. 사람들은 한숨을 쉬며 숙덕거렸다. 소문 속의 괴이한 일들은 머지않아 나라가 망할 징조라고. 요즘 들어 소문은 한층 극성스러워졌고, 사람들은 모이기만 하면 소문 이야기뿐이었다.

"쉿, 조용히 해. 괜히 말 잘못했다가는 잡혀 간다구."

"잡혀 가면 대순가? 나라가 망하면 어차피 죽은 목숨인데."

"에휴. 대왕마마는 어쩌자고 날이면 날마다 후궁들을 끼고 술잔치에 놀이만 즐기시는지……."

"바른 말 하는 충신들은 다 잡아 가두고, 조정에는 간신들뿐이라네. 그러니 느티나무인들 울지 않고 배기겠나. 신라놈들은 임금이랑 백성들이 한마음으로 똘똘 뭉쳐서 잔뜩 벼르고 있대요. 그 동안 우리 백제한테 당한 원수를 갚겠다고 말야."

신라놈들. 그 말이 회초리처럼 달해의 가슴을 후려쳤다. 달해는 급히 그 곳을 떠났다. 그 장군들뿐 아니라, 대부분의 백제 사람들은 이웃 신라 사람들을 미워했다. 하지만 달해는 그럴 수 없었다. 어머니가 신라 사람이기 때문이었다.

달해가 이 세상에서 가장 사랑하는 어머니. 하지만 어머니는 2년 전 이맘때쯤 신라로 가 버렸다. 그 때 달해는 열 살이었고, 송화 누나는 열두 살이었다. 어머니는 아무 말도 없이 어느 날 밤 감쪽같이 사라져 버렸다.

아버지는 반쯤 정신 나간 사람이 되어 버렸다. 행상 일도 때려치우고 어머니만 찾아다녔다. 그러나 아무 데서도 어머니를 찾지 못했고 몇 가지 사실만 알아 냈을 뿐이었다.

어머니가 몇 달 전부터 신라로 돌아갈 준비를 했고, 국경까지 무사히 데려다 줄 길잡이를 물색했으며, 결국 그런 길잡이를 만나 신라로 돌아갔다는 것 등이었다. 어머니는 아버지가 사 준 반지며 팔찌 등 몇 가지 패물만을 가지고 갔다. 길잡이에게 값을 치르고 고향 땅까지 노자가 될 만큼만 가지고 훌쩍 떠나 버린 것이다.

그 때부터 아버지는 걸핏하면 화를 냈다. 술도 자주 마셨다. 봄이 되자 마지못해 다시 행상을 다녔지만 예전 같지가 않았다. 마을에서 제법 넉넉했던 달해네 살림살이가 기울고, 송화 누나가 어머니를 미워하기 시작한 것도 그 때부터였다. 어머니가 그리워서 달해가 눈물을 글썽이기라도 하면 누나는 무섭게 야단을 쳤다.

"바보같이 울지 마. 우리한테는 엄마가 없어. 우릴 버렸으니 엄마도 아니야. 난 절대 엄마를 용서 못해. 너도 그래야 돼."

하지만 달해는 이미 마음 속으로 결심하고 있었다. 언젠가는, 언젠가는 반드시 그리운 어머니를 찾아 신라땅으로 가리라고. 어머니가 살았다는 마을 이름을 알고 있으니 신라에 가기만 하면 어머니를 찾을 수 있을 것 같았다. 마음 같아서는 지금 당장이라도 가고 싶었다. 그러나 신라와 백제는 원수 사이여서 서로 마음대로 오갈 수가 없었다. 두 나라 첩자들이 몰래 오간다는 얘기는 들은 적이 있지만 그건 그냥 얘기일 뿐이었다.

이윽고 저잣거리 한가운데 널찍한 빈 터에 이르렀을 때였다. 달해는 저도 모르게 걸음을 멈추었다. 지난 해 봄, 이 광장에서 병사들에게 끌려 간 한 남자가 생각났기 때문이다. 남자는 구름처럼 모여든 사람들 앞에서 이런 연설을 했다.

'백제 왕실은 썩을 대로 썩었고, 나라는 곧 망한다. 그러나 절망할 필요는 없다. 썩어빠진 왕실을 대신할 새 왕, 이 세상을 구할 청년 장수가 나타날 것이다. 청년 장수는 머지않아 하얀 말을 타고 세상으로 오실 것이다. 그 때 이 세상은 전쟁도, 배고픔도, 이별의 눈물도 없는 꿈 같은 세상이 된다. 그분이 세상을 구하고 백성들을 구해, 평화와 기쁨이 가득한 새 세상에서 살게 해 주실 것이다.'

병사들이 달려와 남자를 오랏줄로 꽁꽁 묶어서 어디론가 끌고 갔다. 며칠 뒤 다시 저잣거리에 왔을 때 달해는 그 남자가 이틀 전 바로 그 자리에서 처형되었다는 소문을 들었다. 많은 백성들이 지켜 보는 가운데 망나니가 남자의 목을 베었는데, 남자는 마지막 순간까지도 청년 장수가 나타난다는 말을 했다는 것이다.

병사들은 잘려진 남자의 목을 높다란 장대 끝에 매달아 광장 한가운데 세워 놓고 '누구든 어리석은 백성을 홀리는 요사스러운 말을 퍼뜨려 인심을 흉흉하게 하면 이렇게 목이 잘릴 것'이라고 으름장을 놓았다고 했다.

그러나 남자가 처형된 뒤에도 장수가 온다는 소문은 마른 들판에 붙은 불처럼 걷잡을 수 없이 번져 나갔다. 한동안 사람들은 불길하고 해괴한 소문을 수군거린 뒤에 반드시 청년 장수 이야기를 꺼내곤 했다. 어떤 사람들은 그 장수가 바로 미륵이라고 했고, 또 어떤 이는 신선, 또는 상제님의 아드님이라고도 했다.

그 장수가 미륵이건 신선이건 또는 상제님의 아들이건 달해는 아무래도 좋았다. 중요한 것은 청년 장수가 온다는 사실이었다.

하지만 청년 장수에 대한 소문은 그리 오래 가지 않았다. 끈질기게 청년 장수에 대한 희망을 이야기하는 몇몇 사람들 덕분에 그 불씨는 여전히 살아 있었지만, 대부분의 사람들은 이제 장수가 온다는 소문을 믿지 않는 듯했다.

달해는 여전히 그 소문을 믿는 편이었다. 장수가 나타나 전쟁 없는 좋은 세상이 오면, 달해도 누나도 그리운 어머니를 다시 만나, 예전처럼 행복하게 살 수 있으리라.

"야, 달해야. 나뭇짐 팔러 왔냐?"

달해는 흠칫 놀라 뒤돌아보았다. 윗마을 싸리재에 사는 금산이었다. 늘 그렇듯이 대여섯 명 조무래기들이 금산을 둘러싸고 있었다.

"송화, 잘 있냐? 나 안 보고 싶다니?"

금산이 히죽거리며 말했다. 패거리들도 킬킬거리며 한 마디씩 했다.

"왜 안 보고 싶겠냐. 우리 금산 도련님처럼 잘생기고 멋진 사내가 어디 있다구. 성 밖 마을은 물론이고 저 사비성 안에도 우리 도련님 같은 멋쟁이는 없더라."

"송화보고 괜히 내숭 떨지 말고 우리 도련님한테 어서 시집 오라고 해. 내년이면 송화도 열다섯 살 아니냐. 짝을 찾기에 아주 좋은 나이지."

"내일 당장 와도 좋아. 우리 금산 도련님 품은 바다처럼 넓거든."

달해는 얼른 발걸음을 옮겼다. 패거리들의 실없는 말을 더는 듣고 싶지가 않았다. 순간 금산이 한 손으로 지겟가지 끝을 꽉 잡았다.

"어딜 가려구. 아직 내 얘기가 안 끝났는데."

"집에 가야 돼요. 나 바빠요."

"아버지 병은 좀 어떠시냐? 내가 좀 도와 주랴?"

"괘, 괜찮아요. 그, 그럴 필요 없어요."

금산은 여전히 지겟가지를 잡은 채 지게 위에 달랑 얹힌 곡식 자루를 흘끗 보았다.

"나뭇짐 팔아서 겨우 이거 얻었냐? 송화보고 괜한 고집 부리지 말고 다시 우리 집에 와서 일하라고 해. 그럼 양식 걱정 없이 편히 살게 될 테니까."

금산은 다정한 척 말하고는 붙잡고 있던 지겟가지를 놓았다.

"야, 다음에 또 보자."

금산은 패거리를 데리고 저만치 가 버렸다. 금산이 패는 지금 집으로 돌아가지는 않을 모양이었다. 달해는 안도의 숨을 내쉬었다. 만약 금산이 패가 지금 집으로 돌아간다면 가는 동안 내내 시달림을 받게 된다. 가는 길이 같기 때문이었다.

금산은 윗마을 싸리재에서, 아니 그 일대에서 가장 부자인 진씨 어른의 외아들이었다. 진씨 어른이 인심이 후한 데다가 가까운 친척이 조정의 높은 벼슬아치여서, 사람들이 진대인이라고 높여 불렀다. 하지만 외아들인 금산은 달랐다. 심술궂고 버릇이 없었으며 패거리와 망나니짓만 하고 다녔다. 마을 사람들은 진대인 때문에 금산이의 못된 짓을 그냥 못 본 체했지만 속으로는 모두 금산을 싫어하였다.

송화 누나는 석 달 전 여름, 품삯도 후하고 일거리도 많은 진대인 집에 일을 하러 다녔다. 그 여름에 아버지가 갑자기 병이 나 자리에 누웠기 때문이다. 금산이는 예쁜 송화 누나를 보자마자 추근대며 귀찮게 굴었다. 누나는 금산이를 진저리치며 싫어하더니 결국에는 일을 그만두고 말았다. 일을 다닌 지 한 달도 못 되어서였다.

'누나한테 금산이 만난 얘기는 하지 말아야지. 금산이 이름도 듣기 싫어하니까.'

저잣거리를 빠져 나오면서 달해는 하늘을 쳐다보았다. 어느새 서산 언저리 하늘에 홍시빛 노을이 번지고 있었다. 그 하늘에 그리운 얼굴 하나가 떠올랐다. 갸름한 얼굴에 눈매가 고운 어머니였다. 사람들은 송화 누나가 어머니를 닮아서 예쁘다고 하지만, 달해 생각에는 어머니가 훨씬 예뻤던 것 같았다.

'내가 엄마를 보고 싶어하는 만큼 엄마도 나를 보고 싶어할 까?'

달해의 가슴도 그리움의 노을빛으로 물들었다. 언젠가는 반드시 신라땅으로 가리라. 어머니의 고향 땅으로. 새삼 다짐하면서 달해는 부지런히 발걸음을 옮겼다.

별똥별 지는 밤

또르르 또르르, 방 구석 쪽에서 귀뚜라미가 울었다. 아버지의 겨울옷을 짓던 송화는 일손을 멈추고 고개를 들었다. 작은 벌레가 저다지 구슬피 울다니……. 송화는 귀뚜라미 소리에 잠시 귀 기울이다 일감으로 눈길을 돌렸다.

'예전에는 어머니가 아버지의 겨울옷을 지었는데…….'

송화는 저도 모르게 한숨을 내쉬었다. 마음 약한 동생이 더 약해질까 봐, 달해 앞에서는 한 번도 흐트러진 모습을 보인 적이 없는 송화였다. 그러나 혼자 있을 땐 사무치는 그리움과 함께 비어져 나오는 한숨을 송화도 어쩔 수가 없었다.

귀뚜라미 소리가 뚝 그쳤다. 그러자 기다렸다는 듯 귓가에 정다운 속삭임이 되살아났다.

"오례혜, 오례혜야."

어머니는 송화와 단둘이 있을 때면 장난 삼아 가끔 송화를 오례혜라고 부르곤 했다. 오례혜는 신라 귀족 여인의 이름이라고 했다. 송화를 낳았을 때 어머니는 오례혜라고 이름 짓고 싶어했지만 아버지가 반대했다. 아내가 신라 여인이어서 남의 눈총을 받곤 하는데, 딸아이 이름까지 유별나게 짓고 싶지는 않았던 것이다.

아버지가 어머니를 만난 것은 송화가 태어나기 3년 전의 일이었다. 그 때 백제는 무왕의 뒤를 이어 태자 의자가 새 왕이 되어 나라를 다스리고 있었다. 왕이 된 지 2년째인 그 해 가을, 의자왕은 몸소 군사를 이끌고 신라를 침공해 40여 개 성을 빼앗았다. 이어 장군 윤충을 보내 신라의 대야성을 치게 했는데 그 때 아버지도 병사로서 싸움터에 나갔다.

그 싸움에서 백제는 큰 승리를 거두었다. 윤충 장군은 대야성을 함락시키고 여러 장수의 목을 베었으며 남녀 천 명을 사로잡았다. 대야성 성주인 군주(軍主:지방 장관) 김품석은 처자식을 죽이고 자결했다.

어머니는 바로 그 때 사로잡힌 포로였다. 아버지는 어머니를 처음 보는 순간부터 마음을 빼앗겼다. 마침 아버지는 그 싸움에서 직속 상관인 비장(裨將: 하급 무관)의 목숨을 구하는 공을 세웠다. 그 때문에 아버지는 큰 부상을 입었으며, 왼손 손가락 세 개를 잃었다. 부상은 얼마 뒤 다 나았지만 왼손은 제대로 쓸 수 없었다.

아버지 덕분에 목숨을 구한 비장은 아버지에게 소원이 있으면 말하라고 했다. 아버지는 비장에게 소원을 말했다.

"포로로 잡힌 신라 사람들 중에 아내로 맞고 싶은 여인이 있습니다. 그 여인과 함께 고향으로 돌아가고 싶습니다. 이제 나이도 들고 병사로서의 의무 기한도 다 채웠으니 남들처럼 가정을 꾸리고 자식도 낳아, 사는 것처럼 살고 싶습니다."

비장은 아버지의 소원을 다 들어 주었다. 왼손을 제대로 못 쓰는 아버지가 또다시 싸움터에 끌려나오는 일이 없도록 병역 의무를 확실하게 마쳤다는 증서와 함께 포로로 잡힌 신라 여인을 넘겨 주었다.

그 싸움이 끝난 뒤, 아버지는 어머니를 데리고 고향으로 돌아와 혼례식을 올렸고, 열심히 행상을 나가 살림을 일으켰다. 송화와 달해가 태어나고, 그럭저럭 행복한 나날들이 흘러갔다.

"네 아버지가 아니었으면 엄마는 비참한 노비 신세가 될 뻔했어. 전쟁에서 포로로 잡힌 사람들은 다 노비가 되거든. 그걸 생각하면 네 아버지는 엄마한테 정말 고마운 분이지."

송화에게 지난 이야기를 들려 주면서 어머니는 으레 아버지가 고맙다는 말로 이야기를 마치곤 하였다. 정말 그뿐이었을까. 아버지는 어머니에게 오로지 고맙기만 한 사람이었을까? 갑자기 그런 의문이 들자 송화는 마음이 착잡해졌다.

2년 전 초가을, 어머니가 신라로 가 버리기 한 달 전의 일이 언뜻 떠올랐다. 그 날 밤, 송화는 어머니와 마주앉아 바느질을 배우고 있었다. 어머니는 바느질 솜씨가 좋아 어떤 옷이든 맵시 있게 척척 만들어 내곤 했다. 송화도 어머니처럼 바느질을 잘하고 싶었지만 생각대로 잘 되지가 않았다.

"엄마 바느질 솜씨는 정말 훌륭해요. 난 언제 이렇게 옷을 잘 지을까?"

"너도 시집을 가면, 엄마만큼 잘하게 될 거다."

"아이, 난 시집 안 가요. 언제까지나 아버지하고 엄마하고 달해하고 같이 살 거예요."

"어릴 때는 누구나 그렇게들 말하지. 하지만 나이가 차면 다 시집을 가게 마련이란다. 우리 송화가 시집갈 때는 엄마가 아주 예쁜 혼례복을 지어 주마. 송화야, 여인네가 가장 행복할 때가 언제일 것 같니?"

"언젠데요, 엄마?"

"진심으로 좋아하는 사람하고 혼례식을 올릴 때란다."

"그럼 엄마도 아버지하고 혼례식을 올릴 때 아주 행복했겠네요."

어머니는 그 때 아무 말도 안 하고 한동안 바느질만 했다. 이윽고 어머니는 바느질을 멈추고 송화를 잠시 바라보더니 송화의 얼굴을 쓰다듬어 주었다.

"우리 송화, 몇 해만 지나면 아주 고운 처녀가 되겠구나. 우리 송화는 행복한 각시가 되어야 한다. 진심으로 좋아하는 사람하고 혼례식을 올리는 그런 각시……, 알았지?"

어머니가 말도 없이 신라로 가 버렸을 때 송화는 마을 사람들 때문이라고 생각했다. 마을 사람들은 아버지를 봐서 어머니에게 함부로 대하지는 못했지만 은근히 어머니를 따돌렸다. 전쟁 포로로 잡힌, 노비가 될 뻔한 신라 여인을 마을 사람들이 곱게 볼 리 없었다. 어머니가 얼굴이 예쁜 것도 바느질 솜씨가 좋은 것도 마을 사람들에게는 흉이 될 뿐이었다. 어머니에게 진심으로 잘 해 준 사람은 이웃에 사는 덕쇠 어머니뿐이었다.

어머니는 마을 사람들에게서 따돌림이나 무시를 당할 때마다 한숨을 쉬었고, 어떤 때는 눈물을 글썽이며 고향 이야기를 했다. 어머니의 고향은 대야성 언저리의 흰달 마을이라고 했다. 마을 뒷산에 떠오르는 달이 유난히 희게 보인다는 흰달 마을. 오직 고향 마을에서만 그렇게 눈부신 흰달을 볼 수 있다고 어머니는 입버릇처럼 말했다.

여태까지 송화는 어머니가 신라로 돌아간 것은 고향에 대한 그리움 때문이라고만 생각해 왔다. 하지만 어머니가 아버지나 자식들을 고향보다 더 사랑했다면 정말 그렇게 모든 것을 다 버리고 떠날 수 있었을까. 아버지는 말했다. 누군가를 진심으로 사랑하면 그 사람이 어느 나라 사람이건 상관하지 않게 된다고. 하지만 어머니가 백제 여인이었다면 송화와 달해가 이런 생이별의 아픔을 겪지는 않았을 것이다.

어떻게 적국 여인을 처음 보는 순간부터 사랑할 수가 있었을까? 송화는 새삼 아버지의 그 마음이 잘 이해가 되지 않았다. 송화 저라면 어떤 경우에도 신라 사람을 좋아하지는 않을 터였다. 물론 송화가 신라 사람을 만나는 일도 없을 테지만, 혹 그런 일이 있다 해도 아버지와 같은 실수는 하지 않을 자신이 있었다. 이다음에 송화가 좀더 자라 누군가를 진심으로 좋아하고 사랑한다면, 그 사람은 분명 백제 사람이리라.

송화는 방 한쪽에 덩그러니 놓인 농을 바라보았다. 그 농 속에 어머니가 모아 둔 패물이 있었다. 송화가 이다음에 시집갈 때 준다면서 어머니가 하나 둘 모은 반지며 팔찌며 귀걸이 목걸이 들이었다. 어머니는 그 패물들을 고스란히 남겨 두고 갔다.

살림이 지금보다 더 어려워지면 언젠가는 그 패물들도 팔아야 하겠지만 될 수 있으면 그대로 간직하고 싶었다. 그 패물들에 어머니의 흔적과 마음이 남아 있기 때문이었다.

갑자기 옆방 문이 열렸다 닫히는 소리가 들렸다. 달해가 잠에서 깨어 소피를 보러 나간 모양이었다. 아버지 같으면 끙끙신음 소리를 냈을 테니까.

송화는 바느질을 계속하면서 옆방에 귀를 기울였다. 그러나한참이 지났는데도 달해가 들어오는 소리가 들리지 않았다. 송화는 고개를 갸웃하며 밖으로 나갔다. 달해는 마당에 없었다. 뒤겻 넓적한 바위에 두 손으로 턱을 괴고 오도카니 걸터앉아있었다.

"잠자다 말고 여기서 뭐 하고 있어?"

송화는 달해 곁 바위에 앉으면서 나무라듯 물었다.

"나 꿈꿨어, 누나."

아직 그 꿈에서 덜 깬 듯, 잠기 어린 목소리로 달해가 말했다.

"무슨 꿈을 꿨는데?"

"하얀 말을 타고 장수님이 왔어. 아주 잘생긴 젊은 장수님이었어. 전쟁도 이별도 없는 세상을 만들려고 장수님이 오신 거야."

언제부터인가 달해는 세상을 구하러 장수가 온다는 허황된소문을 정말이라고 믿는 것 같았다. 하지만 송화는 알고 있었다. 세상을 구하러 오는 장수 같은 건 결코 없고, 또 장수 한 사람의 힘으로 이 세상이 구해지지도 않는다는 것을.

"그건 꿈일 뿐이야. 사람들이 만들어 낸 꿈. 살기 힘든 이 세상을 견디며 살아가려고 만들어 낸 헛된 희망 같은 거야."

"아냐, 누나. 장수님은 꼭 와. 장수님이 오면 난 대번에 알아볼 수 있어. 내가 꿈에서 본 것처럼 아주 아름다운……."

"겉모습이 아름답다고 속까지 아름다운 건 아니야. 싸리재 금산이를 봐. 생기기는 멀쩡하게 잘생겼잖아. 하지만 머리는 텅 비고, 하는 짓은 개차반이야. 잘생긴 그 얼굴이 오히려 역겨워."

달해의 뒷말을 자르며 송화가 다부지게 말했다. 아까 저잣거리에서 만난 금산의 얼굴이 눈앞을 스쳐 갔다. 금산을 생각하면 누나 말이 옳았다. 하지만 아무리 누나라 해도 달해 마음속에 있는 젊은 장수의 아름다운 모습을 지워 버릴 수는 없었다. 달해는 남자건 여자건 아름다운 사람이 좋았다. 어머니가 그렇게 고운 사람이 아니었어도 달해는 분명 어머니를 사랑하고 그리워했을 테지만 어머니가 아름다운 사람이어서 더욱 좋았다.

"그래도 세상을 구하러 오는 장수님은 아주 아름답게 생겼을 거야. 난 알아."

송화는 속으로 한숨을 내쉬었다. 달해의 순진하고 철없는 믿음이 안쓰러웠다.

달해가 씩씩하고 강한 아이면 얼마나 좋을까. 지금 세상은 어지럽고 머지않아 큰 난리가 일어날지도 모른다. 맹수처럼 강해지지 않으면 이 험한 세상에서 살아 남지 못하리라. 달해를 굳이 저잣거리에 내보내는 것도 달해가 세상 물정에 눈을 떠서 조금이라도 야무진 아이가 되기를 바라는 마음에서였다.

하지만 달해는 너무 착하기만 해서 송화가 원하는 강한 아이가 될 것 같지 않았다. 누구든 쉽게 믿어 버리고 남을 의심할 줄도 미워할 줄도 모른다. 사람들은 그런 달해를 어리숙하다고 하고 고약한 사람들은 바보라고도 말한다. 심지어 어떤 사람들은 달해를 덕쇠와 함께 '수리울의 두 바보' 라고도 했다.

송화네 이웃에 사는 덕쇠는 약간 모자라는 총각이었다. 열여덟 살인데도 달해보다 더 어린 아이 같았다. 수리울 아이들뿐 아니라 윗마을 싸리재 아이들까지도 덕쇠를 바보라고 놀려대며 같이 놀아 주지 않았다. 덕쇠를 놀려 대지 않고 진심으로 대해 주는 아이는 달해뿐이었다. 그건 달해가 사람들 말처럼 바보여서가 아니라, 다만 한없이 착하기 때문이었다.

세상이 평화롭기만 하다면 달해처럼 착하고 순진하게 사는 것도 괜찮을 것이다. 그러나 지금은 백제가 곧 멸망할 것이라는 흉흉한 소문이 마을마다 떠도는 난세였다. 나라일에 대해서는 잘 모르지만 어쩌다가 이 지경이 되었을까 생각하니 송화는 마음이 무거운 다듬잇돌에 짓눌린 듯 답답해졌다.

예전에 아버지가 병사로 싸움터에 나갈 때만 해도 왕은 나라를 잘 다스리는 현명한 임금이었다. 계속 신라로 쳐들어가 수많은 성을 빼앗았으며, 기세는 하늘을 찌를 듯했다. 하지만 몇 해 전부터 사정이 달라졌다. 왕이 술과 놀이에 빠져 사치를 일삼자 나라 안이 어지러워졌다. 백성들은 굶주리면서도 화려한 궁궐이며 절을 짓는 부역에 끌려나가 힘들게 일을 해야 했다. 고단함을 견디지 못해 신라로 도망가는 백성들까지 생겨났다.

왕은 흉흉한 민심에도 아랑곳하지 않고 툭하면 장수를 보내 신라를 치게 했다. 때로 여러 성을 빼앗기도 했으나, 거꾸로 신라의 공격을 받아 성을 빼앗기는 일도 있었다. 끊임없는 백제의 공격에 신라는 이를 갈며 보복을 다짐하고 있었던 것이다.

이제 신라가 바다 건너 당나라의 힘을 빌어 백제를 치려 한다는 소문도 돌고 있었다. 그러나 왕은 그 소문을 믿지 않았다. 몇 달 전 장수를 보내 신라의 두 성을 빼앗은 일이 있는데, 왕은 그 작은 승리에 취해 전보다 더 술과 놀이에 빠져들었다.

'만약 신라와 당나라가 힘을 합쳐 사비성까지 쳐들어온다면, 그 전쟁에서 우리 백제가 진다면, 그 때 우린 어떻게 되는

거지?'

정말 그런 무서운 일이 생긴다면 왕이 사는 궁궐이며 귀족들의 집이 있는 사비성이 가장 먼저 약탈을 당하겠지만 성 밖 마을도 결코 무사하지는 못하리라. 신라와 당나라 군사들은 집집마다 뒤져 값진 물건을 빼앗고 불을 지르고 사람들을 마구 잡아갈 것이다.

'엄마가 우리 백제 군사들에게 포로로 잡혔듯이, 달해하고 나도 그런 비참한 꼴을 당하는 건 아닐까.'

송화는 고개를 세차게 저었다. 그런 끔찍한 일은 상상하기도 싫었다. 달해가 믿고 있듯이 장수가 나타나 세상을 구하고 백제를 구해 주었으면 싶었다.

"누나, 내가 왜 그렇게 장수님을 기다리게?"

달해의 티 없는 목소리가 송화의 어두운 생각을 저만치 밀쳐 냈다.

"좋은 세상에서 살고 싶어서 그러지? 전쟁도 이별도 없는 그런 세상……."

"맞아. 그런 좋은 세상이 오면 엄마를 다시 만날 수 있잖아. 아님 장수님한테 신라로 데려다 달래지 뭐. 좋은 세상을 만들려면 시간이 걸릴 테고, 난 그 때까지 기다릴 수가 없거든. 난 하루 빨리 엄마가 보고 싶으니까."

어머니 얘기를 하고 나서 달해는 조심스레 송화를 보았다. 송화는 문득 달해가 가엾다는 생각이 들었다. 송화는 가만히 팔을 들어 달해의 어깨를 감싸안았다.

"장수님이 그런 사사로운 소원까지 들어 주실까? 세상을 구하기도 바쁘실 텐데."

"그러니까 장수님이지. 나 같은 어린아이의 소원도 다 이루어 주시니까."

"그래. 무언가 간절히 꿈꾸면 이루어진다고 하더라. 분명 장수님이 오셔서 널 엄마한테 데려다 주실 거야."

"그 때 누나도 같이 가, 엄마한테. 응?"

달해가 어리광부리듯 말했다. 어머니 얘기를 해도 누나가 화내지 않은 것이 기뻤다.

"안 돼. 난 아버지를 돌봐 드려야 해. 너 혼자 갔다 와."

"알았어, 누나. 내가 장수님이랑 같이 신라에 가서 엄마를 모셔 올게. 그럼 우린 옛날처럼 행복하게 살게 되겠지? 다시는 헤어지는 일 없이……."

송화는 아무 대답 없이 밤하늘을 올려다보았다. 밤하늘에는 크고 작은 별들이 저마다 영롱한 빛을 내뿜고 있었다. 달해도 말없이 밤하늘을 올려다보았다.

갑자기 작은 별 하나가 길게 꼬리를 그으며 땅으로 떨어졌다. 별똥별이었다.

"누나도 봤지? 별똥별이야."

"오늘 밤 누군가가 세상을 떠나려나 봐. 아마도 이름 없는 백성일 거야. 작고 희미한 별이잖아. 그만 들어가자, 달해야. 밤바람이 차."

송화가 자리에서 일어나자 달해도 일어났다. 먼 산에서 밤 새가 구슬프게 울었다.

바로 그 날 밤이었다. 송화와 달해의 아버지가 자는 듯이 세 상을 떠난 것은.

노래와 단검

이른 봄이었다. 바람은 아직 쌀쌀했지만 얼굴을 간질이는 햇살은 따사로웠다. 바도루는 아버지 산소에 절을 올리고 술을 바쳤다. 바로 옆 어머니 산소에도 절을 올리고 술을 바쳤다. 절을 하면서 바도루는 마음 속으로 부모님께 말씀드렸다. 머지않아 적국 백제로 간다는 사실을. 두 달 뒤엔 임무를 완수하고 신라로 돌아올 것이며, 그 다음에는 백제를 치는 전쟁에 참가해 나라를 위해 싸운다는 사실도 말씀드렸다.

바로 그 사실을 고하려고 바도루는 서라벌에서 말을 달려 이곳 한비벌로 왔다. 해마다 몇 차례씩 부모님 산소를 찾곤 하지만 이번에는 다른 때보다 더욱 부모님 생각이 간절했다. 자신이 이제 어엿한 청년이 되어 나라를 위해 큰일을 한다는 사실을 말씀드리면 두 분이 저 세상에서도 무척 기뻐하실 것 같아서였다.

바도루는 예를 마치고 일어서서 잠시 부모님 산소를 내려다보았다. 아버지 산소는 물론이고 어머니 산소도 말끔하게 손질이 되어 있었다. 친척인 한비 마을 촌장 어른뿐 아니라 마을과 성 안에 사는 사람들도 자주 찾아와 성주였던 아버지에게 예를 표하고 산소를 돌보기 때문이었다. 백제군이 쳐들어왔을 때 죽음으로써 성을 지킨 아버지였다. 비록 힘이 다해 성은 함락되었지만 아버지는 마지막 순간까지 꿋꿋하게 성을 지키며 물밀듯이 밀려오는 백제군과 싸웠다. 사람들은 아버지가 성주였을 때 베푼 선정(善政)과 성주다운 장렬한 죽음을 잊지 않고 있었던 것이다.

다행히 뒤늦게 달려온 구원군 덕분에 빼앗겼던 한비성을 되찾았고, 아버지는 조상들이 살았던 한비벌이 한눈에 내려다보이는 이 언덕에 묻히셨다. 서라벌에 있는 어머니의 산소도 이곳으로 옮겨 왔다. 죽은 다음에도 이렇게 나란히 묻히는 것이 두 분의 소망이었던 것이다.

"먼저 집으로 돌아가거라. 나는 여기 더 있다가 돌아갈 것이다."

바도루는 옆에 서 있는 시동(侍童)에게 말했다. 촌장 어른이 딸려 보낸 아이였지만 이제는 부모님 산소 앞에 혼자 있고 싶었다.

"예."

시동은 술병이며 술잔을 다 바구니에 챙겨 넣고는 바도루에게 물었다.

"말은 어떻게 할까요?"

언덕 아래 큰 팽나무에다 매어 놓은 바도루의 백마도 집으로 끌고 가야 하는 건지 묻는 것이다.

"그대로 두어라. 곧 내려갈 터이니."

시동은 바도루에게 공손히 절하고는 바구니를 들고 언덕 아래로 내려갔다.

바도루는 아버지 산소 앞에 앉았다. 이렇게 아버지 산소 앞에 가만히 앉아 있노라면 문득문득 아버지의 목소리가 들리는 것 같아 좋았다. 기억에도 희미한 어머니의 숨결도 느껴지는 듯했다.

어머니가 돌아가신 것은 바도루가 세 살 때였다. 바도루의 아우를 낳다가 돌아가셨고, 어렵게 세상에 나온 아우도 며칠 뒤에 어머니를 따라 저 세상으로 가 버리고 말았다. 그래서 바도루에게 어머니에 대한 기억은 별로 없다. 다만 어머니에게서

늘 향기로운 꽃내음이 났다는 것만 어렴풋하게 기억할 뿐이다.

하지만 아버지는 달랐다. 아버지는 너무나 많은 추억을 바도루에게 남겨 주었다. 아버지와 함께 한 세월은 겨우 9년이었고, 기억에 제대로 남아 있는 것은 다섯 살 때부터 아홉 살 때까지 5년 동안이었지만, 그 짧은 동안 아버지는 자신의 모든 것을 바도루에게 남겨 주고 세상을 떠나셨다.

아버지에 대한 기억 중에서 가장 선명한 것은 아버지한테서 말타기와 노래를 배운 일이었다. 바도루가 말을 하고 걷기 시작하자 아버지는 그 두 가지부터 가르쳤다. 그것은 집안의 전통이었다. 사내아이가 태어나면 아이의 아버지는 가장 먼저 말타기와 노래를 가르쳐야만 했다.

노래는 아주 오래 전 할아버지의 할아버지, 세기조차도 버거운 까마득한 조상 때부터 집안에서 불리어진 것이었다. 오래 전 대륙의 한(漢)나라에게 나라를 잃어버리고 남으로 남으로 흘러 내려와 이 땅에 처음 정착한 조상 할아버지가 뿌리를 잊지 말라는 뜻에서 지어 부른 노래였다.

자작나무 우거진 숲
아득히 머나먼 땅에
한 나라가 있었네

해맑은 아침의 나라

바람 가르며 달리는

말탄 사내들의 나라

하늘이 부르면 땅이 답하고

네 슬픔 위에 내 기쁨을 짓지 않는

그리운 빛의 나라

이제는 갈 수 없는 한 나라가

그렇게 있었다네

돌아가리라 돌아가리라

말갈기 휘날리며

드넓은 저 벌판으로

차가운 북풍에

내 할아버지 뼈가 노래하는

자작나무 숲으로

두고 온 고향땅으로

나 돌아가리라 돌아가리라

갈 수 없는 그 나라로

길고 긴 세월 동안 노래는 처음 할아버지가 지으신 그대로 자손에서 자손으로 또 그 자손으로 끊이지 않고 이어져 왔다.

아버지가 바도루에게 노래와 말타기를 본격적으로 가르친 것은 한비성의 성주로 부임하면서부터였다. 그 때 바도루는 다섯 살이었다. 그전의 아버지에 대한 기억은 어머니의 죽음을 몹시 슬퍼했다는 것, 어머니에 대한 추억이 많은 서라벌을 떠나고 싶어했다는 것 정도였다.

바도루가 철이 조금 들어 어렴풋하게나마 노랫말을 이해하게 되자―그 때 바도루는 아홉 살이었다―아버지는 틈이 날 때마다 노랫말에 대해 이야기해 주곤 했다.

"우리를 있게 한 맨 처음 조상님들의 나라는 노랫말처럼 이제는 갈 수 없는 나라다. 다만 그 나라와 정신을 잊지 말고 우리가 사는 이 곳을 그런 세상으로 만들라는 뜻에서 이 노래를 지으셨을 것이다. 물론 우리에게 힘이 있어서 잃어버린 고향 땅을 찾는다면 좋겠지. 하지만 지금 이 나라를 지키기도 힘겨운 판에 언제 그 곳을 되찾겠느냐. 다만 자신의 뿌리를 잊지 않고 있으면 언젠가는 돌아갈 수도 있겠기에 그런 노래를 남기셨을 것이다."

노래를 가르치는 아버지의 목소리에는 갈 수 없는 그 나라에 대한 그리움이 가득 배어 있었다. 노래에 담긴 깊은 뜻을 다 알지는 못했지만 어린 바도루도 그 노래를 들을 때마다 애잔한

가락에 마음이 출렁이곤 했다.

언젠가 아버지는 바도루에게 노랫말 중에서 어떤 구절이 마음에 드느냐고 물은 적이 있었다. 바도루는 '네 슬픔 위에 내 기쁨을 짓지 않는' 그 구절이 좋다고 대답했다. 어린 마음에도 어쩐지 그 대목이 마음에 들었다.

아버지는 처음에는 뜻밖이라는 표정을 지었고, 다음에는 대견스럽다는 표정을 지었다. 이어 그 얼굴에 걱정스러워하는 빛이 어렸다.

"네 마음이 여리고 아름답구나. 하지만 세상에는 내가 살기 위해 어쩔 수 없이 남을 해쳐야 하는 경우가 너무나 많다. 지난 몇백 년 동안 끊임없이 계속된 전쟁을 생각해 보아라. 고구려나 백제가 우리를 이기면, 저들에게는 좋은 일이겠으나 우리에게는 지극한 치욕일 뿐이다. 또한 우리가 살아 남으려면 우리는 고구려 백제와 싸워 이겨야 한다. 그것으로 고구려와 백제가 멸망한다 해도 말이다. 아버지 말이 무슨 뜻인지 알겠니?"

바도루는 고개를 끄덕였다. 대강은 알 것 같았던 것이다.

'바도루, 사내는 무엇보다 강해야 한다. 아버지는 '바람 가르며 달리는 말탄 사내들의 나라', 그 대목을 가장 좋아하지. 그 대목을 부르면 말을 타고 넓은 초원을 달리는 강한 조상님들의 모습이 떠오르거든. 자, 우리도 조상님들처럼 멋지게 달려 보자꾸나."

아버지가 앞서서 달렸다. 그 즈음 혼자서도 제법 말을 타게 된 바도루도 힘껏 말을 달렸다. 아버지만큼 잘 달리지는 못해도 드넓은 한비벌을 바람처럼 달리는 일은 날아갈 듯 기분 좋은 일이었다. 아버지가 왜 그처럼 한비벌을 좋아하는지 알 것 같았다.

하지만 그것이 마지막이었다. 아버지에게 노랫말 이야기를 듣는 것도, 말을 타고 함께 한비벌을 달리는 것도 더 이상 할 수 없었다. 며칠 뒤 백제군이 쳐들어왔고, 그로부터 한 달쯤 뒤에 바도루는 아버지와 영원한 이별을 하게 되었던 것이다.

바도루는 새삼 아릿한 그리움이 치미는 것을 느끼며 허리에 찬 단검을 빼냈다. 성이 함락되기 사흘 전 밤에 아버지가 준 단검이었다. 그 단검을 늘 허리에 차고 다니면서 바도루는 아버지가 생각날 때마다 빼내 보곤 하였다.

바도루는 칼집에서 칼을 꺼냈다. 그것은 보통 단검보다 길이도 짧고 크기도 작은 장식용 단검이었다. 화려한 장식을 싫어하는 아버지는 공방에 특별히 주문하여 단순하면서도 우아하게 단검을 만들게 했는데, 한 가지 특이한 것은 검 한가운데에 마음 심(心)자를 새겨 넣은 것이었다.

"아버지, 여기다 왜 이런 글자를 새겨 넣었어요?"

바도루가 물어 볼 때마다 아버지는 웃으면서 이렇게 대답했다.

"네가 좀더 자라면 말해 주마. 아버지의 말을 완전하게 이해할 수 있을 때 말이다."

결국 그 대답은 성이 함락되기 사흘 전 밤에 들을 수가 있었다. 치열하던 백제군의 공격이 잠시 멈추어 성이 기괴하리만큼 고요하던 밤이었다. 그 밤에 바도루는 막 잠자리에 들려다가 아버지의 부름을 받았다. 바도루는 두렵고 불길한 마음이 일었다. 밤에 아버지가 부르는 일은 아주 드문 일이었기 때문이다.

아버지의 처소로 가는 길에 바도루는 효관과 마주쳤다. 효관은 아버지가 가장 믿는 부하 장수로 서라벌에 있을 때부터 아버지를 보좌해 온 사람이었다. 효관은 아버지에게 할 말이 있어서 가는 길이라고 했다. 바도루는 효관과 함께 방에 들어섰다. 탁자 앞에 혼자 앉아 있던 아버지가 놀라는 표정을 지었다.

"자네가 이 밤에 웬일인가?"

"실은 성주님께 드릴 말씀이 있어서……."

"그럼 거기 앉아서 기다리게. 이 아이와 잠시 이야기한 다음, 자네 말을 듣기로 하지."

효관이 탁자 맞은 편에 앉았다. 바도루는 아버지 바로 옆에 앉았다. 여느 때는 벽에 걸려 있던 단검이 탁자 위에 덩그러니 놓여 있었다. 바도루는 의아해하며 아버지를 쳐다보았다.

흐릿한 등잔불 빛 때문인지 아버지의 낯빛이 몹시 어두웠다. 한 달 전 백제군이 쳐들어왔을 때부터 아버지의 얼굴은 내내 어두웠는데, 그 밤엔 비장함마저 감돌았다.

"바도루, 언젠가 아버지한테 물었지. 왜 이 단검에다 마음 심자를 새겨 놓았느냐고. 이제 대답해 주마. 이 단검을 보면서 내 마음을 잘 지키자는 뜻에서 그리한 것이다. 바도루, 사내는 지켜야 할 것이 많다. 처자식과 나라를 지켜야 하고, 제 몸과 마음도 소중하게 잘 지켜야 한다. 운이 다하면 내 몸을 적의 칼날에 맡기거나 처자식을 잃을 수도 있다. 최악의 경우에는 나라도 잃을 수가 있으니 어찌 보면 끝까지 지킬 수 있는 건 내 마음뿐인지도 모르겠구나. 허나 그 일이 말처럼 그리 쉽지만은 않다. 고통스러운 일을 당하거나 의지가 꺾이면 사람은 가장 먼저 제 마음을 잃게 되지. 넌 아직 어려서 마음을 잃는다는 것이 무슨 뜻인지 잘 모를 거다. 허나 좀더 자라면 알게 되리라 믿는다. 자, 바도루. 이제 이 단검은 네 것이다. 단검을 볼 때마다 지금 아버지가 했던 말을 기억해라. 어떤 경우에도 네 마음을 지킬 줄 아는 강한 사내가 되어 다오."

아버지는 단검을 집어 바도루에게 주었다. 바도루는 얼결에 두 손으로 단검을 받으면서 놀란 얼굴로 아버지를 보았다. 아버지가 다시 말문을 열었다.

"바도루, 이제 한비성은 얼마 더 버티지 못한다. 지난 한 달 동안 잘 버텼지만 식량도 병사들도 별로 남지 않았구나. 구원군은 오는 도중 백제군을 만나 싸우는 중이라 언제 올지 모른다. 아마도 그 사이에 성은 함락되고 말겠지. 아버지는 마지막 순간까지 성을 지키겠지만, 네가 걱정이구나. 성주의 아들이라 해도 아직 나이가 어리니, 아마도 넌 포로가 되어 백제로 끌려갈 것이다. 대야성의 성주는 성이 함락되자 처자식을 자신의 손으로 죽이고 자결했다. 처자식이 노비가 될까 염려했던 것이지. 허나 아버지는 차마 그럴 수가 없구나. 비록 네가 백제로 끌려가 노비가 된다 해도, 네가 아버지를 기억하고 이 단검과 우리 집안의 노래를 기억한다면, 언젠가는 네 힘으로 신라로 돌아올 수 있을 것이다. 그러기에 아버지는 너를 믿고 이 단검을 주는 것이니, 지금 아버지가 한 말, 한 마디도 잊지 말고 잘 기억하도록 해라."

바도루는 눈앞이 아뜩하여 아무 말도 할 수가 없었다. 잠시 방 안에는 숨막힐 듯한 침묵이 흘렀다. 갑자기 효관이 그 침묵을 깨트렸다.

"성주님, 너무 심려하지 마십시오. 어떤 경우에도 도련님이 백제군의 포로가 되는 일은 없도록 하겠습니다. 성이 함락된 뒤에도 제가 살아 있다면 성주님을 대신하여 도련님을 지키겠습니다. 끝까지 도련님을 보호하여 서라벌로 모셔 가겠습니다."

바도루를 서라벌로 데려가겠다는 것은 김충현 장군의 집으로 데려가겠다는 뜻이었다. 서라벌에 아버지의 옛집이 있기는 했지만 바도루를 마음놓고 맡길 사람은 김충현 장군 뿐이었다. 진골 귀족인 김충현 장군은 아버지의 가장 친한 벗으로, 6두품 귀족인 아버지보다 골품이 높은데도 서로 진실한 우정을 나누고 있었다. 또한 장군의 딸 오례혜는 태어나자마자 바도루와 이다음에 혼인하기로 부모들끼리 언약을 맺었다. 아버지와 김충현 장군의 깊은 우정에 대해서는 바도루도 이미 아버지한테 들어 잘 알고 있었다. 효관도 그 사실을 알고 있었기에 그 밤에 아버지에게 그런 약속을 했던 것이다.

그러나 아버지는 효관의 약속에 아무런 대꾸도 하지 않고 잠자코 있더니, 이윽고 바도루를 보았다.

"바도루, 이제 그만 가서 자거라."

그 날 밤 바도루는 단검을 품에 꼭 안고 잠이 들었다. 슬프고 두려우면서도 조금은 마음이 놓였다. 어쩐지 그 단검이 아버지처럼 자신을 지켜 줄 것 같았다.

그로부터 사흘 뒤, 성은 함락되었다. 아버지는 밀물처럼 밀려드는 백제군과 끝까지 싸우다 전사하셨고, 효관은 아버지에게 한 약속을 충실하게 지켰다. 백제군이 성문을 부수고 성 안으로 밀려 들어오자 효관은 아버지를 부르며 울고 있는 바도루를 재빨리 자신의 말 앞에 태웠다. 그러고는 북쪽에 있는 작은 문으로 쏜살같이 말을 몰았다.

효관의 예상대로 북문 쪽에는 백제군이 그리 많지 않아 효관은 적진을 뚫고 나가는 데 성공했다. 그는 창칼에 찔리고 화살에 맞으면서도 오로지 바도루를 보호하는 일에만 신경을 썼다. 덕분에 바도루는 무사했지만 효관은 큰 부상을 입었다. 결국 그 때문에 효관은 서라벌에 도착한 지 얼마 안 되어 세상을 떠나고 말았다.

김충현 장군은 효관의 충절을 아름답게 여겨 그의 집이 있는 뒷산 언덕에 장사지내 주었다. 또한 구원군이 성을 되찾은 뒤에 바도루를 데리고 한비벌로 와서 아버지의 장례식에 참석했다. 얼마 뒤에는 어머니의 산소도 아버지 옆으로 옮겨 주었다.

김충현 장군의 집에서 살게 된 바도루는 한동안 아버지를 잃은 슬픔에서 헤어날 수가 없었다. 아버지는 바도루가 이 세상에서 가장 사랑한 사람이었다. 아버지는 아버지이자 어머니였으며 또 스승이었다. 아버지를 잃은 것은 세상을 다 잃은 것이나 마찬가지였다.

슬픔 속에서도 세월은 흘렀다. 김충현 장군과 부인의 자애로운 사랑, 경천과 오례혜의 따뜻한 우애 덕분에 바도루는 차츰 밝음을 되찾았다. 어느새 바도루는 한비성에 있을 때처럼 행복을 느꼈지만, 그 행복에는 언제나 아련한 슬픔이 깔려 있었다. 세월이 흐를수록 더 짙어지는 아버지에 대한 그리움 때문이었다. 아버지가 가르쳐 준 노래 속의 갈 수 없는 나라처럼 아버지는 그렇게 가슴 아픈 그리움이 되었던 것이다.

히히히힝…….

언덕 아래쪽에서 백마 '흰새'가 주인을 찾고 있었다. 바도루는 단검을 다시 칼집에 넣고는 허리에 찼다. 자리에서 일어나 부모님께 작별 인사를 드리고 두 달 뒤 백제에서 돌아와 다시 찾아 뵙겠다는 약속을 한 다음 언덕을 내려왔다.

흰새가 바도루를 보더니 콧바람을 불었다. 바도루는 팽나무에 매어 놓은 고삐를 풀고는 흰새의 갈기를 쓰다듬어 주었다.

온몸이 눈부시게 하얀 '흰새'는 언제 보아도 멋지고 아름다웠다. 바도루는 사람을 사랑하는 것과는 다른 애잔한 정을 흰새에게 느끼고 있었다. 흰새 또한 주인의 그 마음을 느끼면서 주인에게 충성을 다하는 것 같았다.

바도루가 흰새를 처음 본 것은 5년 전 열다섯 살 때였다. 그때 경천과 바도루는 화랑이 되었다. 김충현 장군은 그 일을 축하하며 멋진 선물을 주겠다고 했다. 하인이 끌고 온 것은 두 마리 말이었다. 아직 완전히 자라지는 않았지만 한두 해만 지나면 명마가 될, 좋은 말들이었다. 하나는 갈기며 온몸이 하얀 백마였고 다른 하나는 갈기에 붉은 빛이 돌고 온몸에 윤기가 흐르는 밤색 말이었다.

"너희 둘이 의논해서 각자 말을 정하도록 해라. 설마 서로 같은 말을 갖겠다고 싸우는 건 아니겠지? 하하하."

바도루는 첫눈에 백마가 마음에 들었다. 하얀 색은 바도루가 가장 좋아하는 색이었다. 하지만 경천 또한 백마를 갖고 싶어할 것 같아서 바도루는 잠자코 있었다. 경천이 먼저 입을 열었다.

"먼저 골라, 바도루."

"아냐. 네가 먼저 골라. 나보다 먼저 났잖아. 두 달 먼저 나도 형은 형이니까 먼저 골라야 돼."

바도루와 경천은 나이는 같았지만 생일은 경천이 두 달 빨랐다. 경천은 가끔 장난 삼아 자신이 형이라면서 이렇게 말하곤 했다.

"이봐, 바도루. 이다음에 오레혜와 혼인하면 어차피 날 형님이라고 불러야 해. 그러니까 지금부터 미리 형님이라고 부르는 게 좋을걸."

바도루는 경천의 그 말을 생각하며 양보했다. 경천이 고개를 끄덕였다.

"화랑이 되더니 아우가 이제야 철이 드는 모양이구나. 좋아, 이 형님께서 먼저 고르신다. 응, 난 밤색 말을 가질래. 이름도 벌써 지었어. 갈기에 붉은 빛이 도니까 '일편단심'의 단심으로 할래."

경천의 선택이 뜻밖이었으나 바도루는 뛸 듯이 기뻤다. 몇 번씩이나 백마를 쓰다듬고 어루만져 보았다. 그런 바도루를 보고 경천이 싱긋 웃었다.

"사실은 일부러 밤색 말을 골랐어. 네가 백마를 무척 갖고 싶어하는 것 같아서……."

경천의 마음 씀씀이에 바도루는 가슴이 뭉클했다. 장군이 아니라 경천에게서 백마를 선물 받은 것만 같았다. 두 달 먼저 났을 뿐인데도 경천은 이따금 그렇게 형처럼 굴어 바도루를 감동시키곤 했다.

바도루는 백마에게 멋진 이름을 지어 주고 싶었다. 하지만 며칠이 지나도 좋은 이름이 떠오르지 않았다. 어느 날 바도루와 경천이 각자 말을 타고 들판으로 나갔다가 말머리를 나란히 하여 돌아왔을 때였다. 오례혜가 초롱한 눈망울을 반짝거리며 말했다.

"작은오라버니가 백마를 타고 달릴 때면 꼭 하얀 새를 타고 나는 것 같아. 백마 이름을 흰새라고 지으면 어떨까?"

순간 바도루는 마음을 정했다. 흰새. 백마에게 그보다 더 잘 어울리는 이름은 없을 것 같았다.

불현듯 의젓한 경천과 아름다운 오례혜의 모습이 손이 잡힐 듯 선히 떠올랐다. 서라벌을 떠나온 지 얼마 되지 않았는데도 아주 오랫동안 그리운 식구들과 헤어져 있었던 것 같았다. 서라벌이 그리웠다. 촌장 어른은 하루나 이틀 더 묵었다 가라고 했지만 김충현 장군과 부인, 경천과 오례혜가 있는 서라벌로 당장이라도 달려가고 싶었다.

"가자, 흰새야."

바도루는 안장 위로 훌쩍 올라타며 고삐를 잡아당겼다. 흰새는 힘차게 한 번 울더니 촌장 어른의 집을 향해 나는 듯 달리기 시작했다.

 탑돌이

2월 대보름날 밤이었다. 둥근 달이 둥두렷이 떠올라 휘황한 달빛 조각을 사방에 흩뿌렸다. 서라벌 사람들은 그 달빛 조각을 밟으며 흥륜사에서 탑돌이를 하였다. 두 손을 가슴 앞에 가지런히 모으고 마음 속의 간절한 소망을 빌면서 탑을 돌고 또 돌았다.

바도루도 경천과 오례혜와 함께 사람들 틈에 섞여 탑돌이를 하였다. 처음에는 서로 뒤따라가며 탑을 돌았는데 한참을 돌다 보니 각자 떨어져 탑을 돌고 있었다. 탑을 도는 행렬 안에 사람들이 끼여들었다 빠져 나갔다 하는 바람에 그리 된 것이다.

셋은 눈길을 내리깔고 탑을 돌다가 한 번씩 눈을 들어 서로를 찾아보곤 하였다. 그러다 눈이 마주치면 달빛처럼 웃고는 다시 탑을 돌았다.

바도루는 텅 빈 마음으로 탑을 돌았다. 가슴 속에 간절한 소망이 몇 가지 있지만, 부처님께서는 이미 다 알고 계실 것 같아 그냥 정성을 다해 탑을 돌았다.

얼마 뒤 바도루는 탑돌이를 마치고 행렬에서 빠져 나왔다. 한쪽 옆에 서서 탑을 도는 사람들을 유심히 살펴보았다. 경천도 오례혜도 그 행렬 안에는 없었다. 벌써 탑돌이를 끝내고 약속 장소로 간 모양이었다. 탑돌이를 먼저 끝낸 사람이 절 아랫마당 연못가에서 기다리기로 이미 약속을 해 두었던 것이다.

바도루는 탑이 있는 넓은 앞마당을 빠져 나왔다. 중문을 지나 달빛 깔린 돌층계를 밟고 천천히 아래로 내려갔다. 층계를 다 내려가 막 아랫마당 연못 쪽으로 가려 할 때였다. 누군가의 손이 어깨에 얹혀졌다. 바도루는 무심결에 뒤돌아보았다.

"아선……!"

소년 시절 함께 공부했던 아선이었다. 이젠 키도 훌쩍 컸고 훤칠한 대장부가 되었지만 바도루는 그 얼굴을 낙인처럼 선명하게 알아볼 수 있었다.

"그 동안 잘 지냈어, 바도루?"

아선이 쾌활하게 물었다.

"응, 잘 지냈어. 넌 어땠어? 당나라에서 좋은 공부 많이 하고 왔겠지? 네가 돌아왔다는 소식, 얼마 전에 들었어."

바도루도 밝게 말했다. 솔직히 반가운 만남은 아니었지만, 다 지난 일이었다.

"나도 이젠 나라에 무언가 큰일을 해야지. 너도 큰 임무를 맡았다며?"

바도루는 속으로 조금 놀랐다. 바도루의 임무는 병부령(兵部令:국방부장관) 김진주 장군의 지시로 김충현 장군과 집안 식구들만 아는 일이었다. 물론 아선 아버지의 벼슬이 17관등(官等) 중에서 네 번째로 높은 파진찬이고 국가 기밀을 맡아 보는 집사부에서 일하니, 아선이 그 일을 안다 해도 이상할 것은 없었다. 하지만 친한 화랑 벗들에게도 말하지 않은 일을 아선에게 굳이 말하고 싶지는 않아 바도루는 잠자코 있었다.

"조심해서 다녀와. 적국에 들어간다는 건 말처럼 쉬운 일은 아니니까. 난 이만 가 봐야겠다. 나중에 또 보자."

"그래. 잘 가 아선."

아선은 웃으며 바도루의 어깨를 툭 치고는 돌아서서 가 버렸다. 아선은 분명 친하다는 표시로 그리했을 테지만 바도루는 그 손짓에 예사롭지 않은 감정이 들어 있음을 느꼈다.

바도루는 고개를 저으며 연못 쪽으로 걸었다. 아선과 얽힌 일은 별로 생각하고 싶지 않았다. 그러나 마음과는 달리 머릿속에선 옛 기억이 꿈틀대고 있었다.

바도루가 아선을 처음 만난 것은 열두 살이 되던 해 봄이었다. 그 봄에 김충현 장군은 바도루와 경천을 학문이 높은 자운 대사의 암자로 보냈는데, 암자에는 또 한 소년이 와 있었다. 바로 아선이었다.

바도루와 경천과 아선은 자운 대사에게 3년 동안 글을 배웠다. 아울러 무예를 익히고 화랑이 되기 위한 정신 교육을 받았다. 보름에 한 번씩 집에 다니러 갈 때를 빼고는 셋은 거의 함께 붙어 다녔다. 같이 밥을 먹고 공부를 하고 잠도 같은 방에서 잤다. 친해지려면 아주 친해질 수 있는 사이였으나 아선과는 도저히 그럴 수가 없었다. 아선을 처음 만나 서로 소개를 하던 날 이미 그 조짐이 보였다.

"난 아선이야. 김아선."

"바도루라고 해. 설바도루."

그러자 아선의 얼굴에 금방 얕잡아 보는 듯한 표정이 떠올랐다.

"설씨라면 진골은 아니군. 육두품인 모양이군."

함께 공부할 글동무가 어떤 아이일지 바도루는 솔직히 기대도 했다. 하지만 아선의 그 말을 듣는 순간 바도루의 기대는 모래탑처럼 무너져 내렸다.

"아선아. 골품은 물론 나라의 뿌리가 되는 중요한 제도이니라. 허나 그건 임금과 신하와 백성을 구별하는 질서일 뿐, 인재를 구별하는 방법이 되어서는 아니 된다. 골품보다는 인물 됨됨이가 중요하기 때문이다. 골품만을 따져 인재를 가려 쓴다면 언제 삼국통일의 대업을 이루겠느냐. 지금 화랑도에서도 골품보다는 인물 됨됨이로 사람을 뽑고 있으니, 너도 인품을 닦는 일에 더 노력하거라. 골품이 낮아도 화랑이 될 수는 있지만 인품이 낮은 자는 결코 화랑으로 추대될 수가 없다."

자운 대사가 엄히 타일렀지만 아선은 귀담아듣는 것 같지 않았다.

아선은 진골 귀족 김호민의 막내아들이었다. 왕족인 진골 귀족은 김씨가 가장 많고, 그밖에 박씨, 석씨가 있다. 세 성씨는 모두 왕을 낸 집안으로 그 무렵에는 김씨가 왕위를 이어가고 있었다. 박씨 석씨 집안에서는 왕비가 많이 나왔다.

바도루의 아버지는 진골 바로 아래 귀족인 6두품으로 오래전 임금이 내려 준 설씨 성을 쓰고 있었다. 그 즈음 성씨를 가진 사람은 왕과 진골 귀족 및 6두품 귀족 정도였고, 평민들은 거의가 성을 쓰지 않고 이름만 갖고 있었다.

비록 진골 귀족은 아니지만 바도루는 아버지와 조상들을 늘 자랑스럽게 생각해 왔다. 아버지가 그렇게 가르쳤고 김충현 장군 또한 마찬가지였다.

많은 신라 사람들의 조상이 그러하듯 바도루의 조상은 한나라에 망한 조선의 유민이었다. 아주 오래 전 이 땅으로 흘러 들어와 한비벌에 터를 잡고 그 지방 족장으로 존경받으며 살았다. 그러다 바도루의 직계 할아버지가 서라벌로 진출하여 서라벌 6부 중 하나인 습비부의 촌장이 되었다.

습비부 촌장인 조상 할아버지는 나머지 다섯 부 촌장들과 힘을 합쳐 박혁거세를 임금으로 받들어 사로국을 세웠다. 그 사로국이 바로 신라였다. 뒷날 임금은 그 공로를 생각하여 6부에 성씨를 내려 주었다. 설씨는 그 때 바도루의 조상이 받은 성이었다.

그런 내력을 아버지에게 들으면서 자란 까닭에 바도루는 한 번도 자신의 집안이 진골 귀족보다 못하다는 생각을 해 본 적이 없었다. 김충현 장군 또한 한 번도 진골 귀족과 6두품 귀족을 차별하는 말이나 행동을 한 적이 없었다. 때문에 바도루는 자신의 골품에 대해 심각하게 생각해 본 적이 거의 없었다.

그런데 아선은 만나자마자 골품을 따졌다. 이미 그것으로 둘 사이에는 도저히 넘나들 수 없는 선이 그어졌다. 그 선은 물론 아선이 그어 놓은 것이었다.

"너 때문에 첫날부터 스승님한테 꾸중을 들었어. 진골도 아닌 너 때문에 말야. 이 빚은 나중에 꼭 갚을 테니까 알아서 해."

나중에 우연히 둘만 있게 되자 아선은 화가 잔뜩 난 얼굴로 내뱉듯 말했다. 바도루는 어이없으면서도 한편으로는 걱정도 되었다. 아선과 함께 지내는 일이 쉽지만은 않을 것 같아서였다. 바도루의 걱정은 곧 사실로 나타났다.

아선은 처음에는 단순히 골품이 낮다는 이유만으로 바도루를 무시하고 못되게 굴었으나 얼마 뒤부터는 뼈아픈 시기심 때문에 더욱 바도루를 괴롭혔다.

아선은 자신의 핏줄에 대한 자부심이 남달리 강한 데다가 남에게 지는 것을 죽기보다 싫어했다. 집에 있을 때는 부모님과 형들의 사랑을 독차지했고 하인들도 왕자처럼 떠받들었다. 당연히 자운 대사의 암자에서도 자신이 대사의 가장 뛰어난 제자가 될 것이라 생각했다. 그러나 아선은 학문에서도 무예에서도 도저히 바도루를 따를 수가 없었다.

게다가 경천과 친구가 되는 일도 뜻대로 되지 않았다. 바도루를 처음부터 얕잡아 본 것과는 달리 같은 진골인 경천은 마음에 들었다. 경천과 친해지고 싶어서 경천에게는 살갑게 굴었으나 경천은 숫제 아선을 상대조차 하지 않았다. 자운 대사처럼 경천 또한 바도루만 좋아할 뿐이었다.

아선은 자신이 가져야 할 모든 것을 바도루가 차지했다는 사실을 도저히 받아들일 수가 없었다. 자신보다 골품이 낮은 바도루가 어째서 자신보다 나을 수 있단 말인가. 인정하기는 싫었지만 그것은 시기심이었다. 6두품인 바도루를 시기한다는 사실에 아선은 한층 자존심 상했고 그럴수록 바도루를 미워하는 마음이 골수에 사무쳤다.

바도루는 아선의 그런 시기와 악의를 참기가 무척 힘이 들었다. 틈만 있으면 교묘하게 내뱉는 가시 돋친 말이며 짓궂은 장난, 아니 일부러 저지르는 해코지를 당할 때면 가슴 속에서 불덩이 같은 노여움이 치밀었다. 마음 같아서는 힘으로 아선을 눌러 다시는 그런 짓을 하지 못하게 하고 싶었다.

하지만 아선과 그렇게까지 싸우고 싶지는 않았다. 어쨌거나 아선은 한 스승 밑에서 나란히 공부하는 글동무였다. 둘이 그렇게 주먹을 휘두르며 싸운다면 자운 대사가 가장 먼저 실망할 것 같았다.

그럴 때 바도루를 버티게 해 준 것은 아버지가 주신 단검이었다. 단검을 꺼내 칼에 새겨진 마음 심자를 들여다보고 있노라면 거짓말처럼 노여움이 사그라들면서 어디선가 아버지의 목소리가 들려 오는 듯하였다.

'바도루, 아선의 못된 짓이나 말에 일일이 대꾸하고 싸우면

결국 아선과 똑같은 아이가 된다. 아버지는 네가 아선처럼 되는 것을 바라지 않는다.'

그와 동시에 마음 속에서 결코 아선에게 질 수 없다는 오기가 솟아나면서 아선의 못된 말과 심한 해코지도 참아 낼 수가 있었다. 그러나 바도루도 딱 한 번은 아선과 치고받으며 크게 싸운 적이 있었다. 아선이 아버지를 모욕했을 때였다.

어느 날 오후, 공부를 끝내고 바도루가 암자 마당을 거닐고 있을 때였다. 아선이 다가와 비웃는 얼굴로 시비를 걸었다.

"야, 너희 아버지는 성주라면서 그 작은 성 하나도 제대로 지키지 못하고 백제군한테 당했다면서? 대야성처럼 큰 성이면 몰라도 그깟……."

아선의 말은 거기서 더 이상 이어지지 못했다. 바도루가 비호처럼 달려들어 둘이 같이 땅바닥에 나뒹굴었기 때문이다. 둘은 엎치락뒤치락 뒤엉켜서 싸웠다. 놀란 경천이 달려왔으나 둘이 죽을힘을 다해 싸우는지라 도저히 말릴 수가 없었다.

자운 대사가 달려와 호통을 쳤을 때야 겨우 둘은 싸움을 멈추었다. 바도루도 아선도 꼴이 말이 아니었다. 코피가 터지고 여기저기 생채기가 나 있었다. 스승은 왜 싸웠느냐고 묻는 대신 둘을 엄히 꾸짖고는 벌을 내렸다.

그 날 둘은 저녁도 먹지 못한 채 마당에 내내 꿇어앉아 있었다. 일어나도 좋다는 용서의 말이 떨어진 것은 밤이 한참 깊은 뒤였다. 바도루도 아선도 처음에는 다리가 마비되어 제대로 일어서지 못했다. 바도루는 경천의 부축을 받고 아선은 암자에서 일하는 사미승의 부축을 받아 겨우 방으로 들어올 수가 있었다.

다음 날 오후, 공부가 끝났을 때 자운 대사는 바도루만 잠시 남아 있으라고 했다. 경천과 아선이 방을 나가자 스승은 아버지 같은 눈빛으로 바도루를 바라보았다.

"바도루야. 네가 아선이 때문에 마음 고생이 심한 줄 내 어찌 모르겠느냐. 네가 그 동안 아주 잘 참아 왔다는 것도 다 아느니라."

바도루는 그 날 처음 스승 앞에서 눈물을 보였다. 훌쩍이거나 소리내어 울지는 않았지만 볼을 타고 흘러내리는 눈물만은 어쩔 수가 없었다. 바도루는 얼른 고개를 숙였다. 스승은 손을 내밀어 그 눈물을 닦아 주었다.

"내가 너를 아끼는 것은 네가 학문이나 무예가 뛰어나서만은 아니다. 그보다는 네 너그러움을 더 아끼는 것이니라. 너그럽다는 것은 그만큼 자신이 있고 덕이 있다는 것이다. 너의 그 너그러움이 언젠가는 아선이의 교만함을 이길 수 있을 것이다."

스승의 칭찬에 바도루는 부끄러웠다. 너그러워서가 아니

라 아선에게 지고 싶지 않아서 아선의 고약함을 참아 냈기 때문이다.

그 싸움 이후로 바도루는 아선에 대해 아예 마음 쓰지 않았다. 스승의 말대로 정말 너그러운 사람이 되고 싶었다. 아선 또한 전처럼 드러내 놓고 바도루를 괴롭히지는 못했다. 바도루와 치고받고 싸운 뒤에야 비로소 바도루가 결코 만만한 상대가 아니라는 사실을 깨달은 것이다. 게다가 자신을 지켜 보는 스승과 경천의 눈길이 따가워서 더 이상 함부로 굴 수도 없었다.

그 때부터 바도루는 암자에서 공부하고 생활하는 일이 훨씬 즐겁고 편안해졌다. 암자에서 3년 동안 자운 대사에게 수업을 받은 뒤, 바도루와 경천은 집으로 돌아와 화랑이 되었다. 그러나 아선은 화랑이 되지 못했다. 바도루와 경천과는 달리 자운 대사가 아선은 화랑으로 추천해 주지 않았던 것이다.

바도루와 경천이 화랑이 된 그 해에 고구려와 백제, 그리고 말갈이 힘을 합쳐 신라의 북쪽 영토를 침략했다. 신라는 33개나 되는 성을 빼앗겼다. 다급해진 임금은 당나라에 사신을 보내 도움을 청했다. 사방에 적들뿐이었고 도움을 청할 곳은 당나라뿐이었다.

마침 그 때 아선의 아버지 김호민도 당나라에 사신으로 가게 되었는데, 아선도 함께 데리고 떠났다. 화랑이 되지 못해 낙

심하고 있는 아선을 달래기 위해서였다. 또한 아선이 일찌감치 당나라에 유학하여 당나라 말과 문물을 익혀 두면 화랑이 되는 것 못지않게 뒷날 나라에 큰일을 하리라 판단했던 것이다.

아선이 당나라에 가 있는 동안 바도루와 경천은 화랑 수업을 받았다. 화랑들은 수많은 낭도들을 거느리고 경치가 빼어난 산과 들을 찾아다니며 몸과 마음을 닦았다. 그 화랑들을 지도하는 일은 덕이 높은 대사와 장군이 맡았는데, 김충현 장군과 자운 대사 또한 화랑들을 지도하는 스승들이었다.

경천과 함께 한 화랑도 생활은 보람되고 즐거웠다. 어쩌다 가끔씩은 당나라에 가 있는 아선이 생각났다. 나이가 들면서 바도루도 골품이 무엇인지 알게 되었다. 아선이 왜 그토록 자만심에 차 있었는지도 약간은 이해할 것 같았다.

화랑으로 뽑힌 소년들은 대부분 진골 집안 자제들이었다. 바도루와 같은 6두품 귀족 집안 소년도 있었으나 그 수가 많지는 않았다. 화랑도 안에서는 골품의 차별이 거의 없는 편이었지만 이따금씩은 희미하게나마 그 벽을 느낄 때가 있었다.

그리고 그 벽이 화랑도 바깥 세상에서는 그 누구도 뛰어넘을 수 없는 높고 탄탄한 벽이라는 사실도 이내 알게 되었다. 진골은 1등급인 이벌찬까지 관등이 오르지만, 6두품은 아무리 재주가 뛰어나도 나라에 그 어떤 큰 공을 세워도 6등급인 아찬 이상 오르지 못했다. 장군도 될 수 없고 장군 바로 아래 직책인 대관대감(大官大監)이 고작이었다.

비로소 바도루는 아버지가 왜 서라벌보다 한비벌을 더 좋아 하셨는지, 왜 자신에게 바도루라는 순 신라식 이름을 지어 주 셨는지 이해가 되었다. 그 무렵 신라는 당나라와 교류가 활발 하여 당나라 문물을 많이 받아들였다. 귀족들은 자녀의 이름도 당나라 사람들처럼 두 자로 짓는 것을 좋아했다.

하지만 아버지는 굳이 아주 오래 전부터 써 오던 바도루라 는 순 신라 이름을 지어 주었다. 오례혜 또한 순수한 신라 이름 이었다. 바도루의 짝이 될 아이여서 이름도 서로 어울리게 지 은 거라고 언젠가 김충현 장군이 말했지만, 그 때문만은 아닌 것 같았다. 그보다는 장군이 아버지의 마음을 이해했기 때문이 라고 바도루는 믿고 있었다.

골품의 벽을 느끼면서 바도루는 돌아가신 아버지와 더 가까 워진 듯한 느낌이 들었다. 아버지가 골품에 상관 없이 언제나 당당하게 살았던 것처럼 바도루도 그렇게 살고 싶었다. 아버지 가 바도루에게 조상들의 노래를 가르치고 단검을 남긴 것도 그 런 뜻에서였으리라.

저만치 달빛으로 물든 연못이 보였다. 바도루가 다가가자 연 못가 바위에 나란히 앉아 있던 경천과 오례혜가 얼른 일어났다.

"어서 와, 바도루. 안 그래도 찾으러 가려던 참이었어. 네가 늦게 온다고 오례혜가 어찌나 조바심을 치는지. 벌써부터 이러 니 혼례식을 올리고 나면 이 오라비는 찬밥이겠어. 제 낭군만 챙기느라고 말야."

경천이 놀리듯 말하자 오례혜가 살짝 눈을 흘겼다.

"오라버니가 먼저 작은오라버니 찾으러 가자고 했잖아요."

바도루가 웃으며 두 사람의 말다툼에 끼여들었다.

"누가 먼저 말했건 이제 내가 왔으니 됐잖아. 참, 오다가 아 선일 만났어."

"너도 만났구나. 사실은 우리도 만났어. 난 네가 그 녀석 안 만나기를 바랐는데."

경천이 어두운 표정으로 말했다. 바도루는 가볍게 웃었다.

"마음 쓰지 마. 다 지난 일이잖아. 아선이도 조금은 달라진 것 같았어. 날 보고 반가워하던걸. 백제에 잘 다녀오라는 말도 하고."

"그걸 아선이가 어떻게 알지? 하긴 알 수도 있겠지만……. 기분이 좋진 않아, 그 녀석을 만났다는 게 말야."

"나도 그 사람 기분 나빠요. 처음 봤을 때도 싫었고, 조금 전 에 봤을 때도 느낌이 안 좋았어."

오례혜가 아선을 처음 본 것은 열두 살 때였다. 경천이 글동무라면서 아선을 집으로 데려왔던 것이다. 자운 대사에게 배우는 공부가 거의 끝나 갈 무렵의 일이었다. 사실 경천은 아선을 집으로 데려오고 싶어하지 않았는데, 아선이 먼저 경천과 바도루를 자신의 집으로 초대했기 때문에 답례를 하지 않을 수 없었다.

그 때 경천이 인사를 하라고 해서 인사는 했지만, 오례혜는 어린 마음에도 어쩐지 아선이 싫었다. 경천에게서 아선이 바도루를 못살게 군다는 말을 들었기 때문인지도 몰랐다.

"그래도 그 때 아선인 네가 예쁘다고 칭찬했어."

바도루도 그 때 생각이 나서 짓궂게 말했다. 오례혜가 고개만 까딱하고 횡하니 가 버린 뒤 경천이 잠깐 자리를 비웠을 때 아선이 바도루에게 부럽다는 듯 말했던 것이다.

"저렇게 예쁜 아이가 이다음에 네 각시가 된단 말이지? 넌 행운아야."

그 말에도 어쩐지 가시가 있는 듯했지만 마음 쓰지 않고 그냥 웃어넘겼던 일도 기억이 났다.

"작은오라버니도 오라버니를 닮아 가나 봐요. 그렇게 날 놀리면 싫어요."

오례혜가 짐짓 토라진 듯 말했다. 바도루는 빙긋 웃었다.

"알았어, 오례혜. 다시는 네가 싫어하는 말, 하지 않을게."

"하하, 바도루. 넌 어렸을 때도 오례혜한테 꼼짝 못하더니 어른이 되어서도 여전하구나. 그렇게 오례혜를 공주마마처럼 떠받들다가는 이다음에 고생 좀 할걸?"

바도루는 오례혜와 마주 보며 소리 없이 웃기만 했다. 경천도 웃으며 다시 말했다.

"그만 돌아가자. 부모님께서 기다리시겠다."

세 사람은 나란히 걸었다. 집으로 가는 길엔 달빛이 금가루처럼 곱게 깔려 있었다.

봄 들판에서

뒤뜰에는 매화향이 가득했다. 꽃이 피기에는 아직 이른 철이지만 매화나무는 홀로 눈부신 하얀 꽃을 피우고 은은한 향기를 뜰 가득 흩뿌리고 있었다.

바도루는 매화향을 가슴 가득 들이마시며 매화나무를 찬찬히 바라보았다. 매서운 추위를 이겨 내고 다른 나무보다 일찍 꽃을 피우는 매화는 바도루가 가장 좋아하는 꽃이었다. 특히 흰 매화는 오례혜를 그대로 닮은 듯하여 더욱 좋았다.

'한동안 이 뜨락을 볼 수 없겠구나.'

지나간 봄날들이 떠올랐다. 꽃구름을 인 화사한 나무들을 둘러보며 경천과 오례혜와 함께 이 뜨락을 거닐었던 일. 언제 또다시 그런 애틋하고 아름다운 봄날을 즐길 수 있을까. 아마 한동안은 그럴 여유가 없으리라.

내일이면 바도루는 집을 떠나 적국 백제로 가야 하고, 돌아와서는 곧 경천과 함께 백제를 치는 전쟁에 나간다. 아선이 당나라에서 급히 돌아온 것도 그 때문이었다. 그 뒤에는 또 고구려와의 전쟁이 기다리고 있다. 신라와 백제와 고구려는 오랫동안 영토를 뺏고 빼앗기는 싸움을 계속해 왔는데, 그 끝없는 싸움을 끝낼 방법은 한바탕 큰 전쟁뿐이었다.

특히 백제를 치는 일은 대왕마마의 오랜 소망이었다. 백제의 침략으로 위태로운 나라를 구하는 일 말고도, 대왕마마에게는 백제에 대한 사사로운 원한이 있었다. 18년 전 백제가 대야성을 함락시켰을 때, 자결한 대야성 성주 김품석의 아내는 대왕마마가 아끼던 딸이었다. 그 때 진골 귀족 김춘추 공이었던 대왕마마는 사랑하는 딸의 죽음 앞에서 하늘에 맹세했다. 반드시 백제를 쳐 원수를 갚고 나라를 평안히 하겠다고.

그 뒤 김춘추 공은 위험을 무릅쓰고 고구려에 들어가 군사를 청했으나 성공하지 못했으며, 이후에는 당나라의 힘을 빌리는 데에 온 힘을 쏟았다. 백제와 고구려의 침략으로 위태로워진 나라를 구할 길은 그뿐이었다.

6년 전 임금이 된 뒤 대왕마마는 더욱 빈번히 당나라에 사신을 보내 군사를 청했다. 마침내 올 정월에 당나라 임금도 동맹군을 보내기로 결단을 내렸다.

때맞추어 바도루와 경천도 병부에 소속되어 제감(弟監)의 직책을 받았다. 둘의 지휘관은 물론 김충현 장군이었다. 전쟁이 시작되어 장군이 어느 당(幢: 부대)을 이끌게 되면 둘은 함께 그 당에서 백제군과 싸우게 될 터였다. 그 전에 바도루에게 한 가지 중요한 임무가 맡겨졌고, 이제 내일이면 그 임무를 수행하러 떠나야 한다.

'이 아름다운 흰 매화도 얼마 뒤엔 지고 말 테지.'

아쉬웠다. 아름다운 꽃일수록 더 빨리 지는 것만 같았다. 어쩌면 그토록 일찍 져 버리기 때문에 그 아름다움이 많은 이들의 가슴 속에 선연하게 남아 있는 것인지도 모르지만.

"여기 있었구나, 바도루."

바도루는 몸을 돌려 다가오는 경천을 보았다. 경천이 물었다.

"매화를 보고 있었어?"

"응. 내가 돌아올 때쯤이면 봄꽃이 다 져 버릴 것 같아서……."

말꼬리가 절로 흐려졌다. 내일이면 경천과 오례혜와 헤어져야 한다는 사실이 새삼 가슴을 쳤다.

"그 대신 여름꽃이 있잖아. 저기 흰배롱나무 보이지?"

경천이 뜰 저편을 손가락으로 가리키며 물었다. 바도루는 고개를 끄덕였다.

흰배롱나무는 김충현 장군이 8년 전 당나라에 갔다가 얻어 온 나무였다. 한여름부터 가을까지 내내 꽃을 피우는 배롱나무는 대부분 꽃이 진한 분홍색인데, 드물게 흰 꽃을 피우는 나무도 있었다. 당나라에 갔다가 흰배롱나무를 본 김충현 장군은 그 흰 꽃이 마음에 들어 한 그루 얻어 왔고, 손수 뜰에다 심어 놓았던 것이다.

"배롱나무의 꽃말은 '떠나간 벗을 그리워함' 이래. 네가 돌아올 때까지 난 저 나무를 볼 때마다 생각하겠지. 저 나무에 꽃망울이 맺힐 때면 내 벗 바도루가 돌아오겠구나, 하고……."

경천의 그 마음은 바도루의 마음이기도 했다. 바도루는 아무 말도 할 수가 없어 잠자코 있었다. 경천이 다시 말을 이었다.

"기분이 이상해. 두 달 동안이나 널 못 본다니……. 네가 우리 집에 온 다음부터 우린 늘 함께였잖아. 바도루, 너 생각나니? 우리가 화랑이 되었던 그 날 밤 말야."

"응."

그 밤의 일이 어젯밤의 일처럼 또렷이 떠올랐다.

화랑이 된 그 밤에 바도루와 경천은 이 뜰에 서서 밤하늘을 올려다보며 북두칠성을 찾았다. 별 중에 가장 높고 귀한 북두칠성은 사람의 수명을 맡은 별이었다. 이윽고 북두칠성을 찾았을 때였다. 바도루와 경천은 나란히 서서 두 손을 가슴 앞에 가지런히 모으고는 소망을 빌었다. 소망의 말은 경천이 읊었다.

"사람의 목숨을 맡으신 북두칠성님, 저희 둘의 간절한 소망을 들어 주십시오. 북두칠성님께서 저희에게 짧은 수명을 주시건 긴 수명을 주시건 불평하지 않겠습니다. 다만 저희에게 똑같은 수명을 주시어 한 날 한 시에 죽게 해 주십시오. 태어나기는 저 경천이 두 달 빨랐으나 죽는 날은 제 벗 바도루와 같은 날이기를 간절히 소망하옵니다."

화랑이 된 소년들은 친한 벗들끼리 우정의 맹세를 하곤 하였는데, 바도루와 경천도 그 밤에 북두칠성께 빌면서 영원한 우정을 맹세했던 것이다. 나중에 그 사실을 알게 된 오례혜가 저만 빼놓았다고 섭섭해하여, 셋이서 다시 한 번 북두칠성을 찾아 소망을 빌었던 일도 기억이 났다.

"이다음에 어른이 되어 내 각시를 만나면, 그 때 넷이서 또한 번 빌어야겠다. 넷이 한 날 한 시에 죽게 해 달라고 말야. 그럼 이다음에 우리 자식들은 바쁘겠다. 줄초상이 날 테니까."

그 때 경천이 그런 농담도 했다. 돌아보면 아득하고 그리운 시절이었다.

"요즘 들어 그 날 밤이 자꾸 생각나. 너 혼자 위험한 적국으로 보내려니 마음이 뒤숭숭해서 그런가 봐. 나도 같이 가면 좋으련만……."

이럴 때 경천은 벗이 아니라 어린 아우를 걱정하는 의젓한 형 같았다.

"너무 걱정 마, 경천. 백제가 적국이라 위험하긴 하지만 그렇게 걱정할 정도는 아니야. 두 달은 금세 가. 네 말대로 흰배롱나무에 꽃망울이 맺힐 때면 난 돌아올 건데 뭐."

바도루가 밝게 말하자 경천도 그제야 빙긋 웃었다.

"그래. 두 달은 금세 지나갈 거고 네가 임무를 마치고 돌아오면 우린 다시 친형제처럼 같이 다니겠지. 적진에도 함께 뛰어들고 공을 세워도 함께 세우고. 너와 함께 전쟁터에 나가 백제군과 싸울 생각을 하면 든든해."

"나도 그래, 경천."

등 뒤에서 발소리가 났다. 오례혜였다.

"준비 다 됐어요. 어서 가요."

해마다 봄이면 셋은 들판으로 나가 들놀이를 하곤 했다. 아직 들놀이를 하기에는 이르지만 올해는 들놀이를 겸한 송별식이었다. 그 동안 바도루는 스승 자운 대사에게도 다녀왔고 친한 화랑 벗들과 낭도들과도 송별식을 가졌다. 벗들과 낭도들은 바도루가 두 달 동안 국경 지방에 있는 어느 성에 가는 것으로 알고 있었다. 이제 출발을 하루 앞두고 가장 사랑하는 두 사람과 들놀이 겸 조촐한 송별식을 가지려는 것이다.

바도루는 경천과 오례혜와 함께 들판으로 나갔다. 셋이서 들놀이를 갈 때면 으레 쉬곤 하는 큰 느티나무 아래 하인들이 자리를 깔고 송별식 상을 차려 놓았다.

셋은 상 앞에 자리잡고 앉았다. 경천이 먼저 바도루에게 술을 따라 주었다.

"바도루, 이건 기원의 술이야. 임무를 완수하고 무사히 돌아오라는 기원의 술."

바도루가 답례로 경천의 잔에 술을 따라 주었다.

"이건 약속의 술이야. 두 달 뒤에 임무를 완수하고 돌아오겠다는 약속의 술."

두 사람은 잔을 부딪치고 술을 마셨다.

"이제 오례혜가 미래의 낭군님께 술을 올려야지. 아버지께서 내년에는 너희들 혼례식을 꼭 올려 주겠다 하셨잖니. 덩달아 나까지 말야. 내년까지 나도 내 짝을 찾아야 할 텐데. 안 그러면 아버지 어머니가 정해 주시는 대로 마음에도 없는 혼인을 하게 생겼으니, 이 일을 어쩌면 좋으냐."

바도루와 오례혜는 마주 보며 웃었다. 사실 김충현 장군은 경천과 바도루를 빨리 장가보내고 싶어했지만 그럴 여유가 없었다. 둘은 지난 4년 동안 화랑으로서 수련을 쌓느라 바빴고 수련이 끝난 지금 큰 전쟁이 둘을 기다리고 있었다. 그래서 장군은 이번 전쟁이 끝나면 내년에는 경천과 바도루 둘 다 꼭 혼인을 시키겠다고 하였다. 이번 전쟁을 시작으로 전쟁이 한동안 계속될 것이니 더 이상 미룰 수가 없다는 것이다.

"조심해서 잘 다녀오셔요, 작은오라버니."

오례혜가 바도루의 잔에 술을 따라 주며 차분하게 말했다. 오례혜의 맑은 두 눈에 언뜻 눈물이 비쳤다. 바도루는 가만히 오례혜를 바라보았다.

"걱정 마, 오례혜. 임무를 완수하고 정해진 날 반드시 돌아올 테니까. 내가 없는 동안 흰새를 잘 돌봐 줘."

오례혜는 애써 웃으며 고개를 끄덕이고는 경천의 잔에도 술을 따라 주었다. 둘은 다시 잔을 부딪치고 술을 마셨다. 그런 다음 경천이 품 속에서 무언가를 꺼냈다. 제법 굵은 금줄 한가운데 손거울 같은 동글납작한 금장식이 달린 목걸이였다.

"바도루, 이건 우리 마음의 정표야. 특별히 공방에 주문해서 만들었어. 어떤 위험도 이겨 내고 무사히 돌아올 수 있는 주문과 부적을 새긴 거니까, 지금부터 이 목걸이를 늘 목에 걸고 있어. 알았지?"

경천은 바도루에게 금목걸이를 주었다. 바도루는 금목걸이를 손바닥에 놓고 장식 앞면에 쓰인 주문을 읽어 보았다. 손가락을 오므리면 손에 꼭 쥐어지는 크기의 동그란 장식 앞면에는 만악잠형오거(萬惡潛形吾去)로 시작되는 서른두 자의 주문이, 뒷면에는 부적이 새겨져 있었다.

"고마워. 이 목걸이, 늘 걸고 다닐게. 이제 나한테는 어떤 위험도 없을 거야. 목걸이에 담긴 너희 둘의 마음이 날 지켜 줄 테니……."

바도루는 목걸이를 목에 걸고는 속저고리 안에다 장식을 집어 넣었다. 이제 겉에서는 목걸이가 전혀 보이지 않았다.

"그리고 목걸이에 쓰인 주문을 쓰는 방법도 알아 가지고 왔어. 내가 가르쳐 줄 테니까 그대로 해봐. 저 쪽에 가서 하는 게 좋겠다."

셋은 느티나무 위쪽 들판으로 갔다. 그 곳에서 바도루는 우선 자신이 가는 방향, 백제의 서울 사비가 있는 서쪽을 보고 섰다. 그 다음 허리에 찬 단검을 꺼내 들고 그 자리에 무릎을 꿇고 앉아 칼끝으로 땅에 금을 그었다. 세로로 네 번, 오른쪽에서 왼쪽으로 나아가며 금을 그었다. 이어 가로로 다섯 번, 위에서 아래로 내려가면서 금을 그었다. 땅바닥에 바둑판 무늬가 그려졌다. 이어 일어나서 목걸이에 쓰인 주문을 외었다. 경천이 가르쳐 주는 대로 한자로 쓰인 주문을 신라말로 풀어 외었다.

내가 가는 길에 모든 악은 사라져라

천리를 가도 돌아오고

만리를 가도 되돌아오리라

나를 해치거나 모욕하는 자에게 화가 있으리

스스로를 지켜 무사히 돌아오기를 바라노니

원하는 바를 반드시 이루리라

그 주문을 다섯 번 외우고 나서 바도루는 경천과 오례혜와 함께 다시 자리로 돌아와 앉았다. 바도루는 그 때까지 손에 쥐고 있던 단검을 경천에게 내밀었다.

"이 단검, 너희한테 정표로 맡길게. 내가 돌아올 때까지 맡아 줘."

"하지만 바도루, 이건 성주님이 너한테 물려 주신 귀한 단검이잖아. 한 번도 네 몸에서 떼어 놓지 않은 건데, 이걸 받을 순 없어."

"귀한 거니까 정표로 맡기는 거야. 단검은 내 마음이야. 마음이 있는 곳에 몸은 돌아오게 되어 있어. 그러니까 꼭 돌아오겠다는 뜻으로 너희한테 맡기는 거야."

그제야 경천은 단검을 받아 오례혜에게 주었다.

"오례혜, 이건 네가 잘 간수해."

오례혜는 단검을 받아 손으로 어루만져 보고는 들고 온 작은 바구니 안에 조심스레 담아 놓았다.

"내 방 벽에 걸어 두고 날마다 바라보겠어요. 작은오라버니를 보듯이. 작은오라버니가 돌아오실 때까지……."

오례혜는 더 이상 말을 잇지 못하고 고개를 숙였다.

"오례혜, 겨우 두 달 떨어져 있는 건데 그렇게 티를 내면 되겠니? 이거 짝이 없는 사람은 서러워서 못 살겠구나."

경천이 짐짓 밝게 말했다. 바도루도 얼른 거들었다.

"오례혜, 사비에서 돌아올 때 비단 신발 사 가지고 올게. 오례혜는 예쁜 신발 좋아하잖아. 사비 저잣거리에 여기에는 없는 특이한 모양의 비단 신발이 있을지도 몰라."

그제야 오례혜도 살포시 웃었다.

"한 잔씩 더 마시자. 뭐든지 삼세번이라고 하잖아. 이번 술은 우리의 즐거운 들놀이를 위해서 마시자. 오례혜, 너도 한 잔 마실래?"

"그래요, 오라버니."

"바도루, 줘도 되겠니? 괜히 취해서 걷지도 못하고 비틀대면 어쩐다지? 네가 업고 갈 자신이 있다면 주고 안 그러면 못 주지."

"취하면 내가 업고 갈 테니까 줘."

어렸을 때 일이 생각나서 바도루는 싱긋 웃었다. 바도루와 경천이 암자로 공부하러 가기 전까지 셋은 늘 함께 다니며 놀았다. 이 들판에도 자주 놀러 나왔다. 그러다 집에 돌아갈 때면 오례혜는 다리가 아프다면서 업어 달라고 떼를 쓰곤 했다. 그럴 때 경천은 버릇이 나빠진다면서 한 번도 업어 주지 않았지만 바도루는 번번이 오례혜를 업어 주었다. 어린 마음에도 장차 제 각시가 될 오례혜한테는 뭐든 다 해 주고 싶었던 것이다.

"들었지, 오례혜? 바도루한테 업혀서 집에 가고 싶으면 한 잔이 아니라 나머지 술 다 마셔도 돼."

"그럼 그래 볼까요?"

오례혜의 대꾸에 모두 소리내어 웃었다. 셋은 잔을 부딪치며 술을 마시고 음식을 먹었다. 내일 있을 가슴 아픈 이별은 잠시 잊고 어린아이처럼 웃고 떠들며 들놀이를 즐겼다.

그러다 경천이 들판 저편에 무리 지어 서 있는 나무들을 보며 문득 말했다.

"꽃이 활짝 피었으면 더 좋았을 텐데. 꽃 대신 누이야, 노래나 불러 다오. 바도루가 가르쳐 준 그 노래."

아버지가 가르쳐 주신 그 노래를 경천과 오례혜도 좋아했다. 목소리가 청아한 오례혜는 직접 노래하는 것을, 경천은 듣는 것을 좋아했다. 경천은 가끔 바도루나 오례혜에게 노래를 불러 달라고 청해서 듣곤 하였다.

오례혜가 노래를 부르기 시작했다.

　자작나무 우거진 숲

　아득히 머나먼 땅에

　한 나라가 있었네

바도루는 오례혜의 노래를 들으며 들판 저편을 바라보았다.
들판 저 너머에, 그리움처럼 아지랑이가 아른대는 저 너머에
노래 속의 그 나라가 있을 것만 같았다. 이별의 슬픔도 미움이
나 전쟁도 없는 나라, 고통도 악(惡)도 없는 나라, 오로지 평화
와 빛과 기쁨만이 가득한 그런 나라가, 갈 수 없는 그 나라가 들
판 저 너머에 정말 있을 것만 같았다.

　하늘이 부르면 땅이 답하고

　네 슬픔 위에 내 기쁨을 짓지 않는

　그리운 빛의 나라

바도루가 가장 좋아하는 대목을 오례혜가 노래하고 있었다.
아버지는 노래 속의 그 나라는 다만 사람들이 꿈꾸는 나라일

뿐이라고 하셨다. 사람이 사는 이 세상은 노랫말처럼 '네 슬픔 위에 내 기쁨을 짓지 않는' 세상이 될 수는 없다고 하셨다.

하지만 바도루는 믿고 싶었다. 자신이 위험한 적국으로 가는 것도, 백제에서 돌아와 경천과 함께 전쟁터에 나가 하나뿐인 목숨을 바쳐 싸우려는 것도 다 그런 아름다운 세상을 만들기 위해서라고.

노래가 끝나 가고 있었다. 아쉬웠다. 아름다운 꽃이 일찍 지듯이, 아름다운 노래 아름다운 순간, 아름다운 모든 것은 너무 빨리 끝나 버리는 것만 같았다.

나 돌아가리라 돌아가리라
갈 수 없는 그 나라로

꿈꾸듯 들판 저편을 바라보면서 바도루는 노래가 끝난 뒤에도 여전히 귓가에 맴도는 노랫소리를 마음 깊이 간직했다. 앞으로 두 달 동안은 들을 수 없는 오례혜의 해맑은 노랫소리를.

만남

4월 하순, 봄이 끝날 무렵이었다. 바도루가 사비에 도착했을 때부터 앞다투어 피어나던 꽃들은 이미 다 져 버렸고, 뒤늦게 핀 꽃들도 시나브로 지고 있었다. 바람이 살짝 불기만 해도 꽃 잎은 눈송이처럼 땅으로 날아 내렸다.

바도루는 혼자 사비 저잣거리를 걷고 있었다. 지난 4월 초, 낭도 거복이 국경에 잠시 다니러 갔을 때를 빼놓고는 늘 함께 다녔는데, 어젯밤부터 거복이 갑자기 앓아 눕는 바람에 혼자 저잣거리로 나온 것이다.

마음 같아서는 우선 거복을 돌봐 주고 싶었지만 오늘 저잣 거리에서 누군가를 만나기로 약속이 되어 있었다. 그리고 그 사람을 만나는 것도 이 곳 사비에 온 중요한 목적 가운데 하나였다. 다행히 조금 전에 그 사람을 만났다. 그 동안 연락이 되지 않아 애를 태웠는데 이제 한 가지 걱정은 던 셈이었다.

'아침에 객점 주인이 달여 준 약을 먹고 많이 나았다고 했으니, 지금쯤 거북이 자리에서 일어났을지도 모르겠군. 국경을 넘을 때까지는 제발 아무 일도 없어야 할 텐데……'

꼭 사흘이었다. 앞으로 사흘만 지나면 임무를 완수하고 국경을 넘어 신라로 다시 돌아간다. 바도루는 새삼 가슴이 뛰었다. 백제 백성 차림으로 이렇게 사비 거리를 걷는 일도 사흘 뒤면 다 끝이 나고, 머지않아 그리운 사람들을 만날 수 있다. 오례혜와 경천, 그리고 사랑하는 모든 사람들을…….

오례혜에게 줄 예쁜 비단신도 벌써 사서 봇짐에 넣어 두었다. 자주색 바탕에 하얀 꽃이 수놓인 신이었다. 오례혜가 좋아할 것 같았다.

집을 떠나던 그 날 눈물을 글썽이며 배웅하던 오례혜의 모습이 떠올랐다. 의연한 태도로 형처럼 포옹해 주었던 경천도 생각났다.

"바도루, 넌 잘 해 낼 거야. 난 믿어. 네가 자랑스럽다."

그 날 바도루는 낭도 거북과 귀동과 함께 서쪽으로 말을 달렸다. 거북은 바도루가 가장 믿는 낭도로 바도루를 돕기 위해 함께 떠났다. 연락을 맡은 낭도 귀동은 국경까지만 같이 갔다.

국경에서 바도루는 말에서 내려 화랑옷을 벗고 평민옷으로 갈아 입었다. 새 깃털이 달린 관모 대신 백성들이 쓰는 두건을 썼다. 거복은 원래 평민이어서 굳이 옷을 갈아 입지 않아도 되었다. 신라와 백제, 그리고 고구려의 왕과 귀족들은 옷차림이 다르지만, 평민옷은 거의 비슷하기 때문이었다. 귀동은 한 달 뒤 바로 그 자리에서 거복과 만날 약속을 하고는 바도루와 거복이 타고 온 말을 끌고 서라벌로 돌아갔다.

사랑하는 말 흰새와 헤어질 때 바도루는 경천과 오례혜와 헤어질 때 못지않게 마음이 아렸다. 흰새도 무언가를 느꼈는지 끌려가지 않으려고 버둥거렸다.

"흰새, 돌아가. 두 달 뒤에 다시 만나자. 알았지?"

바도루가 갈기를 쓰다듬어 주자 흰새도 순순히 귀동을 따라갔다. 화랑옷과 관모도 귀동이 편에 딸려 보냈다. 두 달 뒤 다시 이 곳에서 만날 때 귀동이 도로 가지고 올 것이다.

둘은 무사히 국경을 넘어 사비로 들어왔다. 바도루가 해야 할 일은 두 가지였다. 하나는 성 안에 사는 어떤 인물에게 병부령 김진주 장군의 서찰을 전하고 회답을 받는 일이었다. 그 인물이 백제 조정의 높은 관리라는 것만 짐작할 뿐, 바도루는 그가 누구인지 서찰의 내용이 무엇인지 자세히 알지 못했다. 또

군이 알아야 할 필요도 없었다. 다른 하나는 이미 백제에 들어와 있는 신라 사람을 만나 전쟁이 머지않았음을 알려 주고 병부령의 지시 몇 가지를 전하는 일이었다.

바도루는 우선 거복과 함께 성 안 큰 객점에 묵었다. 그리고 자신들이 백제의 높은 관리를 만나러 '먼 곳'에서 왔다는 사실을 객점 주인에게 알렸다. 객점 주인은 그 관리를 위해 물불을 가리지 않고 일하는 사람이었다. 하지만 그 관리는 워낙 신분이 높은 벼슬아치여서 만나기가 쉽지가 않았다. 또 다른 임무인 신라 사람과 연락을 취하는 일도 뜻대로 잘 되지 않았다. 바도루와 거복은 그 신라 사람의 행방을 수소문하면서 '높은 관리'에게서 연락이 오기만을 지루하게 기다렸다.

마침내 사비에 온 지 보름 만에 바도루와 거복은 그 관리를 만날 수 있었다. 둘은 객점 주인의 안내를 받아 깊은 밤중에 으리으리한 저택 안으로 몰래 들어갔다. 그리고 외딴 방에서 그 관리를 만났다. 방은 널찍한 두 칸짜리 방이었다. 아래칸과 위칸 사이에 발이 처져 있었다. 희미한 등잔불 하나가 아래칸 구석 쪽에 놓여 있을 뿐이어서 아래칸에 앉은 바도루와 거복은 발 뒤편을 전혀 볼 수가 없었다.

그는 방 위칸 발 뒤편에 앉아 두 사람을 만나 주었다. 만약의 경우에 대비해서 두 사람 다 자신에 대해 아무것도 몰라야 한다고 말한 뒤, 찾아온 용건을 물었다. 바도루가 대답했다.

"병부령께서 이 서찰을 직접 나리께 전하고 회답을 받아오라고 하셨습니다."

바도루는 품 속에 단단히 넣어 온 서찰을 꺼내 발 앞으로 밀었다. 발이 조금 들리더니 이내 그 서찰이 발 뒤편으로 사라졌다.

"객점에 돌아가 기다리게. 서찰을 읽어 본 다음에 다시 연락을 하겠네."

"외람된 말씀이오나 저희에게는 시간이 많지 않습니다. 4월 말까지는 회답을 주셨으면 합니다."

"그리하도록 해 보겠네."

그러나 3월이 다 갈 때까지 객점 주인은 아무 말이 없었다. 국경에서 귀동과 만나기로 약속한 날이 다가오자 바도루는 김충현 장군에게 보내는 서찰을 썼다. 직속 상관인 장군에게 보내는 보고서였다.

바도루는 그 동안의 경과를 간단하게 보고하고 예정된 날까지는 두 가지 임무를 다 완수하겠다고 썼다. 거복이 그 서찰을 가지고 국경으로 가서 귀동을 만나고 돌아왔다. 예정한 대로 5월 초에 국경에서 다시 만나기로 약속을 하고 왔다고 했다.

그로부터 열흘 뒤 바도루와 거복은 다시 그 '높은 관리' 의

저택으로 갔다. 역시 지난번 그 방에서 그의 목소리만 들을 수 있었다.

"내가 서찰을 주면 그대들이 틀림없이 병부령께 전할 수 있 겠나?"

"예."

"만약 무슨 일이 생기면 서찰부터 없애야 하네. 그대들을 믿 어도 되겠지?"

"예."

"그럼 이 달 그믐날 해가 떨어지자마자 이 곳으로 오게. 떠 날 준비를 하고 와야 하네. 그 때 서찰을 줄 터이니 받는 즉시 이 곳을 떠나도록 하게."

그리고 바로 이틀 뒤에 바도루와 거복이 그토록 애타게 찾 던 신라 사람과도 연락이 닿아, 스무 이렛날 미시(未時: 오후 2 시)에 사비 저잣거리 동쪽 큰 느티나무 아래서 만나기로 약속 이 되었다. 그 날이 바로 오늘이었다. 이제 한 가지 임무는 확 실하게 완수했다. 아직 한층 중요한 임무가 하나 남았지만 사 흘만 잘 넘기면 그리운 신라로 돌아간다.

바도루는 저잣거리를 걸으면서 사람들이 주고받는 말에 귀 를 기울였다. 민심을 살피려는 것이다. 그 일은 스승의 특별한 당부였다. 병부령 김진주 장군에게 바도루를 추천한 사람은 자운 대사였다. 신라를 떠나기 전 바도루가 인사를 드리러 갔을 때 스승은 말했다.

"내가 병부령에게 너를 추천한 것은 네가 그 일을 잘 해 낼 거라는 믿음 때문만은 아니다. 단순히 그 일만이라면 굳이 네가 가야 할 까닭이 없다. 나는 네가 뒷날 누구보다 어진 관리가 될 거라고 믿는다. 이번 길이 그 때를 대비한 좋은 수업이 되겠기에 너를 보내는 것이다. 망해 가는 적국을 살펴볼 기회란 흔히 오는 게 아니다. 그러니 백제에 가거든 틈이 날 때마다 민심을 살펴보거라. 임금이 나라를 제대로 다스리지 못할 때에 백성들이 얼마나 큰 고통을 겪는지, 그 나라는 또 어떻게 되는지, 전쟁이 끝난 뒤에 민심을 어떻게 어루만져 주어야 할 것인지, 직접 겪어 보고 판단해 보거라."

암자에서 공부를 배울 때 스승은 늘 말하곤 하였다. 백제를 치고 고구려를 치는 것은 보복이 아니라 끊임없이 되풀이되는 전쟁을 끝내려는 것이라고. 그것은 또 전쟁으로 가장 큰 고통을 받는 힘없는 백성들에게 살 만한 세상을 만들어 주는 일이라고도 했다.

"지금은 삼국이 원수가 되어 서로 싸우지만 거슬러 올라가 보면 본디 같은 뿌리에서 나온 가지들이다. 그러니 통일의 위업을 이루면 그 백성들을 잘 보듬어 안아 다시 내 백성으로 만들어야 한다. 그리고 너희들이 바로 그 일을 해야 하는 것이니, 백성들을 가엾이 여기는 자비로운 마음을 언제나 잊지 말아야 할 것이다."

스승의 그런 가르침 때문인지 바도루는 백제 사람들에게 큰 미움이나 적개심을 느끼지 않았다. 따지고 보면 백제는 아버지를 죽게 한 원수의 나라지만 그렇다고 백제 사람 모두가 바도루의 원수는 아니었다.

그 동안 바도루는 사비 거리와 저잣거리를 다니면서 백성들 사이에 떠도는 두 가지 소문을 들었다. 하나는 백제의 멸망을 예고하는 불길한 조짐에 대한 소문이었고, 또 하나는 세상을 구하러 오는 청년 장수에 대한 소문이었다.

그 두 소문에서 바도루는 백제의 민심을 읽었다. 흉흉한 소문에서는 방탕한 왕에 대한 원망과 나라가 망할지도 모른다는 절망감을, 장수가 온다는 소문에서는 절망 속에서도 꺾이지 않는 백성들의 꿈을 읽었다. 지금 살고 있는 세상보다 훨씬 나은 세상, 고통도 슬픔도 없는 극락 같은 세상에 대한 꿈을. 아마도 그 꿈은 세상 사람들 모두가 한결같이 꾸는 꿈일 터였다.

오늘도 저잣거리에는 여전히 흉하고 괴이한 소문들이 활개치고 다녔고, 장수에 대한 소문도 한 구석에서 속삭이듯 들려오고 있었다. 바도루는 그 소문들 사이를 헤치며 부지런히 걸었다.

그러다 바도루는 퍼뜩 이상한 낌새를 느끼고 뒤돌아보았다. 아까부터, 그러니까 객점을 나올 때부터 누군가가 계속 자신을 따라오는 듯한 느낌이 들었던 것이다.

오가는 사람들 사이에 서 있는 장사꾼 하나가 눈에 띄었다. 차림새는 분명 장사꾼이었지만 예사 장사꾼이 아니었다. 눈매가 몹시 날카로웠고 스산한 기운이 온몸에 서려 있었다. 꽤 떨어진 곳에 서 있었는데도 바도루는 그 섬뜩한 기운을 느낄 수 있었다. 그는 바도루가 보는 것을 눈치챘는지 재빨리 몸을 돌이켜 사람들 속으로 사라져 버렸다.

'대체 저자의 정체가 뭘까? 분명 어디선가 저자를 본 적이 있어.'

며칠 전 객점에서의 일이 떠올랐다. 누군가가 자신을 뚫어져라 보는 듯하여 고개를 돌리는 순간 바로 그 사내와 눈이 마주쳤던 것이다. 사내는 아무 일도 아니라는 듯 태연하게 눈길을 돌렸고 바도루도 이내 그 일을 잊었다. 그런데…….

'한층 긴장하고 조심해야겠어. 신라로 돌아갈 날이 얼마 안 남았으니…….'

바도루는 온몸이 다 눈이 된 듯 사방을 경계하면서도 아까와 똑같은 걸음걸이로 걸었다. 뒤쫓는 그자에게 자신이 눈치챘다는 사실을 알리지 않기 위해서였다. 이윽고 바도루가 저잣거리를 거의 다 빠져 나왔을 때였다.

"저……."

뒤에서 누군가가 부르는 소리가 들렸다. 바도루는 돌아보았다. 열서너 살쯤 되어 보이는, 지게를 진 사내아이가 서 있었다. 바로 조금 전에 바도루 곁을 스쳐 지나간 아이였다.

"날 불렀니?"

사내아이는 아무 대답도 하지 않았다. 둥글고 순해 보이는 두 눈을 반짝거리며 무언가에 홀린 듯 바도루를 쳐다보기만 했다.

바도루는 순진해 보이는 아이가 귀여워 웃음을 머금었다. 태어나자마자 저 세상으로 가 버린 아우가 생각났다. 그 아우가 그렇게 일찍 죽지 않았다면 저렇게 귀여운 모습으로 자랐을 테고, 지금은 열여덟 살의 어엿한 청년이 되었으리라.

바도루가 웃자 아이도 수줍은 듯 볼을 붉히며 웃었다. 바도루는 아이에게 한 번 더 웃어 주고는 발걸음을 돌렸다. 그러자 아이가 다급한 소리로 다시 한 번 바도루를 불러세웠다.

"저……."

"왜, 나한테 할 말이라도 있니?"

"꿈 속에서 나리를 봤어요."

아이의 말이 엉뚱하여 바도루는 쓴웃음을 지었다.

"난 나리가 아니다. 그냥 너하고 똑같은 평민이야. 그리고 꿈 속에서 네가 본 사람은 내가 아니라 나를 닮은 사람일 게다. 우린 서로 모르는 사이인데 왜 네 꿈 속에 내가 나타나겠니? 볼 일을 다 봤으면 어서 집으로 돌아가거라. 잘 가라."

바도루는 경계를 늦추지 않으면서 발걸음을 옮겼다. 하지만 얼마 못 가 도로 걸음을 멈추었다. 등 뒤에서 소란스러운 소리가 들려 왔기 때문이다.

"야, 수리울 작은 바보 달해야. 송화는 잘 있냐?"

"비켜 줘. 집에 가야 돼!"

"오늘은 그냥 못 간다. 우리 도련님이 네 지게를 가져오라고 하셨거든. 송화가 우리 도련님한테 와서 달라고만 하면 지게는 금세 돌려 주실 거니까, 걱정 말고 우리한테 맡겨."

"싫어, 싫단 말이야."

아이의 울부짖는 소리에 바도루는 반사적으로 돌아섰다. 힘깨나 쓸 듯한 패거리 다섯 명이 아이를 둘러싸고 지게를 억지로 빼앗는 중이었다. 그리고 비단옷을 입은 청년 하나가 히죽 웃으며 조금 뒤쪽에 서서 그 광경을 지켜 보고 있었다. 패거리는 지게를 빼앗자 아이를 땅바닥으로 밀쳤다. 아이는 얼른 일어나 지게를 가진 남자에게 달려들었다.

"내 지게 내 놔!"

"비키라니까!"

남자가 아이를 확 밀쳤다. 아이는 땅바닥에 그대로 꼬꾸라졌다. 바도루는 급히 다가가 아이를 일으켜 주었다.

"이게 무슨 짓들이냐. 어서 이 아이한테 지게를 돌려 주어라."

"쓸데없이 남의 일에 참견하다간 다칠 텐데?"

다섯 명의 패거리가 어느새 바도루와 아이를 빙 둘러쌌다.

"형편 없는 좀도둑들이구나. 다섯이서 이런 힘없는 어린아이 지게를 빼앗다니."

"이 자식이 어디서 겁도 없이 함부로 입을 놀리는 거지?"

패거리 하나가 바도루에게 달려들었다. 바도루가 슬쩍 몸을 피하자 그대로 나가 떨어졌다. 이어 다른 넷이 한꺼번에 덤벼들었다. 하지만 다섯 모두 바도루의 적수가 되지 못했다. 싸움을 시작한 지 얼마 안 되어 다섯 모두 바닥에 나뒹굴었다. 어느새 모여든 구경꾼들 사이에서 감탄이 일었다.

"못난 놈들. 어서 가자."

뒤쪽에서 지켜 보고만 있던 비단옷을 입은 청년이 소리쳤다. 패거리 다섯이 비실대며 일어났다.

"너, 나중에 반드시 후회하게 될 거다. 명심해."

바도루가 겁이 나는지 비단옷을 입은 청년은 멀찌감치 떨어

진 곳에서 으름장을 놓고는 패거리를 데리고 가 버렸다. 구경
꾼들도 흩어졌다.

바도루는 땅바닥에 떨어진 지게를 주워 아이에게 주었다.

"고맙습니다. 정말 고맙습니다."

"조심해서 가거라."

"저……, 우리 마을 어귀까지만 데려다 주시면 안 될까요?
아까 그 사람들 우리 윗마을에 사는데요. 가는 길 어딘가에 숨
어 있다가 절 또 못살게 굴 거예요."

바도루는 난처했다. 어서 객점으로 돌아가야 하는데 아이가
도움을 청하고 있었다. 간절한 눈빛으로 바도루를 쳐다보면서.

"사실은 내가 좀 바쁘단다. 더 이상 널 도와 줄 수가 없구
나."

몸을 돌려 가려던 바도루는 다시 그 섬뜩한 기운을 느꼈다.
반사적으로 뒤돌아보았다. 열 걸음쯤 떨어진 곳에 눈매가 날카
로운 그 사내가 서 있었다. 바도루가 돌아보자 사내는 급히 몸
을 돌려 오던 길을 되돌아갔다.

바도루는 잠시 생각해 보았다. 아무래도 사내는 끝까지 따
라올 것 같았다. 그가 누구인지 왜 따라오는지는 알 수 없지만
객점까지 따라오도록 내버려 둘 순 없었다. 만약 사내가 자신
을 해치려고 따라오는 것이라면 맞붙어 싸워야 할지도 모른다.

사람들이 많은 저잣거리에서 뜻하지 않게 싸운 것도 마음에 걸리는데 성 안 거리에서 또 싸운다면 자신뿐 아니라 거복까지 위험해질 수가 있다.

바도루는 아이를 돌아보았다.

"집이 어디냐?"

"성 밖 수리울이에요. 여기서 그리 멀지 않아요."

"좋다. 같이 가자꾸나."

아이는 환하게 웃으며 지게를 지더니 살며시 바도루의 손을 잡았다. 마치 어린 아우가 큰형의 손을 잡는 것 같아 바도루도 마주 손을 잡아 주었다. 바도루는 사내가 따라오는지 바짝 경계를 하면서 아이와 나란히 걸었다.

"제 이름은 달해예요. 누나하고 둘이 살아요. 아버지가 계셨는데 지난 가을에 돌아가셨어요. 그치만 우리 엄마는 살아 계세요. 먼 곳에, 아주 먼 곳에요."

아이 이름이 달해라는 것 말고는 다른 얘기는 거의 귀에 들어 오지 않았다. 그 사내가 따라오는지 신경을 써야 했고, 객점에서 기다릴 거복을 생각하니 마음이 초조했다. 아이도 바도루가 다른 데에 마음을 쓰고 있다는 것을 눈치챘는지 더 이상 말을 하지 않았다.

바도루는 가끔씩 사방을 휘둘러 보며 아이와 부지런히 걸었다. 오가는 사람이 많지 않아서 누군가가 뒤따라온다면 금세 확인할 수 있었다. 그러나 사내의 모습은 어디서도 보이지 않았다. 바도루는 한층 긴장했다. 사내는 결코 중간에서 포기할 인물이 아니었다. 어쩌면 사내는 길 옆 수풀에 몸을 숨기면서 자신을 끈질기게 따라오고 있는지도 몰랐다.

한참을 걷자 길이 두 갈래로 갈라졌다. 길 저편으로 마을이 조그맣게 보였다. 아이가 말한 마을 어귀가 분명했다.

"이제 너 혼자 갈 수 있지?"

"예. 정말 고맙습니다. 여기서 위쪽으로 가면 아까 그 금산이 패거리가 사는 싸리재구요. 이 길로 가면 우리 마을이 나와요."

헤어지는 것이 못내 서운한지 아이는 묻지도 않는 말을 하면서 바도루를 빤히 쳐다보았다. 무언가 중요한 할 말이라도 있는 듯한 표정이었다. 하지만 바도루는 마음이 급했다.

"난 바빠서 이만 가야겠다. 조심해서 가거라."

"예. 안녕히 가세요."

아이는 마지못해 바도루에게 꾸벅 절을 하고는 아래쪽 길로 타박타박 걸어갔다. 바도루도 몸을 돌려 오던 길을 다시 걸었다. 얼마를 걸었을까. 바로 옆 풀숲에서 부스럭대는 소리가 났다. 바도루는 얼른 풀숲 쪽으로 몸을 돌렸다.

순간 풀숲에서 다섯 명의 패거리가 튀어나와 바도루를 빙둘러쌌다. 아까 저잣거리에서 싸웠던 그 패거리였다. 이번에는 모두 손에 길다란 몽둥이를 하나씩 들고 있었다. 비단옷을 입은 청년 금산은 그 뒤쪽에 비죽이 웃으며 서 있었다. 금산이 말했다.

"네놈이 달해 녀석이랑 함께 가는 걸 보고 우리는 지름길로 먼저 와서 네놈을 기다렸다. 이렇게 네놈을 맞을 준비를 하고서 말이다. 넌 내가 누군지 아직 잘 모르는 모양이다만 여태까지 내 비위를 뒤틀리게 해 놓고 무사한 놈은 한 놈도 없었다. 각오해라."

패거리가 몽둥이를 휘두르며 덤벼들었다. 바도루는 몸을 솟구쳐 뛰어오르면서 둘을 발길로 차 쓰러뜨렸다. 바닥에 떨어진 몽둥이 하나를 재빨리 집어 들어 셋과 마주 싸웠다. 또 하나가 나뒹굴었고, 둘이 양쪽에서 덤벼들었다. 몽둥이로 둘을 막으면서 하나를 발로 차 쓰러뜨렸다. 이어 다른 하나도 몽둥이로 후려쳤다. 다섯이 모두 쓰러졌다.

바도루는 서둘렀다. 그들이 일어나기 전에 이 자리를 떠나는 것이 좋을 듯했다. 순간 뒤쪽에서 섬뜩한 기운이 느껴졌다. 그 사내가 분명했다. 바도루는 긴장하며 뒤쪽으로 몸을 돌렸다. 우거진 풀숲과 나무만 보일 뿐 사람은 보이지 않았다. 그자가 그 곳에 숨어 있다 해도 우선은 이 곳을 떠나는 것이 좋을 것 같았다.

갑자기 뒤쪽에서 인기척이 느껴졌다. 금산이 몽둥이를 들고 살금살금 다가오고 있었는데 숨어 있는 사내에게 정신을 쏟는 바람에 미처 알아채지 못했던 것이다. 바도루는 재빨리 몸을 피하려 했지만, 그 전에 몽둥이가 바도루의 뒷머리를 후려쳤다. 바도루는 짧은 비명을 지르며 쓰러졌다. 패거리들이 우르르 바도루에게 달려들었다. 몽둥이질을 하고 발길질을 하면서 실컷 분풀이를 한 다음 금산은 패거리를 이끌고 그 자리를 떠났다.

바도루는 죽은 듯이 길섶에 쓰러져 있었다. 오가는 이도 없어 사방은 고요하기만 했다. 홀연 그 고요함을 깨트리며 사각사각 풀 밟는 소리가 들렸다. 눈매가 날카로운 한 사내가 풀숲에서 나타나 바도루에게 다가갔다. 사내는 몸을 굽히더니 엎드린 채 쓰러져 있는 바도루의 몸을 바로 젖혔다. 사내는 잠시 그 자리에 선 채 바도루를 내려다보았다.

보름 전 사내는 낯선 사람의 방문을 받았다. 그 또한 어떤 사람의 부탁으로 사내를 찾아왔다면서 객점에 묵고 있는 어떤 젊은이를 죽여 달라고 했다. 사내는 그런 일이 업이었다. 대가만 충분하다면 일을 하겠다고 했다.

'죽이기에는 아깝군. 비록 평민옷을 입고 있지만 이 젊은이 한테는 감히 누구도 흉내낼 수 없는 기품이 있어. 무예 실력 또한 상당하던데……'

어쩌면 이 젊은이는 조정의 간신들에게 쫓겨다니는 충신의 아들인지도 몰랐다. 지금의 어지러운 조정에서는 그런 일이 혼하다고 들었으니까. 하지만 다 부질없는 생각이었다. 자신은 이미 이 젊은이를 감쪽같이 죽이겠다고 약속했다. 충분한 대가도 받았다. 이 젊은이가 누구건 자신은 맡은 일을 확실하게 해야만 한다.

사내는 소매 속에 손을 넣어 감추어 둔 비수를 꺼냈다. 칼집에서 칼을 꺼내자 오후의 햇살이 날카로운 칼날에 부딪치면서 번쩍 빛을 되쏘았다.

장수와 첩자

달해는 집 마당을 서성였다. 자꾸만 한숨이 나왔다.

'난 정말 바보인가 봐.'

오늘 저잣거리에서 달해는 꿈에 그리던 장수를 만났다. 비록 하얀 말을 타지는 않았지만 장수는 꿈에서보다 훨씬 늠름하고 아름다웠다. 세상을 구하고 달해에게 어머니를 되찾아 주려고 젊고 아름다운 장수는 어지러운 이 세상으로 훌쩍 내려온 것이다.

달해가 홀린 듯 쳐다보자 장수도 달해를 마주 보며 웃었다. 뿐만 아니라 못된 금산이 패거리를 혼내 주기도 했다.

송화 누나는 늘 말했다. 사람은 겉모습만 보아서는 알 수가 없다고. 그래서 달해는 일부러 장수에게 집까지 데려다 달라는 부탁도 했다. 장수는 그 부탁도 선선히 들어 주었다. 장수가 아니라면 달해 같은 어린아이의 무리한 부탁을 들어 줄 리도 없을 터였다.

그런데도 달해는 장수에게 아무 말도 못하고 마을 어귀에서 그냥 헤어지고 말았다. 어디에 살고 있는지, 다시 만나려면 어떻게 해야 하는지 물어 보았어야 했는데…….

'다시는 그 장수님을 만나지 못할지도 몰라.'

달해는 집 밖으로 나가 보았다. 가슴이 터질 듯 답답했다. 지금이라도 장수를 뒤쫓아가 볼까 싶었지만, 너무 늦은 것 같았다. 달해의 두 눈에 눈물이 그렁그렁 고였다.

"야, 달해야. 여기서 뭐 하나?"

이웃집 덕쇠였다. 여느 때 달해는 덕쇠를 깍듯하게 형이라고 부르고 덕쇠가 무슨 말을 하건 잘 들어 주었다. 그러나 지금 달해의 머릿속에는 오직 장수 생각뿐이었다.

"……."

"근데 달해야. 금산이 패거리가 또 나쁜 짓을 했나 봐. 아까 걔네들, 손에 몽둥이 하나씩 들고 시시덕거리면서 가더라. 또 누굴 막 때려 줬나 봐. 나쁜 놈들이야. 그치?"

달해는 정신이 번쩍 들었다. 금산이 패거리가 몽둥이를 들었다면 그건 틀림없이 장수를 노리는 것일 터였다.

"왜 그 얘기를 이제 해, 왜?"

달해는 버럭 소리를 지르고는 쏜살같이 마을 어귀 쪽으로 달렸다. 덕쇠는 영문을 몰라 눈을 휘둥그레 뜨고 있다가 달해를 뒤쫓아 달리기 시작했다.

"야, 달해야. 같이 가자. 같이 가!"

달해는 마을 어귀에서 장수와 함께 걸어왔던 길 위쪽으로 한참 달려가 보았다. 그러나 길 저편에도 이편에도 오가는 사람 하나 없었다.

'금산이 패한테 당할 장수님이 아니지. 장수님은 분명 집으로 가셨을 거야.'

달해는 고개를 푹 숙이고 마을 쪽으로 다시 걸었다.

그러다 문득 달해는 길섶 흙에 붉은 자국이 있는 것을 보고 걸음을 멈추었다. 자세히 들여다보니 핏자국이었다. 그 핏자국은 길섶 안쪽 풀숲으로 점점이 이어지고 있었다. 달해의 심장이 쿵 소리를 내며 내려앉았다. 달해는 쏜살같이 풀숲 안쪽으로 달려들어갔다.

저 쪽 큰 나무 아래 무언가가 언뜻 보였다. 달해는 그 곳으로 달려갔다. 저잣거리에서 만난 장수가 정신을 잃고 나무 아래 반듯하게 누워 있었다. 장수의 왼쪽 가슴이 피로 검붉게 물들어 있었다. 달해는 장수 앞에 무릎 꿇고 앉아 장수를 흔들어 보았다.

"나리, 정신 차려 보세요. 저예요, 달해예요."

그러나 장수는 죽은 듯이 누워 있을 뿐이었다. 달해는 장수의 코에 얼굴을 대 보았다. 끊어질 듯 약하긴 했지만 분명 숨을 내쉬고 있었다.

"주, 죽었냐?"

덕쇠였다. 어느새 뒤따라온 모양이었다.

"아, 아냐. 아직 살아 있어. 덕쇠 형, 어서 장수님을 업어. 우리 집에 모셔 가야 돼."

"장수라구, 이 사람이? 무, 무슨 장수? 혹시 소금 장수냐?"

"어서 업어. 장수님은 나 때문에 금산이 패한테 이렇게 되셨단 말야."

달해의 도움을 받아 덕쇠가 장수를 업었다. 덕쇠는 덩치가 크고 힘도 센지라 장수를 업고서도 성큼성큼 잘 걸었다. 달해는 덕쇠를 따라가면서 행여 누가 보는 사람이 없나 주위를 살폈다. 저녁 무렵이어서 그런지 다행히 마을길에는 다니는 사람이 없었다.

이윽고 달해는 덕쇠와 집 마당으로 들어섰다. 마침 부엌에서 나오던 송화가 다급하게 다가왔다.

"무슨 일이야? 이 사람 누구니?"

"나중에 얘기할게. 덕쇠 형, 어서 방으로 들어가."

달해가 덕쇠를 방 쪽으로 밀었다. 덕쇠가 대신 송화에게 설명했다.

"소금 장수래. 달해를 도와 주다가 이렇게 됐대. 금산이 패들한테……."

송화가 먼저 방으로 들어가 자리를 깔았다. 지난 가을 아버지가 내내 누워 있던 바로 그 자리였다. 달해가 덕쇠를 도와 장수를 자리에 눕혔다. 송화는 정신을 잃고 누워 있는 젊은 남자를 재빨리 살펴보았다. 부상이 심해서 아무래도 의원을 불러야할 것 같았다.

"달해야, 의원님부터 모셔와. 얼른!"

"나, 나도 같이 가자. 송화야, 우리 엄마가 찾거든 잘 얘기해줘."

달해와 덕쇠는 바람 같이 윗마을로 달렸다. 다행히 의원은 집에 있었다. 지난 가을 아버지가 자리에 누웠을 때 아버지를 돌봐 준, 아버지와 친하게 지내던 의원이었다.

"크, 큰일났어요. 의원님. 소금 장수가 칼에 찔려서 다 죽어가요."

덕쇠가 덤벙대며 말했다. 이어 달해가 어찌 된 일인지 자세하게 설명했다.

"잠시만 기다려라. 내 곧 준비를 하고 나올 터이니."

달해가 덕쇠와 의원과 함께 집에 도착했을 때는 사방에 어둠이 짙게 깔려 있었다. 송화가 등잔불을 켜 놓아 방문이 불빛으로 발그레했다.

"이 방에 있어요. 저한테 시킬 일이 있으시면 부르세요."

송화는 방으로 따라 들어가지 않았다. 달해와 덕쇠가 있으니 굳이 들어가지 않아도 될 것 같았다.

"우선 저고리를 벗기고 상처부터 봐야겠다."

달해와 덕쇠가 힘을 합쳐 피 묻은 저고리와 속저고리를 벗겼다. 젊은이의 목에 걸린 금목걸이가 등잔불 빛을 받아 반짝거렸다. 의원은 목걸이 장식을 살펴보았다. 앞면에는 글자가, 뒷면에는 부적이 새겨져 있었다. 의원이 혼자말처럼 중얼거렸다.

"목걸이가 이 사람을 살렸구나."

"소금 장수가 부자라더니 정말 그런가 봐요. 이렇게 좋은 목걸이를 다 하고……."

"여기저기 멍이 들었어. 칼에 찔렸을 뿐 아니라 많이 얻어맞은 모양이다."

의원이 젊은이의 몸을 찬찬히 살펴보며 말했다.

"금산이 패가 그랬어요. 그놈들이 몽둥이를 들고 가는 걸 제가 봤거든요."

"머리를 좀 들어 봐라."

달해와 덕쇠가 청년의 머리를 조심스럽게 들었다. 의원은 목 뒤로 손을 넣어 뒷머리를 만져 보았다. 뒷머리가 부어 올라 있었다.

"뒤통수를 맞고 정신을 잃은 게야. 금산이 패가 정신을 잃은 사람을 몽둥이로 때린 거고, 그 다음에 칼에 찔린 거다."

의원은 또 다른 자가 칼로 찔렀다는 말은 하지 않았다. 진대인 댁 마님이 건강이 좋지 않아 그 집에 자주 드나드는지라 의원은 금산이에 대해 잘 알고 있었다. 못된 망나니긴 하지만 전문적인 자객과는 거리가 멀었다. 그 패거리 중에서도 이만한 솜씨를 지닌 망나니는 없었다.

의원은 젊은이의 두건을 벗겨 주고 머리에 베개를 잘 받쳐 주었다.

"물을 좀 떠 오너라. 상처 난 곳을 닦아 내야겠다."

달해는 덕쇠를 보았다. 한시도 장수 곁을 떠나고 싶지 않았다.

"덕쇠 형이 떠 와."

덕쇠가 순순히 자리에서 일어나 물을 떠 왔다. 의원은 상처 난 곳을 살살 닦아 낸 다음 가져온 약을 두껍게 바르고 천으로 잘 싸맸다.

"아버지가 입던 저고리 있지? 피를 많이 흘려서 오한이 날 터이니 입혀 주어라."

달해가 아버지의 속저고리와 저고리를 꺼내 와 입혀 주었다. 의원은 가지고 온 약주머니에서 환약 세 알을 꺼냈다.

"이걸 물에 개서 환자 입에다 흘려 넣어 주어라. 오늘 저녁에 한 알, 내일 아침과 낮에 한 알씩 먹여야 한다."

달해가 환약을 받으면서 걱정스레 물었다.

"괜찮으신가요, 이분?"

"글쎄다. 정신이 들기만 하면 괜찮겠는데 언제 깨어날지 모르겠구나. 워낙 상처가 깊어서 말이다. 내일 이맘때 다시 오마. 그 동안 네가 잘 돌봐 주어라. 그리고 내일 아침 일찍 우리 집에 오너라. 약을 줄 테니 멍든 곳에 고루 발라 주어라. 뒷머리도 다쳤으니 거기도 발라 주어야 한다."

의원이 일어났다. 달해와 덕쇠도 일어났다.

"나올 것 없다. 환자 이불이나 잘 덮어 주어라."

"예, 의원 어른. 안녕히 가세요."

의원이 밖으로 나오자 부엌 앞에 쪼그리고 앉아 있던 송화가 다가왔다. 의원은 송화에게 다친 사람의 상태에 대해 간단하게 설명한 다음 목소리를 낮추어 물었다.

"저 사람 누구냐?"

"저도 잘 몰라요. 이따 달해한테 물어 봐야 해요."

"예사 사람은 아닌 것 같더구나. 우리 같은 평민도 아니고 소금 장수도 물론 아니다. 난 직업상 많은 사람을 만나기 때문에 사람을 보면 대강은 안다. 어떤 사람인지 말이다. 나쁜 사람 같지는 않은데……."

의원이 무슨 말인가 하려다 말꼬리를 흐렸다. 잠시 후 의원이 다시 말했다.

"그리고 사람들한테는 이 일을 비밀로 하는 것이 좋겠다. 금산이 패거리뿐 아니라 저 사람을 칼로 찌른 자도 저 사람이 살았다는 걸 모르는 게 좋을 테니."

"그럼 금산이 패 말고 다른 누가 저 사람을……?"

송화가 놀란 목소리로 물었다. 의원이 고개를 끄덕였다.

"그래. 너만 알고 있어라. 내일 또 오마."

집 앞에서 의원을 배웅한 다음 송화는 방으로 들어왔다. 달해와 덕쇠는 청년의 머리맡에 앉아 잠자듯 누워 있는 청년을 들여다보고 있었다.

"덕쇠 오라버니는 이제 그만 집에 가. 아주머니가 기다리셔."

"알았어. 달해야, 내일 아침에 또 올게. 나 대신 네가 소금 장수 잘 돌봐 줘."

덕쇠가 방을 나간 뒤 송화는 달해에게 물었다.

"이 사람 누구니? 이 사람이 언제 널 도와 준 거야?"

달해는 비로소 아까 오후에 저잣거리에서 있었던 일을 다 이야기했다. 장수와 헤어진 것이 너무 속이 상해 달해는 송화에게도 그 얘기를 하지 않았던 것이다.

"이분이 바로 장수님이야, 누나."

"장수님? 소금 장수 말이니?"

송화는 다 알면서도 어깃장을 놓았다. 동생의 철없는 말이 답답했던 것이다.

"어유, 참 누나도. 그건 덕쇠 형이 제멋대로 하는 말이야. 그런 장수 말고, 세상을 구하러 오는 장수, 하얀 말을 타고 오는 장수 말야."

"그럼 저잣거리에서 이 사람이 하얀 말을 타고 있었단 말이니?"

"누나. 장수가 온다는 말을 한 사람도 잡아가는데 진짜 장수가 오면 병사들이 가만 두겠어, 당장 잡아가지? 그러니까 사람들이 모르게 하얀 말은 외딴 곳에 숨겨 두고 보통 사람하고 똑같은 차림으로 이렇게 나타난 거야."

송화는 어이가 없어서 피식 웃었다. 사람들은 달해더러 바보라고 하지만 어떤 때 달해는 지나치게 똑똑해서 탈인 것 같았다.

"어쨌든 널 도와 준 분이고 또 그 때문에 이렇게 다쳤으니 우리가 보답을 해야지. 그리고 이 일은 우리만 알고 있어야 한다. 덕쇠 오라버니한테도 동네에 소문 내지 말라고 잘 얘기해."

"알았어, 누나."

"어서 저녁 먹자. 배고프겠다."

송화 방에서 후딱 저녁밥을 먹자마자 달해는 도로 옆방으로 가 버렸다. 송화는 설거지를 다 한 다음 아버지 방으로 가 보았다.

달해는 젊은이 옆에 앉아 젊은이만 바라보고 있었다. 송화도 달해 옆에 앉았다. 낯선 청년이 아버지 저고리를 입고 아버지처럼 누워 있는 것을 보니 기분이 묘했다.

"누나, 장수님이 언제 깨어나실까?"

달해가 송화를 돌아보며 걱정스런 표정으로 물었다. 송화는 문득 달해가 안쓰러웠다.

"기다려 봐. 의원님이 용하시잖아. 네 말대로 진짜 장수님이라면 금방 깨어나겠지. 이대로 죽어 버린다면 장수가 이 세상에 온 보람도 없게?"

"그렇지, 누나?"

달해가 마음이 놓인다는 듯 환하게 웃으며 되물었다. 송화는 고개를 끄덕였다.

"참, 의원님이 장수님한테 약을 먹이라고 하셨어. 내가 물이랑 가져올게."

달해가 방을 나간 뒤 송화는 그제야 누워 있는 청년의 얼굴을 찬찬히 뜯어 보았다. 비록 눈을 감고 있지만 인물이 반듯하고 남다른 기품이 느껴지는 청년이었다.

의원의 말이 생각났다. 예사 사람도 평민도 아니라고 했던 말. 나쁜 사람 같지는 않은데 누군가가 이 사람을 죽이려 했다는 것이다.

'혹시 이분, 진짜 장수가 아닐까. 어지러운 나라를 구하려고 숨어서 일하는……?'

방탕한 임금에게 바른 말을 하다가 쫓겨난 청년 장수. 조정에 득실거리는 간신들을 몰아 내고 백제를 다시 강하고 바른 나라로 만들려고 뜻있는 동지들을 모아 때를 기다리는 장수. 이 사람은 바로 그런 청년 장수가 틀림없었다. 그리고 이 청년 장수를 해치려는 자들은 바로 백제를 망친 간신들일 터였다.

청년을 뚫어져라 바라보는 송화의 두 눈에 반짝 빛이 일었다. 이 청년을 돕는 것이 어쩌면 기울어져 가는 내 나라 백제를 구하는 일이 될지도 모르지 않는가.

달해가 숟가락과 물그릇을 들고 방으로 들어왔다. 달해는
의원이 준 환약 한 알을 물그릇에 넣고 숟가락으로 잘 개었다.

"의원님이 이 약을 먹이라고 하셨어. 누나가 좀 도와 줘."

송화에게 약그릇과 숟가락을 건넨 다음 달해는 두 손으로
장수의 입을 억지로 벌렸다. 송화가 숟가락에다 약을 떠서 한
방울씩 정성스럽게 입 안에다 흘려 넣었다.

이윽고 청년에게 약을 다 먹였을 때였다. 약 효험이 벌써
나타나는지 청년이 고개를 옆으로 돌리며 한숨처럼 말을 내뱉
었다.

"오례혜……, 오례혜……."

"누나, 깨어나려나 봐."

달해는 기대에 찬 눈빛으로 장수를 바라보았다. 그러나 그
뿐이었다. 장수는 언제 말을 했느냐는 듯 여전히 눈을 감은 채
꼼짝도 하지 않았다.

"분명히 말을 했는데, 누나도 들었지? 오, 뭐라고 했잖아."

"별 말 안 했어. 그냥 헛소리를 한 거야."

송화는 그 말을 똑똑히 알아들었으면서도 시치미를 떼었다.
오례혜, 젊은이는 분명 그 이름을 불렀다. 어머니와 송화만 아
는 비밀스러운 그 이름을.

그렇다면 이 청년은 신라 사람이었다. 오례혜가 신라 귀족 여인의 이름이라고 했으니 이 청년도 신라 귀족임에 틀림없었다. 백제에서처럼 신라에서도 귀족은 귀족끼리 사랑하고 혼인할 테니까. 저렇게 의식을 잃고 있으면서도 애타게 부르는 것을 보면 오례혜는 이 청년이 마음 깊이 은애하는 여인이리라.

송화의 눈빛이 마구 흔들렸다. 송화는 벌떡 일어났다.

"달해야, 난 가서 쉴 테니까, 무슨 일이 있으면 불러."

"걱정 마, 누나. 장수님은 내가 잘 보살펴 드릴게."

송화는 제 방으로 돌아왔다. 아랫목에 앉아 건성으로 바느질거리를 집어 들었지만 바늘에 손가락만 찔렸을 뿐이었다. 넋나간 듯 바느질거리를 든 채 송화는 가물거리는 등잔불을 노려보았다.

왜 하필 신라 사람인가. 옆방에 누워 있는 저 사람이 이제는 백제에 큰일을 하는 장수가 아니어도 괜찮았다. 그저 평범한 백제 사람이기만 해도 마냥 좋을 것 같았다.

신라 사람이, 평민도 아닌 귀족이 무엇 하러 예까지 온 것일까. 답은 한 가지뿐이었다. 저 신라 귀족은 분명 백제에 해로운 어떤 일을 하려고 여기까지 온 것이다. 백제의 내정을 살피려고 몰래 들어온 첩자가 아닐까.

적국의 첩자가 나라에 얼마나 엄청난 해를 끼치는지는 송화도 잘 알고 있었다. 그래서 나라에서는 첩자를 잡으면 무서운 형벌로 다스린다고 했다. 끔찍한 문초를 하여 그 동안 무슨 염탐을 하였는지 알아 낸 다음 참혹하게 죽인다고 들었다.

송화는 저도 모르게 몸서리를 치며 고개를 저었다. 나라를 생각하면 저 청년이 정신을 차리자마자 관에 고발해야겠지만, 달해를 도와 주다가 목숨까지 잃을 뻔한 사람이었다. 또다시 죽음의 구렁텅이로 몰아넣을 수는 없었다.

송화는 한숨을 내쉬고는 아랫입술을 지그시 깨물었다.

'그래. 신세는 갚아야지. 하지만 상처가 낫기만 하면 달해 몰래 떠나 달라고 할 거야. 만약 그 사이에라도 첩자 짓을 한다면 그 땐 나도 어쩔 수 없어.'

그렇게 정하고 나자 조금은 홀가분해졌지만 이상하게 마음이 텅 빈 들판 같았다.

송화의 나이 열다섯, 남모르는 그리움이 움트는 나이였다. 혼자만 지켜 보는 안타까움이어도 좋았다. 늠름하고 아름다운 사람을 만나고 싶었다. 이 언저리 마을에는 송화의 눈에 차는 젊은이가 한 사람도 없었다.

그래서 그 젊은이를 백제 장수라고 착각했을 때 송화는 솔직히 가슴이 설레었다. 나도 이제 사모할 분이 생겼고 그분을 위해 무언가 할 수 있다. 그런 설레임이었다.

그런데 그는 백제 장수는커녕 신라의 첩자였다. 적국의 첩자를 보고 잠시 동안이지만 마음이 설레었다니, 송화는 자신이 한심하고 부끄러웠다.

'금산이하고 똑같은 자야. 겉모습만 멀쩡한……. 만약 달해와 내가 어리다고 허튼 짓을 하면 결코 용서하지 않을 거야. 난 백제 사람이니까 우리 백제를 해롭게 하는 자는 그 누구도 용서할 수 없어. 신라 첩자는 더더욱 그래……'

등잔불을 노려보는 송화의 두 눈에도 불꽃이 일렁거리고 있었다.

난 장수가 아니다

꽃잎이 나비처럼 날아다니는 봄 들판이었다. 그 들판에서 바도루는 경천과 오례혜와 함께 어린 시절에 그랬던 것처럼 술래잡기를 하고 있었다.

맨 처음 술래가 된 사람은 오례혜였다. 오례혜가 수건으로 눈을 가리자 경천이 손뼉을 쳤다.

"오례혜, 여기야. 날 잡아 봐."

오례혜가 그 소리를 듣고 경천 쪽으로 갔다. 경천이 슬쩍 몸을 피해 반대편으로 가 버렸다.

"여기야, 오례혜."

바도루가 손뼉을 쳤다. 오례혜가 허공에 손을 휘저으며 바도루에게로 다가왔다. 바도루는 피하지 않고 오례혜에게 잡혔다.

"이번엔 작은오라버니가 술래예요."

"바도루, 너 또 일부러 잡힌 거지? 오례혜를 고생시키지 않으려고 말야. 하지만 우린 그렇게 순순히 잡히지 않을걸."

수건으로 눈을 가리는 바도루를 보고 경천이 놀렸다.

"자, 잡아 봐, 바도루."

"작은오라버니, 여기예요."

경천과 오례혜의 목소리, 그리고 손뼉 소리가 바로 곁에서 들렸다. 바도루는 손을 내저으며 소리 나는 곳으로 다가갔다. 아무것도 손에 잡히지 않았다. 둘의 목소리와 손뼉 소리가 아득히 멀어졌다.

"경천, 오례혜, 어디 있어?"

아무런 대꾸가 없었다. 바도루는 이상한 생각이 들어 눈을 가린 수건을 풀었다. 드넓은 들판에는 바도루 혼자뿐이었다. 아무리 둘러보아도 경천과 오례혜는 보이지 않았다. 짙은 안개만이 스멀스멀 밀려오고 있었다.

바도루는 가슴이 철렁 내려앉았다. 이 짙은 안개 속에서 사랑하는 오례혜와 경천을 영영 잃어버릴 것만 같았다.

"경천, 어디 있어? 오례혜, 어디 있니? 오례혜……! 오례혜……!"

목이 터져라 불러도 사방은 쥐죽은 듯 고요하기만 했다. 안개가 한층 짙어졌다. 그 때 안개 저편에 희미하게 사람의 그림자가 보였다. 바도루는 눈을 한껏 크게 떴다.

낯선 천장이 보였다. 자신을 들여다보는 낯선 두 얼굴도 보였다. 나이 지긋한 남자와 사내아이였다.

바도루는 놀라 일어나려 했으나 몸을 약간 뒤척였을 뿐이었다. 몸이 천근만근 무거워 꼼짝도 할 수가 없었다. 저도 모르게 신음이 나왔다.

"깨어나셨군요, 드디어 깨어나셨군요."

사내아이가 기쁨 어린 얼굴로 말했다. 어디서 본 듯한 사내아이였다.

"넌……?"

"달해예요. 사흘 전 저잣거리에서 만났잖아요. 저 때문에 금산이 패한테 당하셨어요. 그래서 이리 되신 거예요."

달해는 환하게 웃으며 사흘 전 저잣거리에서 만난 일부터 장수를 구해 낸 일까지, 조금은 자랑스럽게 다 이야기했다. 그제야 바도루도 기억이 되살아났다. 하지만 달해를 바래다 주고 금산이 패의 습격을 받은 것까지만 기억날 뿐, 그 뒤의 일은 전혀 기억나지 않았다. 또 한 가지 미심쩍은 것이 있었다.

"우리가 만난 게 사흘 전이라고 했니? 오늘 낮에 만난 게 아니고?"

"예. 사흘 동안 깨어나지 못하셨어요. 그래서 얼마나 걱정했는지 몰라요."

"내가 사흘 동안이나 정신을 잃고 있었다구? 어째서?"

"칼에 찔린 일, 기억이 안 나시오?"

나이 지긋한 남자가 물었다.

"칼에 찔렸습니까, 제가?"

자신을 몰래 뒤쫓아왔던 날카로운 눈매의 사내가 떠올랐다. 의원이 고개를 끄덕였다.

"하늘이 도왔어요. 목걸이가 아니었으면 그 자리에서 죽었을 거요. 목걸이 장식에 부딪쳐 칼이 약간 빗나갔소. 그래서 이렇게 살아 있는 거요."

목걸이. 경천과 오례혜의 얼굴이 눈에 밝혔다. 바도루는 달해를 보았다.

"나 좀 일으켜 주겠니?"

달해가 의원을 보았다. 의원이 고개를 끄덕이고는 달해와 힘을 합쳐 조심스럽게 바도루를 일으켜 앉혀 주었다. 가슴께가 몹시 아팠고 온몸이 뻐근했다. 살펴보니 왼쪽 가슴께를 천으로 싸맨 듯했고, 저고리도 자신의 옷이 아니었다.

"정말 사흘 동안 제가 정신을 잃고 있었습니까? 그럼 오늘이 그믐날입니까?"

"그렇소."

"시각은?"

"곧 해가 질 거요."

"저, 지금 돌아가야 합니다. 살려 주신 은혜는 나중에 갚겠습니다."

바도루가 일어서려 하자 타는 듯한 통증이 가슴께에서 온몸으로 번져 나갔다. 바도루는 가슴에 손을 댄 채 그 자리에 앉아 있을 수밖에 없었다.

"그 몸으로는 아무 데도 못 가오. 이제 겨우 살아났으니 상처가 다 아물 때까지는 조심하고 또 조심해야 하오."

눈앞이 캄캄했으나 미더운 거복의 모습이 불빛처럼 떠올랐다. 꼭 완수해야 할 중대한 임무이니, 거복은 지금쯤 혼자 관리의 저택으로 가고 있으리라.

"허면 언제쯤……?"

"넉넉잡고 한 달은 걸릴 거요. 몸은 곧 회복이 되겠지만 상처가 워낙 깊어서 말이오. 게다가 상처가 덧나면 목숨까지 위험할 수 있소. 상처가 다 나을 때까지 느긋하게 기다리는 게 좋을 거요."

"한 달……."

바도루는 넋 나간 사람처럼 중얼거렸다.

"상처도 상처지만 그 몸으로 돌아다니다가 댁을 찌른 자 눈에 띄기라도 하면 그 땐 살아 남지 못할 거요. 몸이 완전하게 나아야 자신도 지킬 게 아니겠소. 세상에 목숨보다 소중한 것은 없는 법이오."

마치 모든 것을 다 알고 있는 듯한 말투였다. 바도루는 방바닥으로 눈길을 떨구었다.

"다른 생각 말고 상처가 다 아물 때까지는 여기 있도록 하시오."

"그래요. 저 때문에 다치신 거니까 여기 계셔야 해요. 누나도 신세진 건 갚아야 한다고 했어요."

너 때문에 칼에 찔린 게 아니다. 바도루는 그렇게 말하고 싶었지만 마음뿐이었다. 온몸의 맥이 다 풀려 앉아 있기도 힘이 들었다.

"그럼 난 돌아갈 테니 누워서 좀 쉬도록 해요."

"예, 살펴 가십시오. 이렇게 보살펴 주셔서 고맙습니다."

"고맙다는 말은 애들한테 하시오. 난 의원으로서 할 일을 한 것뿐이오. 그리고 빨리 낫고 싶거든 이제부턴 뭐든 잘 먹어야 하오."

의원이 부드럽게 말하며 바도루를 도로 눕혀 주고는 자리에서 일어났다.

"누나한테 미음을 끓이라고 해라. 난 이틀 뒤에 다시 오마."

"예, 의원 어른."

의원과 달해가 방을 나갔다. 바도루는 눈을 감은 채 꼼짝도 않고 누워 있었다. 꿈 속에서처럼 한치 앞도 보이지 않는 안개 속에 갇힌 느낌이 들었다. 암담했다. 얼마가 지났을까. 방문이 열리더니 누군가가 들어와 등잔불을 켰다.

"장수님, 일어나셔서 미음 좀 드세요."

장수님이라니? 바도루는 눈을 번쩍 떴다. 바도루가 일어나려 하자 달해가 얼른 부축해 주었다. 바도루는 일어나 앉으면서 달해에게 물었다.

"조금 전에 날 뭐라고 불렀느냐?"

"장수님이요. 세상을 구하러 오신 장수님이라는 거, 저 알아요. 하얀 말을 타고 오셨죠? 사람들 때문에 말은 다른 곳에 두고 오신 거죠?"

바도루는 달해를 바라보았다. 순진하게 반짝거리는 아이의 눈동자에 장수에 대한 열망이 깃들어 있었다. 아이가 저잣거리에 떠도는 장수의 소문을 철석같이 믿고 있고, 그 믿음이 어떤 오해로 인해 자신에게 닿았음을 바도루는 깨달았다.

바도루는 이맛살을 찌푸린 채 등잔불만 잠시 바라보다가 아이에게 시선을 돌렸다.

"애야. 넌 잘못 알았어. 난 장수가 아니다. 난 다만 내가 할 수 있는 작은 일로 해서 세상이 조금이라도 좋아졌으면 하고 바라는 평범한 사람일뿐이다."

바도루는 자신의 마음을 솔직히 말했다. 달해가 눈을 깜박이며 바도루를 보았다.

"사람들한테는 절대 비밀로 해야 된다는 거, 알아요. 병사들이 이 일을 알면 장수님을 잡아갈 테니까요. 아무 걱정 마세요. 이젠 제가 지켜 드릴게요."

달해의 믿음은 바위처럼 탄탄했다. 바도루는 자르듯이 다시 말했다.

"거듭 말하지만 난 장수가 아니다. 네가 그처럼 간절히 기다린다면 언젠가는 장수가 올지도 모르겠구나. 하지만 난 아니다, 난 아니야."

"저잣거리에서 처음 장수님을 봤을 때부터 전 알았어요. 그날 말씀드렸잖아요, 꿈에 장수님을 봤다구. 전 장수님을 만나는 꿈을 여러 번 꾸었거든요. 그래서 장수님을 보자마자 알아볼 수 있었죠."

바도루는 할 말을 잃고 아이만 멍하니 바라보았다.

'그래. 내가 떠나고 나면 이 아이도 알게 되겠지. 처음에는

좀 실망하겠지만 철이 들면 깨닫겠지. 어렸을 땐 누구나 그런 순진한 꿈을 꾸는 걸······.'

달해가 미음 그릇이 놓인 소반을 바도루 앞에 놓아 주었다.

"식기 전에 어서 드세요. 우리 누나가 끓인 거예요. 누나는 미음을 잘 끓여요. 아버지 병시중을 오랫동안 들었거든요."

바도루는 마지못해 미음을 삼켰다. 빨리 나아 신라로 돌아가려면 기운을 차려야 했다. 달해가 활짝 웃었다.

"잠깐만 혼자 계세요. 누나하고 저녁밥 먹고 금방 돌아올게요."

달해가 나간 뒤 바도루는 차근차근 생각해 보았다. 별일 없다면 거복은 오늘 밤 사비를 떠날 것이고, 바도루 대신 임무를 완수할 것이다. 이제 자신이 할 일은 몸이 회복되는 대로 빨리 신라로 돌아가는 일뿐인 듯했다.

'하루나 이틀쯤 더 여기 있다가 걸을 수만 있으면 객점으로 돌아가야 하지 않을까? 가서 거복이 무사히 떠났는지 알아보고, 상처가 다 아물 때까지 객점에 묵으면······.'

하지만 객점도 이제 더 이상 안전하지 않았다. 객점에 오래 묵다 보면, 누군가가 자신을 수상한 자로 여겨 관에 고발할 수도 있었다. 또, 날카로운 눈매의 사내가 객점에 온 적이 있다는 사실도 마음에 걸렸다.

바도루는 벽에 기댄 채 눈을 감았다. 선뜻 판단을 내릴 수가 없었다. 머릿속에도 짙은 안개가 끼어 버린 것만 같았다. 한동안 바도루는 눈을 감은 채 가만히 앉아 있었다.

얼마나 지났을까. 방문 열리는 소리에 바도루는 눈을 떴다. 달해가 바도루 앞에 앉으면서 말했다.

"우리 누나가 인사 드리겠대요. 누나, 들어와."

열 대여섯 살쯤 된 듯한 소녀가 들어왔다. 언뜻 보기에 곱고, 달해처럼 순진해 보였다.

"달해 누나 송화예요. 우리 달해를 도와 주셔서 고맙습니다."

송화가 달해 옆에 앉으며 예절바르게 고개 숙여 인사했다. 바도루도 고개를 숙였다.

"고마워할 사람은 나요. 덕분에 이렇게 살았으니 나중에라도 이 은혜는 꼭 갚겠소."

눈을 아래로 내리깐 채 송화는 낯선 청년의 말투에 귀를 세웠다. 좀더 확실하게 알고 싶었다. 그가 의식을 잃었을 때 한말은 잘못 들은 것일 수도 있지 않은가.

신라말과 백제말은 비슷했지만 다른 점도 많았다. 특히 말투와 말의 높낮이는 아무리 연습을 해도 쉽게 고쳐지지 않았다. 어머니는 거의 백제 사람처럼 말을 했지만 자세히 들어 보면 말투와 말의 높낮이에서 분명 다른 점이 있었다.

그런데 불행히도 이 사람의 말투는 어머니와 거의 같았다. 송화는 저도 모르게 이를 앙다물었다. 달해가 밝게 말했다.

"저한테 하시듯이 편하게 말씀하세요. 누나도 저처럼 어려요. 열다섯 살밖에 안 된 걸요. 누나, 그래도 되지?"

"그렇게 하세요. 너무 정중하게 말씀하시니, 제가 오히려 거북합니다."

송화는 감정을 다독이며 애써 깍듯하게 말했다.

"거 보세요. 여기가 장수님 집이라 생각하세요. 무슨 일이든 누나나 절 불러서 시키세요. 동생처럼 말예요. 아셨죠?"

달해의 스스럼없는 말에 바도루는 고개를 끄덕였다. 여기 얼마나 있을지 모르지만 아이들을 동생처럼 대하는 것이 서로 편할 것 같았다.

"그래, 그렇게 하마."

송화가 고개를 돌려 달해를 보았다.

"달해야, 부엌에 좀 가 볼래? 약을 올려놓고 왔거든. 누나, 금방 나갈 테니까 그 때까지만 부엌에 있어."

"알았어, 누나."

달해가 방을 나갔다. 비로소 송화는 고개를 들고 바도루를 똑바로 바라보았다. 바도루도 소녀를 마주 보았다. 언뜻 보았을 때와 달리 무척 야무지고 당찬 느낌이 들었다.

"여쭈어 보고 싶은 게 있습니다."

바도루는 잠자코 송화를 보았다. 송화는 잠시 눈길을 아래로 내리깔더니 다시 눈을 들어 바도루를 노려보듯 바라보며 말을 꺼냈다.

"백제 분이 아니시지요?"

송화의 두 눈에 순간적으로 적개심이 번득였다. 바도루는 눈길을 돌려 두 사람의 그림자가 길게 늘어진 벽을 바라보았다. 이미 송화는 자신의 정체를 다 알고 있는 듯했다. 어떻게 알았는지는 모르지만 어린 소녀에게 구차한 변명이나 거짓말은 하고 싶지 않았다.

"그래. 난 신라 사람이다. 신라 사람인 내가 왜 여기 있는지는 말하지 않겠다. 모르는 편이 너희들한테도 더 좋을 테니까."

뜻밖의 솔직한 대답에 송화는 당황했다. 차라리 거짓말을 했다면 그 다음 말을 꺼내기가 편했으리라. 상처가 아물 때까지는 도와 주겠으나 그 다음에는 달해 몰래 떠나 달라는 말을 하려던 참이었다.

송화가 할 말을 찾지 못해 머뭇거리고 있자 바도루가 말을 이었다.

"내가 여기 있는 게 불편한 모양이구나. 원한다면 지금이라도 떠나겠다."

"그 몸으로요? 몇 발짝 못 가서 쓰러져 죽어 버릴걸요?"

송화는 비웃듯 차갑게 말했다. 어쩐지 제 뜻과는 달리 일이 꼬이는 것만 같았다.

"죽는 것이 두려웠다면 예까지 왔겠느냐. 사람에게는 저마다 처지에 따라 해야 할 일이 있는 법이다. 네 동생 몰래 떠날 터이니, 모르는 체해 다오. 내가 떠난 다음에 네가 무얼 하든 상관하지 않으마."

그건 자신이 떠난 다음에 관에 고발해도 괜찮다는 뜻이었다. 매몰찬 말투로 미루어 보아 송화는 지금 당장이라도 관에 달려가고 싶은 듯했다.

어차피 죽음을 각오하고 백제로 온 바도루였다. 백제 병사들에게 붙잡힐 수도 있다는 사실도 늘 염두에 두었다. 다만 어떤 경우에도 자신이 누구인지 왜 여기 왔는지 절대 밝힐 수는 없었다. 만약 견디기 힘들만큼 모진 문초를 받는다면 차라리 자결할 각오까지 한 터라 소녀가 관에 고발한다 해도 두려울 것은 없었다.

"제가 못 가게 막는다면 그 땐 어떡하실 건데요?"

마음에선 이미 적개심이 사라졌는데, 말투에는 여전히 비수

같은 날이 서 있었다.

"넌 내가 겁나지도 않나 보구나. 비록 가슴에 큰 상처를 입었다만, 네가 막는다고 갈 길을 못 가겠느냐. 하지만 그렇게까지 할 생각은 없으니 네 뜻대로 하려무나."

바도루는 송화를 바라보며 담담하게 말했다. 송화도 지지 않고 마주 보더니 이내 눈길을 떨구었다. 방 안에 어색한 침묵이 흘렀다. 얼마 뒤 송화가 입을 열었다.

"용서하세요. 잠시 은인(恩人)을 떠보았습니다. 은인을 돕는 건 당연한 일인데도, 왠지 갈피를 잡을 수가 없었어요. 상처가 다 아물 때까지 아무 염려 마시고 저희 집에 계세요. 이제부터는 제 동생 달해를 도와 주신 분이라는 것만 생각할게요. 그럼 쉬세요."

송화는 들어올 때처럼 다소곳하니 방을 나갔다.

바도루는 송화의 갈등을 충분히 이해할 수 있었다. 적국 사람을 은인이라고 불러야 하는 송화도 딱했고, 적국 아이들한테 신세를 져야 하는 자신 또한 딱했다.

바도루는 벽에 머리를 기댄 채 눈을 감았다. 할 수만 있다면 지금 당장이라도 이 곳을 떠나고 싶었다. 가다가 죽는 한이 있어도 오례혜와 경천이 있는 신라로 가고 싶었다.

문득 목걸이가 생각났다. 결국 그 목걸이가, 경천과 오례혜의 지극한 사랑이 자신을 살렸다. 바도루는 저고리 안에서 목걸이를 꺼내 동그란 장식을 만져 보았다. 장식은 마치 오례혜와 경천의 마음 같아서 조이듯 아파 오던 마음이 거짓말처럼 가라앉았다. 주문의 한 구절이 떠올랐다.

천리를 가도 돌아오고
만리를 가도 되돌아오리라.

'그래. 돌아간다. 살아 있기만 한다면 사랑하는 사람들에게, 내 나라 신라로 반드시 돌아간다.'

그리운 얼굴들을 하나하나 떠올리며 바도루는 마음 속으로 다짐하고 또 다짐했다.

"소쩍, 소쩍……."

먼 산에서 소쩍새가 울었다. 피를 토하듯 애끓는 울음소리였다.

별들만 아는 마음

깊은 밤이었다. 한낮의 뜨거웠던 열기가 다 가라앉았는지 불어 오는 바람이 제법 서늘했다.

바도루는 달해의 집 뒤꼍, 널찍한 풀밭을 천천히 거닐고 있었다. 아침부터 내내 따라다니는 달해가 잠든 뒤에 이렇게 뒤꼍으로 나와 거니는 것이 이젠 버릇이 되어 버렸다.

낮에는 헛간 옆 구석진 나무 그늘에 앉아 달해의 얘기를 듣거나 마당을 오가는 것이 고작이었다. 그럴 때면 옆집 총각 덕쇠가 자주 집 앞까지 나가 망을 보았다. 혹시라도 금산이 패거리나 마을 사람들 눈에 띄면 안 되기 때문이었다.

바도루는 부모도 없이 단둘이 살아가는 어린 오누이에게 신세 지는 것이 마음이 편치 않았다. 달해가 자신을 세상을 구하는 장수라고 한결같이 믿는 것도 부담스러웠다. 별로 은혜를 베푼 적도 없는데, 은혜를 갚으려고 애쓰는 송화도 안쓰러웠다. 송화가 적국의 은인에 대해 끊임없이 갈등하고 있다는 사실을 알기에 더욱 그랬다.

송화는 나라를 사랑하는 마음이 유난히 강한 소녀 같았다. 바도루가 백제에서 만난 '높은 관리'나 객점 주인 같은 이들은 나라보다는 자신이 누리고 있는 부와 권력을 더 소중하게 생각하는 사람들이었다. 그런 사람들은 백제가 망하자마자, 아니 망하기 전에라도 더 많은 부와 권력을 거머쥐려고 손쉽게 신라 백성이 될 터였다.

하지만 백제가 멸망한 뒤 신라는 송화 같은 진짜 백제 백성들의 마음을 얻는 데에 더 많은 공을 들여야 할 터였다. 그것이 진정한 통일을 이루는 지름길이었다. 바도루는 자신을 추천한 자운 대사의 깊은 뜻을 이제야 비로소 알 것 같았다.

바도루는 발걸음을 멈추고 밤하늘을 올려다보았다. 크고 작은 수많은 별들이 휘황한 빛을 흩뿌리고 있었다. 북쪽으로 고개를 돌려 북두칠성을 찾았다. 국자 모양의 일곱 별들이 다른 별보다 더 반짝거리며 바도루를 내려다보고 있었다. 경천과 오례혜와 함께 북두칠성을 보며 소원을 빌었던 일이 기억났다.

별빛에 경천과 오례혜의 얼굴이 어렸다. 수심 어린 얼굴이었다. 김충현 장군과 장군의 부인, 벗들과 낭도들 모두 자신의 행방을 알지 못해 애태우고 근심하고 있으리라.

그러자 지난 20여 일 동안 자신을 끈질기게 괴롭혔던 의문이 또다시 떠올랐다.

'왜 그 사내가 나를 죽이려 했을까?'

사흘 만에 처음 정신이 들었을 때는 미처 그 일을 생각해 볼 겨를이 없었다. 그러나 바로 그 다음 날 아침 눈을 뜨는 순간 그 의문이 맨 먼저 뇌리를 쳤다.

'서로 모르는 사이니, 그 사내가 나를 찌른 것은 사사로운 감정 때문이 아니다. 그렇다고 제 나라를 생각해서도 아니다. 정말 나라를 생각했다면, 차라리 관에 고발하여 내가 백제에 온 목적을 알아 내려 했으리라.'

그렇다면 그자는 누군가의 부탁을 받고 자신을 찌른 것이 분명했다. 여러 가지 상황으로 미루어 보건데, 그런 부탁을 한 사람은 신라 사람일 가능성이 컸다.

'내가 백제에 와 있는 것을 알고, 내가 신라로 돌아오는 것을 원하지 않는 사람⋯⋯.'

순간 선명하게 떠오르는 얼굴이 있었다. 바도루는 급히 고개를 저어 그 얼굴을 지워 버렸다. 아선, 어린 시절의 글동무였던 아선을 그렇게까지 의심하고 싶지는 않았다.

하지만 그 의문은 꼭 풀어야 하는 수수께끼 같아서 그냥 넘어갈 수가 없었다. 틈이 날 때마다 처음부터 다시 돌이켜 생각해 보곤 했지만, 생각의 끝은 언제나 아선이었다.

'정말 아선일까? 날 죽이고 싶을 만큼, 그렇게까지 아선이 날 미워하는 걸까?'

바도루는 한숨을 내쉬었다. 신라에 돌아가면 이 문제는 반드시 밝히리라. 일을 크게 벌이거나 보복하려는 것이 아니었다. 다만 아선을 만나 조용히 물어 보고 싶었다. 생각할 때마다 가시처럼 심장을 찔러 대는 고통스러운 의심에서 헤어나고 싶었다.

어린 시절의 추억 하나가 문득 생각났다. 암자에서 공부할 때의 일이었다. 어느 날 무예 수업 시간에 바도루는 아선과 목검으로 무예를 겨루었다. 아선은 졌고, 분을 이기지 못해 목검을 팽개쳤다가 자운 대사에게 꾸지람까지 들었다.

그 날 저녁이었다. 사미승이 자운 대사의 차를 끓이려고 마당에다 숯불을 피워 놓았는데, 마침 바도루가 그 곁을 지나갔다. 그 때 아선이 슬쩍 다가오더니 감쪽같이 발을 걸었다. 바도루는 아선의 발에 걸려 발갛게 단 숯불 위로 넘어졌다. 경천이 재빨리 달려와 잡아 일으켰지만 이미 두 손바닥에 큰 화상을 입은 뒤였다.

사미승이 화상에 잘 듣는 약초를 뜯어 왔다. 자운 대사가 약을 만들어 바도루의 손바닥에 발라 주었다. 대사는 아선이 일부러 그랬다는 것을 아는 듯했으나 그 일로 아선을 꾸짖지는 않았다.

하지만 경천은 바도루가 말리는데도 아선을 다그쳤다. 아선은 물론 발뺌했다. 경천은 그 말을 믿지 않았고, 한 번만 더 그런 일이 있으면 가만 두지 않겠다고 으름장을 놓았다. 그 때 경천은 두 손이 다 나을 때까지 바도루의 시중을 들어 주고 돌봐 주었다. 꼭 어린 아우를 보살피는 형처럼 잠시도 바도루의 곁을 떠나려 하지 않았다.

바도루는 착잡한 얼굴로 어둠 저편을 바라보았다. 불쑥 떠오른 기억에 한층 힘을 얻은 듯 의심의 벌레가 마음을 아프게 갉아 댔다. 바도루는 고개를 저었다. 언짢은 기억이나 암담한 의심에 마음을 내맡기고 싶지는 않았다.

아버지가 가르쳐 주신 노래가 생각났다. 바도루는 노래를 부르기 시작했다. 집을 떠나기 전날, 봄 들판에서 그 노래를 불렀던 오례혜의 모습이 오롯이 떠올랐다.

자작나무 우거진 숲

아득히 머나먼 땅에
한 나라가 있었네

송화는 바느질하던 손을 멈추고 뒤꼍에서 들려 오는 노래에
귀를 기울였다. 들릴 듯 말 듯 나직했지만, 그가 부르는 노래가
틀림없었다. 요즘 가끔 그는 밤에 혼자 뒤꼍을 거닐면서 저 노
래를 부르곤 하였다.

송화는 바느질하고 있는 옷을 들여다보았다. 그가 떠날 때
줄 저고리였다. 그가 입고 온 겉저고리와 속저고리는 깨끗하게
빨아 기워 놓았지만 차마 돌려 줄 수가 없었다. 희미하게 남아
있는 칼에 찢긴 자국이며 피 얼룩이 마음에 걸렸던 것이다. 지
금 입고 있는 아버지 옷 또한 헐렁한 편이어서 바깥에 입고 나
갈 수는 없을 것 같았다.

송화는 한숨을 내쉬었다. 그의 옷을 지으면서부터 한숨이 잦
아졌고, 전에 없이 바늘에 손끝을 찔리는 일 또한 빈번해졌다.

애초에 송화는 그의 옷을 짓는 일 같은 것은 꿈에도 생각지
못했다. 다만 신라 사람인 그가 혹시 이 곳에서도 수상한 짓을
하지 않나 신경을 곤두세워 남몰래 지켜 보곤 하였다. 하지만
그는 첩자는 아닌 것 같았다. 그보다는 어떤 비밀 임무를 띠고
백제에 온 밀사 같았다. 그 임무를 아직 덜 마친 것인지, 아니

면 다 마치고 신라로 돌아가려는 것인지, 그는 몹시 초조하게 상처가 아물기만을 기다리는 듯이 보였다.

의원의 말대로 그의 상처는 아주 더디게 아무는 것 같았다. 몸이 웬만큼 회복되자 그는 방에 있는 것보다 마당에 나와 있을 때가 많았다. 의원이 상처가 덧날지도 모르니 많이 움직이지 말라고 했기 때문에 그는 나무 그늘에 앉아 있곤 했다. 달해가 늘 그의 곁에 있었고 덕쇠도 자주 함께 어울렸다.

그는 덕쇠보다 두 살 많은 스무 살이라고 했다. 덕쇠는 그를 깍듯하게 형님이라고 부르면서 친형처럼 따랐다. 달해는 여전히 그를 장수님이라 불렀다.

어차피 이름을 밝힐 수 없는 처지여서 그런지 그는 달해와 덕쇠가 무어라고 부르든 마음쓰지 않는 것 같았다. 이름도 모르는 그를 송화는 마음 속으로 '신라의 밀사'라고 불렀다. 경계하는 마음을 늦추지 않으려는 뜻에서였다.

그는 말을 하기보다 달해와 덕쇠의 말을 듣는 때가 많았다. 어느 때 달해와 덕쇠의 철없는 말을 들으며 빙그레 웃기도 하였는데, 그럴 때 나무 그늘이 드리워진 그의 웃는 모습은 무척 아름다웠다.

'금산이도 생긴 건 아주 잘생겼잖아.'

그의 모습이 아름답게 보일 때면 송화는 마음 속으로 꼭 그렇게 토를 달았다.

그가 온 지 열흘쯤 지난 어느 오후였다. 그 날도 그는 나무 그늘에 앉아 달해와 덕쇠의 이야기를 듣고 있었다. 그런데 덕쇠가 손짓으로 무언가를 신나게 이야기하다 무심결에 그의 가슴을 세게 쳤다.

순간 그는 몹시 고통스러운 듯 얼굴을 찡그리며 두 눈을 지그시 감았다. 칼에 찔린 그 자리를 조심성 없는 덕쇠가 친 것이다. 제 잘못을 깨달은 덕쇠가 미안해 어쩔 줄 몰라 하자 그는 가까스로 웃으며 괜찮다고 말했다.

마당에 나갔다가 그 광경을 보게 된 송화는 황급히 도로 부엌으로 들어와 버렸다. 그가 고통스러워하는 모습을 보는 순간 송화는 마치 제 가슴이 칼에 찔린 듯한 아픔을 느꼈다. 송화는 당황했고, 또 혼란스러웠다.

그 날 밤 송화는 늦게까지 잠을 이룰 수 없었다. 왜 그를 그토록 경계했고, 그의 앞에 가면 될 수 있는 한 차갑게 대하려 애썼는지 비로소 깨달았기 때문이다.

송화가 그의 저고리를 짓기 시작한 것은 그 다음 날부터였다. 마음 속으로 그를 더 이상 신라의 밀사라고 부르지도 않았다. 그냥 '그분'이라고 불렀다.

하지만 겉으로 보기에 송화는 달라진 데가 없었다. 여전히 그에게 꼭 필요한 말 외에는 하지 않았다. 그의 얼굴를 똑바로 쳐다보는 법도 없었다. 남몰래 그를 전보다 빈번히 지켜 본다는 것 말고는 달라진 건 아무것도 없었다.

돌아가리라 돌아가리라
말갈기 휘날리며
드넓은 저 벌판으로
차가운 북풍에
내 할아버지 뼈가 노래하는
자작나무 숲으로

노래가 끝나 가고 있었다. 송화는 저도 모르게 일어나 끌린 듯 방을 나왔다. 노래는 이제 그쳤다. 먼 늪에서 개구리 울음 소리가 들려 왔다.

송화는 뒤꼍으로 가 보았다. 그는 송화와 달해가 가끔 걸터 앉아서 별을 보곤 하던 넓적한 바위에 앉아 있었다.

뒤에서 발소리가 나자 바도루가 돌아보았다. 달해가 자다가 깨어 나오는가 싶었는데 뜻밖에도 송화였다.

"바람 쐬러 나왔니?"

바도루가 먼저 말했다. 송화는 고개를 끄덕이며 바위 끝에 걸터앉았다. 그 동안 이 신라 사람과 한 번도 사사로운 이야기를 나눈 적이 없었는데, 오늘은 잠깐이라도 그의 곁에 앉아 이야기를 나누고 싶었다. 그러지 않으면 나중에 후회하게 될 것 같았다.

"노래하시는 걸 들었어요. 노랫말은 잘 듣지 못했지만 아름다운 노래 같았어요. 좋아하시는 노래인가 봐요. 가끔 부르시던데……."

"그래, 내가 가장 좋아하는 노래다. 아버지가 가르쳐 주신 노래거든."

"아버님은 신라에 계신가요?"

"내가 아홉 살 때 돌아가셨다. 백제군과 싸우다가……."

무심히 얘기하다가 바도루는 말꼬리를 흐렸다.

"미안하구나. 너한테 그런 말까지 할 필요는 없었는데……."

"아녜요. 편하게 말씀하시니 저도 편해요. 상처는 좀 어떠세요?"

"덕분에 거의 다 나았다. 이젠 마음대로 돌아다녀도 될 것 같아서 의원님께 여쭈었더니 며칠만 더 참으라고 하시더구나."

송화는 입술을 잘근 깨물었다. 상처가 다 나아가는 것은 기쁜 일이지만, 또한 그것은 그가 얼마 안 있어 떠난다는 뜻이기도 했다.

"너한테 고맙다는 말을 하고 싶었는데, 그럴 기회가 없었구나. 너희 남매한테 진 신세, 나중에 꼭 갚으마."

"그런 말씀 마세요. 신세는 저희가 먼저 진 걸요."

"너한테 한 가지 묻고 싶은 게 있는데, 괜찮겠니?"

바도루가 송화를 돌아보며 물었다. 송화가 고개를 끄덕였다.

"네."

"내가 신라 사람이란 걸 어떻게 알았니?"

"우리 어머니가 신라 사람이란 거 알고 계시죠?"

"그래. 달해한테 들었다. 달해는 어머니를 무척 그리워하더구나."

하루에 한 번씩은 꼭 신라로 가 버린 어머니 얘기를 하곤 하는 달해의 동그란 얼굴을 떠올리며 바도루가 말했다.

"말씀하시는 투가 어머니 말투하고 비슷했어요."

바도루는 속으로 감탄했다. 백제로 오기 전에 백제말을 거의 정확하게 익혔는데도 송화는 알아챈 것이다. 총명한 소녀였다.

"그리고 의식을 잃고 계실 때 누군가를 애타게 부르셨어요. 오례혜……, 오례혜는 신라 귀족 여인의 이름이라지요?"

바도루는 아무 대답도 하지 못하고 잠자코 있었다. 송화가 말을 이었다.

"어머니는 제 이름을 오례혜라고 지으려 했는데, 아버지가 반대했어요. 백제에는 그런 이름이 없거든요. 어머닌 단둘이 있을 때 가끔 저를 오례혜라고 불렀어요. 그건 달해도 모르는 어머니와 저만의 비밀이었어요."

담담한 듯한 송화의 목소리 뒤편에 숨어 있는 애틋한 그리움을 바도루는 느낄 수 있었다. 바도루는 새삼 송화가 돌봐 줘야 할 어린 누이동생 같은 생각이 들었다.

"그랬구나……."

잠시 침묵이 흘렀다. 송화가 먼저 그 침묵을 깨트리며 조심스럽게 물었다.

"오례혜라는 분, 마음에 두고 계신 분인가요?"

"그래."

짧지만 긴 여운이 남는 대답이었다.

송화는 속으로 한숨을 내쉬었다. 당연히 그리리라 짐작했으면서도, 느닷없이 마음이 풍랑 속의 배처럼 심하게 흔들렸다. 송화는 눈을 내리깔고 마음을 가라앉히려 애썼다.

조금 긴 듯한 침묵 뒤에 바도루가 말문을 열었다.

"그 동안 나 때문에 몹시 힘들었지?"

송화는 숨을 훅 들이켰다. 꼭 제 마음을 다 알고 하는 말 같았다.

"적국 사람을 돕는 게 어찌 쉬운 일이겠니. 너처럼 제 나라를 사랑하는 아이한테는 더욱 힘든 일이었을 게다. 비록 처지는 서로 다르지만, 나라를 사랑하는 네 마음, 언제까지나 잊지 못할 것 같구나."

송화는 속으로 실망의 한숨을 내쉬었다.

'그래, 이분한테는 내가 달해와 같은 아이일 뿐이야. 달해는 철없고 순진한 아이이고, 난 나라를 사랑하는 당찬 아이. 그게 나아. 내 마음은 아무도 몰라야 해. 밤하늘의 저 별들만은 내 마음을 알겠지.'

불현듯 송화의 두 눈에 눈물이 솟구쳤다. 아무래도 더 앉아 있다가는 꼭꼭 감추어 둔 비밀스러운 마음을 들킬 것만 같았다. 송화는 자리에서 일어났다.

"먼저 들어갈게요. 편히 주무세요."

"그래. 너도 잘 자라."

송화가 들어간 뒤 바도루는 한동안 더 그 자리에 앉아 있었다. 상처가 다 아물고 있으니 앞으로의 일을 생각해 두어야 했다.

지금쯤 당나라 군대는 바다를 건너오고 있을 테고, 신라군도 당군과 합세하려고 서라벌을 떠났을 것이다. 김유신 대장군을 위시하여 여러 장군들과 장수들이 병사를 이끌고 서라벌을 떠나는 광경이 눈에 선했다.

만약 신라군이 서라벌을 떠났다면 바도루는 당연히 자신이 속한 김충현 장군의 당을 찾아가야 한다. 그 곳으로 가면 경천도 만날 수 있으리라. 오례혜는 전쟁이 끝난 다음에나 만날 수 있겠지만 경천을 만나면 소식은 보낼 수 있을 것이다. 무사히 제자리로 돌아와 백제군과 싸우고 있으니 아무 걱정 말고 기다리라는 소식을…….

'그런데 전쟁이 나면 저 아이들은 어떻게 되는 걸까?'

순진하고 착한 아이들이 폭풍 같은 전쟁에 휩쓸릴 생각을 하니 바도루는 마음이 무거웠다. 하지만 자신이 지금 아이들에게 해 줄 수 있는 일은 거의 없었다. 자신은 곧 이 집을 떠나 전쟁터로 가야 하고, 아이들은 아무것도 모르는 채 살다가 전쟁에 휘말리게 되리라.

아이들에게 머지않아 전쟁이 일어난다는 사실을 알려 주고 떠날까도 싶었지만 다 부질없는 일이었다. 그 사실을 안다 해도 달라질 것은 없었다. 큰 전쟁이 일어나리라는 것을 이미 알고 있는 많은 백제 사람들 또한 별 대책 없이 살고 있지 않은가.

'아이들이니까, 성 밖 작은 마을이니까 어쩌면 생각보다 안전할지도 모르지.'

사비성을 함락시켜 백제왕의 항복을 받기만 하면 전쟁은 일단 끝난다. 그럼 곧바로 아이들을 찾아오리라. 전쟁이 끝나고 아이들을 다시 만나게만 된다면 그 땐 아이들에게 무언가 해 줄 수 있을 것 같았다. 아이들을 행복하게 해 줄 수 있는 그런 일을.

이윽고 바도루는 자리에서 일어나 달해가 잠든 방으로 천천히 발걸음을 옮겼다.

 인연의 끈

"갔다가 꼭 돌아오시는 거지요?"

풀기 없는 목소리로 달해가 또 물었다. 아침부터 벌써 여러 번째 똑같은 질문이었다. 성 안 객점에 다녀온다고 했을 뿐인데도 달해는 바도루가 아주 가거나 하는 것처럼 애를 끓이고 있었다.

"그래. 오늘은 일단 돌아온다고 하지 않았니. 해가 지기 전에 꼭 돌아오마."

달해는 여전히 두려움과 슬픔이 뒤섞인 눈빛으로 바도루를 쳐다보기만 했다. 벌써부터 이러니 이따 밤에 정작 헤어질 일이 난감했다. 차라리 간밤에 다 말할 걸 그랬다는 후회가 일었다.

"그 동안 잘 참았소. 이젠 마음대로 다녀도 되겠소."

어제 오후에 오랜만에 들른 의원이 그렇게 말했을 때, 바도루는 이따 저녁때 아이들에게 떠난다는 말을 하리라 마음먹었다. 하지만 상처가 낫자마자 그 말부터 하는 것이 야박하게 느껴졌다. 의원과 아이들에게 아무 보답도 못한 채 떠나는 것도 편치 않았다. 무엇보다 달해가 염려스러웠다. 자신이 떠나면 송화는 적국 사람을 돕는다는 부담에서 벗어나겠지만 달해는 꿈의 장수를 잃어버린 낙심에서 한동안 헤어나지 못할 것 같았다.

결국 바도루는 간밤에 아이들에게 아무 말도 하지 못했다. 성 안에 다녀오겠다는 말도 오늘 아침에야 겨우 할 수 있었다. 사비를 떠나기 전에 아무래도 객점에는 꼭 한 번 들러야 할 것 같았다.

예상대로 달해는 그 말에 충격을 받은 듯했다. 분명히 돌아온다고 했는데도 자꾸만 확인하고 싶어했다. 덕쇠가 윗마을로 망을 보러 같이 가자고 해도 따라가지 않았다. 그 사이에라도 바도루가 훌쩍 가 버릴까 봐 걱정이 되는 듯했다.

"덕쇠가 왜 여태 안 오는지 모르겠구나."

바도루는 달해를 보는 것이 안쓰러워 마당으로 눈길을 돌리며 혼자말처럼 중얼거렸다. 활짝 열어 놓은 문으로 마당이 훤히 내다보였다.

"달해야, 이 방에 잠깐 와 볼래?"

옆방에서 송화의 목소리가 들렸다. 달해는 마지못해 일어나 옆방으로 갔다. 송화는 방 안에 오도카니 앉아 앞에 놓인 저고리를 내려다보고 있었다.

"누나, 왜?"

"거기 잠깐 앉아 봐. 할 말이 있으니까."

달해가 자리에 앉으며 궁금하다는 눈빛으로 송화를 보았다. 송화는 말없이 저고리만 내려다보고 있었다.

"이젠 내가 오지 않아도 되겠구나."

어제 의원이 그렇게 말했을 때 송화는 이내 알았다. 그가 곧 떠날 것이고, 떠나는 그에게 그 동안 정성 들여 지은 저고리를 주어야 한다는 것을. 마음 속에서 돌연 황량한 벌판을 지나가는 바람소리가 났지만 송화는 짐짓 밝게 의원에게 인사했다.

"의원 어른. 그 동안 정말 감사했습니다. 의원 어른이 아니었으면 저분은 살아나지 못했을 거고, 저도 은혜를 갚지 못했을 거예요."

"아니다. 저 사람이 완쾌된 건 내 의술보다도 네 정성 덕분이다. 네 아버지 병구완 때도 속으로 감탄했다만, 넌 병시중을 아주 잘 들더구나. 네가 사내애라면 의술을 가르쳐도 좋으련만……."

"저 이거……."

송화는 미리 준비해 둔 패물을 의원 앞에 내밀었다. 어머니가 남겨 두고 간 패물 중에서 좋은 것으로 한 점 골라 놓은 것이었다. 의원이 손사래를 쳤다.

"요즘 난 부자다. 진대인 마님이 충분한 사례를 하시니까, 너한테까지 이런 걸 받지 않아도 돼. 저 사람, 좋은 사람 같던데 이제 떠난다지?"

마치 송화의 마음을 다 알고 묻는 것 같았다. 송화는 고개만 끄덕였다.

"금산이가 전부터 여러 번 묻더구나. 수리울에 왜 그렇게 자주 가느냐고. 내가 잘 둘러대기는 했다만, 여전히 너한테 관심이 많은 것 같더구나. 저 사람이 떠날 때까지 한층 조심해야겠다. 그리고 이왕 떠날 사람이면 빨리 떠나라고 해라. 금산이가 저 사람이나 너한테 못된 짓을 하기 전에."

의원이 돌아간 뒤에 송화는 마음의 준비를 하고 그가 부르기만을 기다렸다. 그러나 그는 아무 말도 없었다. 아침에 달해한테 그가 성 안에 다녀온다는 말을 들었을 뿐이었다.

"장수님, 저녁때 돌아오신대. 나하고 약속했어."

달해는 힘주어 말했지만 송화는 그가 영영 돌아오지 않기를 바랐다. 그가 돌아온다면 이제는 제 마음을 다 말해 버릴 것 같아 두려웠다. 그에게 부담을 주는 일은 하고 싶지 않았다. 그러면서도 그가 아무것도 모르는 채 떠나는 것은 슬펐다. 송화는 혼자 저고리를 들여다보다가 기어이 저고리에 눈물 몇 방울을 떨어뜨리고 말았다.

'어머니가 신라로 가 버렸을 때도, 아버지가 돌아가셨을 때도 난 아무한테도 눈물을 보이지 않았어. 사람들은 나보고 어린것이 독하다고 했는데…….'

송화는 얼른 눈물을 닦고 마음을 가라앉힌 다음 달해를 불렀다. 저고리가 온통 눈물로 얼룩지기 전에 그에게 전해 주고 싶었다.

"누나, 어서 말해. 나 장수님한테 가 봐야 돼."

"이거 갖다 드려. 몸에 맞지 않는 헐렁한 옷을 입고 다니다가 괜히 사람들한테 수상하게 보이면 안 되잖아."

왜 새 저고리를 지었는지 송화가 굳이 설명하자 달해가 씨익 웃었다.

"히, 역시 우리 누난 똑똑해. 하마터면 장수님이 또 큰일날 뻔하셨잖아."

달해는 아버지 방으로 도로 와, 품에 안고 온 저고리를 바도루 앞에 내밀었다.

"이 옷 입고 가시래요. 아버지 저고리는 너무 커서 남들 보기에 이상하다고……."

바도루는 저고리를 갈아 입었다. 새 옷이 포근하고 몸에 잘 맞았다. 어린 소녀의 갸륵한 마음이 고마웠다. 그 때 덕쇠가 마당으로 뛰어들어왔다.

"소금 장수 형님, 금산이 지금 마을에 없어요. 진대인을 따라 성 안 친척집에 갔대요. 지금 나가면 돼요."

"알았다."

바도루가 집을 나서려 하자 덕쇠와 달해도 따라 나섰다.

"우리가 마을 어귀까지 바래다 드릴게요. 혹시 마을 사람을 만날지도 모르잖아요."

바도루가 괜찮다고 하려는데, 달해 뒤에 숨듯이 서 있던 송화가 앞으로 나섰다. 어제 의원에게 들은 금산이 얘기가 생각난 것이다.

"달해 말대로 하세요. 조심해서 나쁠 건 없잖아요. 그리고 달해야. 혹시 마을 사람을 만나면 먼 친척 형님이 다니러 오신 거라고 해. 알았지?"

"응, 누나."

"성 안에 가시거든 조심하세요. 금산이도 성 안에 갔다니까……."

송화가 바도루를 똑바로 쳐다보며 말했다. 바도루도 송화를 마주 보며 고개를 끄덕였다.

"그래. 조심하마. 이 옷 고맙다. 아주 잘 맞는다."

바도루가 다정하게 웃으며 말했다. 송화는 순간 눈길을 떨구었다. 갑자기 눈물이 핑 돌았다.

"누나, 갔다 올게."

송화는 다시 눈을 들어 멀어져 가는 그의 뒷모습을 언제까지나 지켜 보았다.

바도루는 달해와 덕쇠와 함께 부지런히 마을길을 걸었다. 다행히 마을 어귀까지 가는 동안 누구와도 마주치지 않았다.

"이제 너희들은 그만 들어가거라."

"정말 꼭 돌아오실 거지요?"

달해는 꼭 엄마하고 떨어지지 않으려는 어린아이 같았다.

"그래. 왔다가 금방 다시 가는 한이 있어도 돌아오마. 그러니 어서 들어가거라."

바도루는 앞만 보고 성큼성큼 걸었다. 한참 가다 돌아보니 둘은 얼굴을 알아볼 수 없을 정도로 자그마해진 모습으로 여전히 마을 어귀에 서 있었다. 바도루는 손을 한 번 들어 보이고는 다시 발길을 재촉했다.

한참 뒤에 바도루는 번화한 성 안으로 들어섰다. 얼마를 더 걸어 객점에 이르렀다. 잠시 숨을 가다듬고는 객점 안으로 들어갔다.

"아니, 댁은……."

바도루를 보더니 객점 주인은 귀신이라도 본 듯한 얼굴로 눈을 휘둥그레 떴다.

"아니, 이게 대체 어떻게 된 일이오?"

사람들 눈에 띄지 않는 구석진 방으로 재빨리 바도루를 데려가서는 객점 주인이 물었다.

"어쩔 수 없는 사정이 있었습니다. 저하고 같이 온 사람은?"

"약속한 날 그 어른을 만난 뒤에 곧장 떠났지요. 그 사람이 댁 걱정을 얼마나 했는지 몰라요. 댁을 찾는다고 저잣거리며 성 안을 다 뒤지고 다니는 것 같더군요. 떠나면서 그 사람이 내게 봇짐을 맡겼어요. 댁이 반드시 돌아올 거라고 믿고 떠난다면서 나한테 그 말을 꼭 전해 달라고 합디다."

객점 주인은 벽장 깊숙한 곳에 넣어 두었던 봇짐을 꺼내 주었다. 봇짐 속에는 바도루가 여벌로 가지고 온 옷과 소지품, 오례혜에게 주려고 산 비단 신발, 그리고 단검과 작은 주머니가 들어 있었다. 만약을 위해 가지고 온 그 단검을 보자 오례혜에게 주고 온 단검이 생각났다. 오례혜는 지금도 그 단검을 보면서 바도루를 걱정하고 있으리라.

'오례혜, 걱정 시켜서 미안해. 곧 소식을 전할게, 곧.'

바도루는 봇짐 속의 단검을 품 속에 넣었다. 거복과 둘이 지낼 때는 단검을 몸에 지니지 않아도 되었지만 이젠 형편이 달라졌다. 바도루는 작은 주머니도 열어 보았다. 속에 은덩이가 들어 있었다. 돌아올 때 노자로 쓰라고 거복이 남겨 놓고 간 모양이었다. 거복의 마음 씀씀이가 고마웠다.

"이젠 돌아갈 거지요?"

"그래야지요. 그런데 주인장께 한가지 물어 보고 싶은 게 있습니다. 언젠가 객점에서 본 자인데, 혹시 아시나 싶어서요."

바도루는 눈매가 날카로운 사내의 인상을 자세하게 설명했다. 물론 그가 자신을 칼로 찔렀다는 말은 하지 않았다.

"아, 그자는 아마도 칼품을 파는 자일 거요. 대가를 받고 사람을 죽이는 전문 자객 말이오. 직업치고는 고약한 직업이지."

짐작대로 그자는 전문 자객이었다. 중요한 건 누가 그자에게 자신을 죽이라고 부탁했느냐 하는 점인데, 그건 아무래도 신라에 돌아가서 풀어야 할 숙제 같았다.

"헌데 그자는 왜?"

객점 주인이 자못 궁금하다는 듯 물었다.

"아닙니다. 그냥 좀 알아볼 일이 있어서."

"조심해서 돌아가도록 해요. 여긴 아무래도 위험한 곳이니까."

"예. 그 동안 봇짐을 맡아 주셔서 고맙습니다."

바도루는 봇짐을 둘러메고 남의 눈에 띄지 않게 조심하면서 객점을 나왔다. 올 때보다 발걸음이 더 빨라졌다. 한시바삐 신라로 돌아가고 싶어서 바도루는 나는 듯이 걸었다.

어느새 마을 어귀 갈림길이었다. 금방이라도 울음을 터뜨릴 듯한 달해의 얼굴이 문득 눈에 밟혔다. 나는 듯했던 발걸음이 쇳덩이라도 달린 듯 무겁게 느껴졌다.

달해가 왜 하필 적국 사람인 나를 세상을 구하러 오는 장수라고 믿었을까? 갑자기 그런 생각이 머리를 스쳤다. 어쩌면 그것은 자운 대사가 늘 말했던 '인연' 때문인지도 모른다. 보이지 않는 인연의 끈이 저잣거리에서 자신과 달해를 만나게 했고, 한 달 가까이 아이들 곁에 머물게 한 건 아닐는지.

'이제 그 인연은 여기서 잠시 접어야겠지. 아이들과 내가 정말 인연이 있다면 우린 분명 다시 만날 테니까.'

해가 막 서산으로 넘어갈 무렵 바도루는 집 안으로 들어섰다. 마당에 기운 없이 앉아 있던 달해가 벌떡 일어나 부리나케 달려왔다.

"정말 돌아오셨네요. 덕쇠 형이 오면 같이 마중 가려고 했는데……. 덕쇠 형은 금산이 패가 돌아왔는지 알아보려고 아까 윗마을로 갔거든요."

달해가 바도루의 손을 꼭 잡고 말했다.

"성 안에 가신 일은 잘 되었나요?"

어느새 곁으로 다가온 송화도 수줍게 웃으며 물었다. 바도루는 고개를 끄덕였다. 이렇게 밝은 송화의 모습은 처음이었다.

비로소 바도루는 달해뿐 아니라 송화 역시 자신이 돌아온 것을 기뻐하고 있음을 알았다. 의지가지없는 아이들이 어느새 자신을 피붙이처럼 생각하게 된 모양이었다.

마음은 벌써 신라로 떠났지만 그 마음 중 한 자락은 여기 남겨 두어야 할 것 같았다. 어쩔 수 없는 인연의 끈에 아이들과 자신이 단단히 묶여 있음을 바도루는 새삼 깨달은 것이다.

내 이름도 오례혜

밤이 제법 이슥했다. 바도루는 한쪽 옆에 놓아 둔 봇짐을 한동안 보다가 달해에게 눈길을 돌렸다. 달해는 아까부터 할 말이 있는 듯한 얼굴로 바도루만 내내 쳐다보고 있었다.

"달해야, 누나 좀 건너오라고 할래? 할 이야기가 있으니⋯⋯."

달해는 가슴이 철렁했으나 잠자코 일어나 송화 방으로 갔다.

"누나, 장수님이 잠깐만 와 보라셔."

이미 짐작한 일인데도 송화는 순간 가물거리던 등잔불이 혹 꺼져 버린 듯한 느낌이 들었다.

'이러면 안 돼. 그분이 떠날 때까지는 아무 내색도 해서는

안 돼.'

다른 때보다 더 정성스럽게 저녁밥을 지으면서 마음을 다잡고 또 다잡았던 송화였다.

"그전에 너한테 할 말이 있으니까 잠시 앉아 봐."

달해가 엉거주춤 자리에 앉았다. 송화는 숨을 가다듬고는 말을 꺼냈다. 그건 달해보다 오히려 자신에게 들려 주려는 말이었다.

"저분, 이제 떠나실 거야. 네가 그랬지? 저분은 이 세상을 구하러 오신 장수님이라고. 그러니 장수님이 할 일을 하시게 조용히 보내 드리자. 우리 때문에 할 일을 못하신다면 얼마나 괴로우시겠니. 너 장수님 좋아하지?"

달해는 금방이라도 울 듯한 얼굴로 고개를 끄덕였다. 앞으로 어떻게 할 건지, 여기서 계속 같이 살면 안 되는 건지 아까부터 장수님한테 묻고 싶었는데, 달해가 차마 하지 못한 질문의 대답을 누나가 지금 미리 하고 있는 것만 같았다.

"그럼 조용히 보내 드려야 해. 장수님이 할 일을 하셔서 좋은 세상이 오면 그 땐 내가 널 엄마한테 데려다 줄게. 그 때 우리 같이 엄마를 찾으러 가자. 알았지?"

달해는 아무 말도 못하고 눈물만 글썽였다.

"장수님이 가겠다고 하시면 그냥 네, 라고만 대답해. 절대 울거나 가지 말라고 떼를 써서는 안 돼. 약속할 수 있지?"

달해는 마지못해 고개를 끄덕였다. 눈물이 뺨을 타고 흘러내렸다.

"눈물 닦고 어서 가자. 기다리시겠다."

달해가 눈물을 닦았다. 둘은 옆방으로 갔다. 둘이 자리에 앉자 바도루가 말했다.

"그 동안 고마웠다. 너희한테 신세를 많이 졌는데, 이젠 떠나야 하는구나. 하지만 언젠가는 반드시 너희를 데리러 오마. 그래서 신라에 있는 너희 어머니에게 데려다 주마. 만약 어머니를 찾지 못하면 그 땐 내가 너희들을 돌봐 주겠다. 너희들은 내 아우, 내 누이나 마찬가지니까."

바도루는 하고 싶은 말을 단숨에 해 버렸다. 아이들을 어떻게 행복하게 해 줄 수 있을까 궁리 끝에 내린 결론이었다. 송화도 달해도 눈길을 내리깐 채 아무 말이 없었다. 바도루도 잠자코 아이들이 무슨 말인가 하기를 기다렸다.

달해가 고개를 들었다. 그 눈에 눈물이 언뜻 비쳤다.

"정말 돌아오실 거지요? 우리를 데리러? 정말?"

"그래. 난 약속한 건 반드시 지키려고 노력하는 사람이다. 아까도 돌아온다고 약속했고, 약속대로 돌아오지 않았니. 그러니 날 믿고 기다려 다오."

"네, 장수님."

"달해야, 몇 번이나 말했지만 난 장수가 아니다. 이제 와서 무얼 숨기겠니. 난 신라 사람이고, 이제 신라로 돌아가려는 거다."

달해는 입을 꼭 다문 채 눈물어린 눈으로 바도루를 빤히 쳐다보기만 했다.

바도루는 이번에는 옆에 꺼내 놓은 은덩이를 송화 앞으로 내밀었다.

"그리고 이거, 얼마 되지는 않는다만, 내가 돌아올 때까지 사는 데 조금이라도 보탬이 되었으면 싶구나."

은덩이를 보자 송화는 숨이 콱 막혔다. 이 사람한테서 결코 이런 것을 받고 싶지는 않았다. 송화가 막 입을 열어 무언가 말하는데, 바깥에서 인기척이 났다.

"송화야. 송화, 안에 있니?"

덕쇠 어머니의 목소리였다. 송화는 화들짝 놀라며 마당으로 나갔다. 이런 밤중에 덕쇠 어머니가 찾아오다니, 불길한 예감이 마음을 짓눌렀다.

"웬일이세요, 아주머니?"

송화의 목소리가 떨려 나왔다. 어둠 속이었지만 덕쇠 어머니 또한 떨고 있음을 송화는 알았다.

"사실은 말이다. 우리 덕쇠 녀석이 조금 전에 돌아왔단다. 어딜 갔다 왔느냐고 물어도 대답도 안 하고 내 눈치만 흘금흘금 보길래 살살 캐물었더니, 글쎄 금산이 패거리한테 잡혀 갔다 겨우 돌아온 거라지 뭐니."

송화는 한동안 멍하니 서 있기만 했다. 아까 오후에 덕쇠는 금산이 패가 돌아왔는지 알아본다면서 윗마을로 갔고 그 뒤로는 집에 오지 않았다. 송화도 달해도 그가 돌아온 것이 기뻐 덕쇠는 까맣게 잊고 있었는데 그 사이에 그런 큰일이 벌어진 모양이었다.

"그래서, 그래서요?"

송화가 가까스로 입술을 달싹였다.

"우리 집 미련퉁이가 횡설수설하는데, 아무래도 금산이 패한테 저 사람이 여기 있다는 걸 말한 모양이야. 송화 네가 시킨 대로 먼 친척 오라버니라고 했대. 그랬더니 대뜸 금산이가 신라 첩자가 분명하다고 하더래. 네 엄마가 신라 사람이니까 그렇게 옭아맬 생각을 한 거지. 내 생각엔 금산이가 저 사람을 관에 고발해서 널 어찌해 볼 궁리를 하는 것 같구나. 친척 오라버니가 관에 붙잡혀 죽을 지경이 되면 네가 저한테 매달릴 거라고 생각한 거지."

송화는 아랫입술을 잘근 깨물었다.

"우리 덕쇠도 웬만하면 말을 안 했을 텐데 심하게 닦달을 당한 모양이더라. 그 녀석 완전히 얼이 빠졌어. 내일 날이 밝으면 당장 금산이가 저 사람을 관에 고발할 텐데, 이 일을 어쩐다니? 저 사람이 아무 죄가 없다고 해도, 금산이가 첩자라고 고발하면 꼼짝없이 걸려들게 돼 있어. 보나마나 금산이는 관리들한테 뇌물을 듬뿍 줄 테고, 그 망할 관리들은 사람을 반쯤 죽여서라도 억지로 죄인을 만들 텐데……."

금산이는 분명 그런 짓을 하고도 남을 위인이었다. 송화는 이를 악물었다.

'지금 당장 떠나시게 해야 해. 지금 당장.'

그 생각을 하자 송화는 자신도 놀랄 만큼 침착해졌다. 저 신라 사람이 무사히 떠나기만 한다면 어떤 일이라도 감당해 낼 자신이 있었다.

"제가 알아서 할게요. 아주머니는 아무 염려 마시고 돌아가 계세요."

"그래. 집에 가 있을 테니 혹시 무슨 일이 있으면 한밤중에라도 날 불러라. 알았지?"

"네."

바깥에서 송화가 덕쇠 어머니를 배웅하는 소리가 들렸다. 바도루는 달해를 보았다. 달해의 얼굴이 하얗게 질려 있었다.

바도루는 봇짐으로 눈길을 떨구었다.

아이들이 자신 때문에 위험에 처했다. 그걸 모른 체하고 떠날 수는 없다. 아이들과 맺은 인연을 일단 접고 떠나리라 생각했는데, 인연이란 결코 내 뜻대로 되는 것이 아닌 듯했다. 인연이 먼저 놓아 주기 전에는 결코 벗어날 수 없는 것이 바로 인연것 같았다.

'그렇다면 그 인연을 끌어안는 수밖에 없겠지.'

송화가 수심 어린 얼굴로 방으로 들어왔다.

"함께 신라로 가자. 지금 우리 셋이 같이 떠나자."

송화가 자리에 앉자마자 바도루가 말했다. 아이들 둘을 데리고 길 떠나는 일이 쉽지는 않겠지만, 일단 국경만 넘으면 방법이 생길 것 같았다. 송화는 눈을 동그랗게 뜨고 바도루를 잠시 바라보다 고개를 떨구었다.

네, 같이 가겠어요, 라는 말이 혀끝에서 맴돌았다. 마음 같아서는 당장 그 말을 내뱉고 싶었다. 하지만 그랬다가 잡힌다면, 그래서 이 신라 사람이 가혹한 문초를 받고 끝내 목숨까지 잃는다면…… 송화는 속으로 고개를 절레절레 저었다.

"어서 준비해라. 지금 떠나야 한 걸음이라도 더 멀리 갈 수 있다."

바도루가 재촉했다. 송화는 이를 악물고 다른 말을 내뱉었다.

"전 갈 수 없어요."

"금산이는 날이 밝자마자, 아니 어쩌면 지금 관으로 달려가고 있을지도 모르겠구나. 만약 나 혼자 떠나 버린다면 나 대신 너희들이 잡혀 갈 거다. 그럴 수는 없다."

"그 멍청이가 노리는 사람은 저예요. 만약 제가 없어지면 금산이는 사람을 풀어서 땅끝까지라도 쫓아올 테고, 결국 우리 모두 잡히고 말아요."

"난 너희들을 이대로 내버려 두고 갈 수가 없구나."

방 안에 숨막힐 듯한 침묵이 흘렀다. 바도루는 말없이 송화를 바라보며 대답을 기다렸다.

송화는 방바닥만 내려다보며 차근차근 생각해 보았다. 이 사람이 떠나고 나면, 금산이는 모처럼 좋은 기회를 놓쳤다 싶어 길길이 뛸 것이다. 홧김에 달해를 대신 잡아가게 만들지도 모른다. 그럼 자신은 어린 동생을 구하려고 꼼짝없이 금산이의 말을 들어야 할 테고…….

송화는 눈을 들어 달해를 보았다. 떠나 버린 어머니를 한없이 그리워하는 가여운 동생이었다. 여러 가지를 생각해 볼 때 달해는 신라에 있는 어머니에게 가는 것이 나았다. 이번 일은 물론이고 머지않아 일어나게 될 전쟁을 생각해도 그랬다.

"정 그러시다면 달해만 데려가세요. 달해가 없으면 전 좀더 홀가분하게 제 자신을 지킬 수 있을 거예요."

송화가 하는 말을 바도루는 알아들었다.

"정말 같이 가지 않겠니?"

마음 속으로는 펑펑 울면서, 송화는 있는 힘을 다해 차분하게 말했다.

"제가 백제를 얼마나 사랑하는지 잘 아시지요? 전 죽어도 백제의 딸이고 싶어요."

바도루는 더 이상 할 말이 없었다. 그 무엇도 송화의 결심을 바꿀 수 없다는 걸 알았기 때문이다. 송화가 다시 말을 이었다.

"대신 달해를 어머니한테 데려다 주세요. 달해야, 너 장수님 따라갈 거지?"

"누나도 같이 가."

달해가 울먹였다.

"여태까지 뭘 들었니. 누나가 남아야 모두가 무사할 수 있다고 했지? 나중에, 나중에 엄마를 만난 뒤에 네가 도로 날 찾으러 오면 되잖아. 가는 거지?"

달해가 손등으로 눈물을 닦으며 고개를 끄덕였다.

"이 은덩이는 달해를 위해서 써 주세요. 제게는 어머니가 남겨 주신 패물이 있어요. 달해가 떠날 수 있도록 곧 준비를 할게요."

송화는 옆방으로 가 봇짐을 쌌다. 갈아 입을 옷가지 몇 점을 넣고 부엌에서 간단하게 요기가 될 만한 것들을 가져와 함께 넣었다. 송화는 제 손으로 달해의 등에 봇짐을 둘러메 주었다. 사립문 앞에 서서, 달해는 훌쩍이며 송화의 손을 꼭 잡았다.

"누나, 엄마를 만나면 꼭 돌아올게. 꼭!"

송화는 솟구치는 눈물을 참으면서 어둠 속에 우뚝 서 있는 신라 사람을 똑바로 쳐다보았다. 이제 다시는 볼 수 없는 사람이었다.

"신라로 돌아가시면 오례혜, 그분을 만나시겠네요?"

바도루는 고개를 끄덕였다.

"그래. 오례혜를 만날 거고, 아버님 같은 장군님과 내가 가장 사랑하는 벗도 다시 만나겠지. 너도 같이 가면 정말 좋을 텐데……."

"제 걱정은 마세요. 전 괜찮을 거예요. 다만, 제 이름 또한 오례혜가 될 뻔했다는 것, 그것만 가끔 기억해 주세요."

바도루는 가만히 송화의 어깨를 감싸안았다. 어린 누이만 혼자 남겨 두고 가는 것 같아 마음 한구석이 아렸다.

"그래. 넌 총명한 아이니 네 자신을 잘 지킬 수 있으리라 믿는다. 달해 걱정은 말아라. 내가 잘 지켜 주마. 그리고 언젠가는 반드시 널 데리러 오겠다. 달해가 이미 내 아우이듯 너 또한 내 누이다. 꼭 데리러 오마."

송화의 두 눈에서 참고 참았던 눈물이 솟구쳤다.

'아, 이분은 내가 한 말이 무슨 뜻인지 모르셔. 내 이름 또한 오례혜가 될 뻔했다는 그 말뜻을……'

달해와 이름조차 모르는 신라의 밀사, 사랑하는 그들과 헤어지는 것보다 그 사실이 더 슬퍼서 송화는 흐느낌을 참을 수가 없었다.

바도루는 다시금 마음이 저려와, 송화의 어깨를 감싸안은 손에 힘을 주었다. 그것은 말없는 약속이었다. 반드시 데리러 오겠다는.

그러나 바도루는 여전히 송화가 흘리는 눈물의 의미를 알지 못했다.

아리성

성이 보였다. 막 지기 시작한 노을 빛에 물들어 성은 한층 단단하고 견고해 보였다.

바도루는 안도의 숨을 내쉬었다. 저 아라성에 행군 중인 병사들이 잠시 묵고 있다는 말을 들었다. 어느 장군 휘하의 어떤 당(幢: 부대)인지는 모르지만 무턱대고 반가웠다.

수리울을 떠난 지 거의 한 달 만이었다. 혼자였다면 더 빨리 올 수도 있었겠지만 달해가 곁에 있었다. 제때 끼니를 챙겨 주어야 했고, 잠자리에도 신경을 써야 했다. 혼자일 때보다 몇 배로 주위를 경계하고 조심해야 했다.

그리하여 겨우 국경을 넘었을 때 이번에는 장맛비를 만났다. 하늘에 구멍이라도 뚫린 듯 비가 쏟아졌다. 하는 수 없이 며칠이고 민가에 묵으면서 비가 그치기만을 기다렸다. 전쟁 소식도 그 때 들었다. 백제군과 싸우다 한쪽 팔을 잃은 민가의 주인이 마을에 떠도는 소문을 이야기해 주었다.

"대왕마마께서는 벌써 달포 전에 서라벌을 떠나 남천정(경기도 이천)으로 행군을 시작하셨대요. 김유신 대장군, 김진주, 김천존 등 여러 장군을 거느리고 말이오. 서해 덕물도(덕적도)에 도착하는 당나라 소정방의 군대를 마중 가는 거랍디다."

당군을 맞이한 뒤에 신라군은 다시 남쪽으로 내려와 백제로 갈 터였다. 처음에 바도루는 그 신라군을 찾아갈까 생각했다. 하지만 신라군이 언제 남쪽으로 내려올지 정확한 날짜를 알 수 없었다. 게다가 달해까지 데리고 느린 걸음으로 찾아 나섰다가는 길이 어긋나기 십상이었다.

차라리 원래 예정대로 서라벌로 계속 가는 편이 나을 듯했다. 가다 보면 병사들이 주둔하고 있는 큰 성에 닿을 것이다. 운이 좋으면 뒤늦게 서라벌을 출발하여 신라군에 합류하기 위해 행군 중인 병사들을 만날지도 모른다. 그리 되면 장군님께 가는 일이며, 달해를 안전한 곳에 맡기는 일, 오례혜에게 소식을 보내는 일까지 다 해결할 수 있으리라.

비가 그치자 바도루는 다시 갈 길을 재촉했고, 민가에 묵을 때마다 새로운 소식을 들었다. 소식은 이러했다.

　─남천정에 도착한 왕이 태자 법민을 덕물도에 보내 소정방이 거느리고 온 당군을 맞이하게 했다. 소정방이 태자에게 말했다. '당군은 뱃길로, 신라군은 육지로 행군하여 20여 일 뒤에 사비 남쪽 기벌포에서 합류하자.' 태자는 돌아와 소정방의 말을 왕에게 전했다. 왕은 김유신 대장군과 김품일, 김흠춘 장군 등에게 5만 정예 군사를 주었다. 백제로 가서 소정방의 군대와 합류하라는 명령과 함께.

　신라군은 맨 먼저 국경 근처 백제 남쪽 땅에서 백제군과 한차례 큰 싸움을 치를 것이다. 그건 신라군도 백제군도 목숨을 건 한판 결전일 터였다. 신라군은 그 싸움에서 이겨야만 사비로 행군하여 당군과 합류할 수 있고, 백제군 또한 아주 중요한 방어선인 그 곳을 죽을힘을 다해 지킬 것이기 때문이다.

　신라군을 찾아 부지런히 길을 가면서 바도루는 전쟁의 또 다른 얼굴을 만났다. 사랑하는 이를 전쟁터에 내보낸, 남아 있는 식구들의 얼굴, 한숨과 눈물로 얼룩진 얼굴이었다. 들르는 민가마다 젊은 남자들은 거의가 병사로 뽑혀 갔다고 했다. 남은 식구들은 가슴 조이며 전쟁터에 나간 아들과 지아비와 오라비를 걱정하고 있었다.

바도루는 그 눈물과 한숨이 남의 일로만 느껴지지 않았다. 그건 오례혜의 눈물이고 한숨이기도 했다. 삼국이 하나로 통일되어 평화가 올 때까지는, 그 눈물과 한숨은 그치지 않을 터였다. 전쟁터에서 직접 싸우는 병사들뿐 아니라 남아 있는 식구들에게도 전쟁은 힘겨운 고통이었다. 자신이 전쟁터에 나가 싸우려는 것도 더 이상 전쟁으로 인한 고통과 눈물이 없는 세상을 만들기 위해서가 아닌가.

하루 빨리 경천과 낭도들을 만나고 싶었다. 김충현 장군이 어느 곳에 있는지는 알 수 없지만 짐작에는 김품일, 김흠춘 장군과 함께 김유신 대장군을 돕고 있을 것 같았다.

얼마 전에는 남천정에서 남쪽으로 내려온 대왕마마께서 금돌성(상주 근처)에 본진을 설치하셨다는 소식을 들었다. 금돌성은 이 곳 아라성 북쪽에 있는 큰 성으로, 말을 타고 반나절이면 갈 수 있다.

아마도 저 아라성에 잠시 묵고 있는 병사들도 대왕마마가 계신 금돌성 본진으로 가는 중일 것이다. 그들을 만나면 김충현 장군이 어디 있는지도 알 수 있고, 말이며, 달해를 부탁하는 일까지 도움을 받을 수 있으리라. 달해는 성 안에 있는 민가에 잠시 맡겨 두든지 아니면 믿을 만한 사람을 시켜 서라벌의 오례혜에게 보낼 작정이었다.

바도루는 저 멀리 성문을 지키고 있는 병사들을 잠시 바라
보다가 고개를 돌려 달해를 보았다. 달해의 얼굴이 해쓱했다.
다급한 상황이어서 얼결에 바도루를 따라 나서기는 했지만 그
밤에 송화와 갑작스럽게 헤어진 일이 달해에게는 큰 충격인 듯
했다. 집에 있을 때의 그 씩씩하고 티 없는 달해가 아니었다.
쉽게 지치고 고단해했다. 그래서 여기까지 이르는 데에 그처럼
많은 시일이 걸렸던 것이다.

그나마 달해가 쓰러지지 않고 버틸 수 있었던 것은 바도루,
아니 장수님에 대한 믿음 덕분이었다. 바도루도 그 사실을 잘
알고 있었기에 더욱 달해에게 마음을 썼다.

"이제 다 왔다, 달해야. 잠시 여기서 기다려라. 저 병사들한
테 가서 뭘 좀 알아보고 올 테니까."

"금방 돌아오실 거지요?"

달해가 겁먹은 얼굴로 물었다. 바도루는 다정하게 고개를
끄덕였다.

"힘내라, 달해야. 이제 너도 편히 지낼 수 있을 거다. 어머니
를 만나는 건 조금 기다려야겠지만 서라벌에 가면 아주 좋은
분들이 널 돌봐 줄 거다."

김충현 장군의 부인과 오례혜의 얼굴이 번갈아 눈앞에 떠올
랐다. 그리움에 문득 가슴이 메여 왔다. 얼른 마음을 가다듬고

바도루는 달해의 어깨를 두어 번 두드려 주었다.

"다녀 오마."

바도루는 달해를 성벽 옆에 두고 성문 쪽으로 천천히 걸었다. 성문과 열 걸음쯤 떨어진 곳에 이르렀을 때 성 안에서 한 사람이 나왔다. 성 안 사람인 듯했다. 바도루는 발길을 멈추었다. 그 사람에게 물어 보자는 생각이 들었다. 성문을 지키고 있는 병사들은 이 지방 병사들인지라 서라벌에서 온 당에 대해 잘 모를 수도 있었다.

성 안에서 나온 사람이 바도루 앞을 지나쳐 갔다. 나이는 좀 들어 보였고, 풍채가 점잖았다. 한 마을의 촌장쯤 되어 보였다. 정말 촌장이라면 병사보다는 더 많은 것을 알고 있을 터였다.

"저, 말씀 좀 묻겠습니다."

그 사람이 걸음을 멈추고 돌아보았다.

"저 성 안에 서라벌에서 행군하여 온 당이 잠시 묵고 있다는 말을 들었습니다. 어느 장군 휘하의 무슨 당인지, 혹시 알고 계신지요?"

"그건 왜 묻나?"

바도루의 얼굴을 빤히 보면서 그 사람이 되물었다.

"저도 싸움터에 같이 나갈까 해서……."

"갸륵한 젊은이군. 성 안에 주둔하고 있는 당은 삼천당이라

네. 어느 장군 휘하인지는 나도 잘 모르고, 대왕마마가 계신 금돌성으로 간다고 하더군. 병사들 절반은 이미 출발했고, 나머지 병사들도 내일 떠난다고 하더군."

"허면 삼천당 당주는?"

"삼천당주는 파진찬 김호민 어른의 자제 김아선이라고 하더군."

순간 찬 기운이 등줄기를 훑어 내려갔다. 바도루는 땅바닥으로 눈길을 떨구었다.

할 말을 잃고 우두커니 서 있는 바도루를 보며 그가 다시 물었다.

"성 밖 마을에 살고 있나?"

"예."

"그렇다면 삼천당주보다 사인(使人: 지방 관직) 막손을 찾아가게나. 그 사람이 이 지방 병사에 관한 일을 맡고 있다네. 저 병사들에게 말하면 사인에게 데려다 줄 걸세."

"고맙습니다. 살펴 가십시오."

바도루는 발길을 돌렸다. 언젠가는 아선을 만나야겠지만 지금은 아니었다. 확실치는 않지만 자객을 사서 자신을 죽이려 했던 아선이었다. 그런 아선을 지금 만난다는 것은 섶을 지고 불 속에 뛰어드는 것이나 마찬가지였다. 지금 성 안에는 아선보다 직책이 높은 군관은 없는 듯했고, 그렇다면 아선이 하지 못할 짓이란 아무것도 없었다.

혼자 몸이라면 아선이 무슨 짓을 하건 맞서 싸울 자신이 있었다. 하지만 달해가 있었다. 송화에게 달해를 지켜 주겠다고 약속했고, 그 약속은 반드시 지키고 싶었다.

'차라리 금돌성을 찾아가자. 지금 떠나면 아선보다 먼저 금돌성에 닿을 수 있다.'

바도루는 달해가 기다리고 있는 성벽으로 발길을 재촉했다. 저만치 성벽이 보였다. 그런데 달해가 보이지 않았다. 군관 한 사람과 병사 셋이 둘러서 있는 것만 보였다. 그들에게 가려서 안 보이는 것인지 다른 곳으로 잠시 간 것인지 알 수 없었다.

불길한 예감이 날카로운 창끝처럼 심장을 파고들었다. 바도루는 숨을 가다듬으며 급히 그들에게 다가갔다.

"너같은 백제 꼬마 녀석이 무엇 때문에 여기서 어슬렁거리는 거냐? 어서 대답하지 못해?"

군관의 호통이 바도루의 귓전을 때렸다. 언뜻 군관과 병사들에게 둘러싸인 달해의 모습이 보였다.

"무슨 일이오? 그 아이는 내 아우나 다름없는 아이인데……."

군관과 병사들이 돌아보았다. 군관은 직책이 제법 높은 듯했다. 군관은 수상하다는 듯 바도루를 아래위로 훑어보았다.

"이 아이가 네 아우라면 네놈도 백제놈이겠구나."

"아우나 다름없다고 했지, 아우라고 하지는 않았소. 난 신라 사람이오."

"아무래도 수상하다. 둘 다 끌고 가자. 문초해 봐야겠다."

한 병사가 달해의 팔을 꽉 붙잡았다. 달해는 하얗게 질린 얼굴로 바도루를 쳐다보았다. 두려움에 떨면서도 그 눈빛은 오로지 바도루만 의지하고 있었다. 바도루는 입술을 깨물었다. 이젠 아선을 만나는 것 말고는 달리 방법이 없는 듯했다.

나머지 두 병사가 바도루의 팔을 잡으려 했다. 바도루는 두 팔을 내뻗어 병사들을 뿌리쳤다.

"내게 손대지 말아라. 너희들이 함부로 할 수 있는 사람이 아니다, 나는."

그 기세에 눌렸는지 병사들이 주춤했다. 군관의 입가에 비웃음이 피어올랐다.

"호오, 제법 호기롭구나. 함부로 할 수 있는지 없는지는 문초를 해 보면 알 터. 무얼 하느냐? 빨리 끌고 가지 않고."

"난 김충현 장군 휘하의 제감 바도루다. 신라의 화랑 바도루. 너희 삼천당주 아선과는 어릴 적 글동무다. 너희 당주를 만나게 해다오."

"정말인가, 그 말?"

군관이 의심스럽다는 듯 바도루의 얼굴을 빤히 바라보았다.

"삼천당주와 만나게 해다오. 그러면 모든 것이 다 밝혀질 것이다."

"난 바도루랑을 직접 만난 적은 없지만 그 명성은 들어서 알고 있소. 하지만 낭은 백제땅에 가서 나라를 위해 일하다 죽었다고 들었소. 그래서 그 낭도들이 낭의 원수를 갚겠다며 어느 병사들보다 높은 사기로 싸움터로 향하고 있다 하오. 정녕 그대가 화랑 바도루란 말이오?"

어느새 군관의 말투가 바뀌어 있었다.

"그렇다."

"좋소. 일단 당주님께 말씀드려 볼 테니 따라오시오."

바도루와 달해는 군관과 병사들을 따라 성 안 깊숙한 곳에 자리한 큰 건물 안으로 들어갔다. 삼천당의 임시 본부인 듯했다. 그들은 바도루와 달해를 건물 안 작은 방으로 데려갔다. 탁자와 의자 몇 개가 있는 조촐한 방이었다.

"당주님께 가기 전에 몸수색하고 짐을 조사해 봐야겠소. 이건 내 임무여서 그러니 언짢게는 생각지 마시오."

군관이 눈짓하자 병사들이 바도루와 달해의 봇짐을 벗겨 냈다. 바도루의 품 속에 있던 단검도 찾아 냈다. 봇짐 속에는 옷

가지와 간단한 소지품, 오례혜에게 줄 비단 신발, 그리고 쓰고 남은 약간의 은덩이가 있었다.

"이건 우리가 맡아 두었다가 신분이 확인되면 돌려 주겠소. 예서 잠깐 기다리시오."

군관은 작은 방을 나와 아선의 처소로 갔다. 아선은 탁자 앞에 앉아 지도를 들여다보고 있었다. 사비까지 가는 길이 상세하게 그려진 지도였다.

"무슨 일이냐?"

아선이 지도를 한옆으로 치우면서 물었다.

"수상한 자 둘을 붙잡았습니다. 성 밖을 순찰하다가 어린아이가 서성대고 있길래 말을 시켜 보았더니 말투가 이상하더군요. 신라 말투와는 확실히 달랐습니다. 다그쳐서 백제 아이라는 사실을 알아 냈습니다. 그런데……."

"요점이 뭐냐?"

장황하게 이어지려는 말꼬리를 툭 자르며 아선이 물었다.

"그 아이하고 일행인 젊은 사람이 있습니다. 그 사람 말로는 자신이 화랑 바도루라고 합니다. 당주님과 어릴 때 글동무였다면서 당주님을 만나게 해 달라고 합니다. 어찌할까요?"

순간 아선의 표정이 일그러졌다. 바도루라니! 아선에게 바도루는 치욕이며 상처였다. 자신보다 골품이 낮은 바도루를 시샘해야 한다는 사실이 견딜 수 없는 치욕이었고, 한 번도 그를 뛰어넘지 못했다는 사실이 뼈아픈 상처였다.

무엇보다 견딜 수 없었던 것은 자신이 가져야 할 모든 것을 바도루가 차지했다는 사실이었다. 스승 자운 대사의 사랑이 그러했고, 경천의 우정 또한 마찬가지였다. 가장 참을 수 없었던 것은 오례혜, 아름다운 오례혜가 바도루의 정혼녀라는 사실이었다.

열다섯 살 때, 오례혜를 처음 보았을 때의 충격은 아직도 생생했다. 아직 어린 티가 남아 있는 소녀였지만 오례혜는 눈이 부셨다. 세상이 한 바퀴 핑그르르 도는 듯한 어지럼증이 일었다. 그 때 아선은 다시 한 번 바도루에 내해 이를 갈았다. 그 어여쁜 오례혜가 이다음에 바도루의 각시가 된다는 것은 도저히 용서할 수 없는 일이었다.

세상의 모든 것은 아선 자신을 위해 있어야 했다. 해도 아선을 위해 빛나야 했고, 꽃도 아선을 위해 피어야 했다. 오례혜처럼 아름다운 아이는 당연히 뒷날 아선의 각시가 되어야 마땅했다.

당나라에 가서도 아선은 오례혜를 잊을 수가 없었다. 남들이 아름답다고 칭찬하는 당나라 여인도 오례혜를 떠올리면 이내 평범해졌다. 그리고 올 봄 2월 대보름날, 홍륜사에 탑돌이를 하러 갔다가 처녀가 된 오례혜를 보았다. 달빛 아래 언뜻 본 오례혜의 모습은 숨이 막힐 듯 아름다웠다. 황홀했다.

아선은 그 때 결심했다. 내가 차지할 수 없다면 누구도 오례혜를 가져서는 안 된다. 바도루는 더더욱 안 된다. 그래서 바도루는 적국 백제땅에서 조국 신라를 위해 영광스럽게 죽은 것이 아닌가. 그런데…….

아선의 양미간이 잔뜩 찌푸려졌다.

"만나 보시겠습니까?"

군관 용길이 아선의 눈치를 살피며 물었다. 상관의 표정이 심상치 않았던 것이다.

"물론 만나야지, 바도루는 아주 소중한 벗이었으니까. 하지만 두렵군."

용길은 영문을 몰라 아선을 바라보았다.

"난 열다섯 살 때의 바도루밖에 기억하지 못한다. 내가 당나라에서 돌아왔을 때, 그는 이미 백제로 떠난 뒤였으니까. 물론 어릴 때 모습이 남아 있긴 하겠지만, 그의 모습도 많이 변했을 것이다. 그런데 그가 만일 진짜가 아니고 닮은 사람이라면, 내가 과연 정확하게 가려 낼 수 있을까? 세상에는 닮은 사람이 많은 법이다. 백제 첩자가 바도루를 가장해 우리를 속이려 든다면, 내가 벗에 대한 지극한 우정 때문에 눈이 흐려져 속는다면……, 아 무서운 일이다. 그건 조국을 위해 영광스럽게 죽은 내 벗을 욕보이는 일이고, 두 번 죽이는 일이다. 그래서 난 두렵다."

그제야 용길이 고개를 끄덕였다.

"일단 문초를 해 볼까요? 죽을 만큼 닦달하면 실토할 겁니다. 만약 가짜임이 밝혀지면 우리를 기만하고 감히 우리의 화랑 바도루를 사칭한 대가를 톡톡히 치르게 해 줘야지요."

"아니다. 우선 아이를 만나 보겠다. 어른은 우리를 교묘하게 속일 수 있을지 모르지만 아이들이란 그래도 순진하지 않은가. 문초는 그 다음에 해도 늦지 않아. 아직은 확실치 않으니 정중하게 대하라. 내 몸처럼 아끼던 벗이니, 나를 대하듯……."

"알겠습니다."

용길은 작은 방으로 갔다. 병사 둘이 문 앞을 지키고 서 있었다. 방으로 들어가자 탁자 앞에 앉아 있던 바도루가 얼른 일어났다.

"댁은 좀더 기다리셔야겠소. 이 애를 먼저 만나 보겠다고 하시오."

군관의 손에 끌려나가면서 달해가 겁먹은 얼굴로 바도루를 쳐다보았다. 바도루가 고개를 끄덕이자 달해는 그제야 순순히 군관을 따라 나갔다.

바도루는 자리에 앉지 못하고 방 안을 서성였다. 불안했다. 통증이 느껴질 만큼 세게 가슴이 조여왔다. 왜 아선이 달해를 먼저 만나려 하는지 속셈을 알 수가 없었다.

'대체 내게 또 무슨 짓을 하려는 거냐, 아선?'

군관 용길이 아이를 데리고 왔다. 아선은 방 한가운데 선 채 재빨리 아이를 훑어보았다. 되바라진 아이 같아 보이지는 않았다. 아선은 속으로 빙긋 웃었다.

"나가 있으라. 곧 부를 터이니 가까이서 대기하고 있으라."

"예."

용길이 나가자 아선은 처소 앞을 지키는 병사들에게 아무도 얼씬거리지 못하게 하라고 단단히 일렀다. 그러고는 아이를 처소 안쪽으로 데려갔다. 처소 안쪽 작은 탁자에 다과가 차려져 있었다. 아선은 아이를 탁자 앞에 앉히고는 그 옆에 앉았다.

"이것 좀 먹어 보렴."

아이는 굳은 얼굴로 바닥만 내려다보고 있었다.

"겁내지 말아라. 난 나쁜 사람이 아니다. 너도 들어서 알겠지만 너와 같이 온 사람, 내 친구다. 난 내 친구를 도우려는 거고."

부드러운 목소리였다. 달해는 고개를 끄덕였다. 장군 옷차림의 이 사람이 장수님의 어릴 적 글동무라는 말을 달해도 분명히 들었다. 장수님 이름이 바도루라는 말도 들었다. 장수님 이름이 무엇이든 달해에게는 그다지 상관 없는 일이지만.

"목이 탈 텐데 이것 좀 마셔 보아라. 달고 시원하다."

아선은 탁자에 놓인 화채 그릇을 들어 달해 앞에 내밀었다. 얼결에 그릇을 받으면서 달해는 아선을 보았다. 눈매가 서글서글하니 인물이 훤했다.

아름다운 겉모습을 보면 달해의 마음은 언제나 흔들렸다. 어머니가 아름다운 사람이었기 때문에, 겉모습이 아름다운 사람은 어머니처럼 좋은 사람일 수밖에 없었다. 단 금산이만 빼놓고. 어디서나 예외는 있는 법이니까.

달해의 눈에서 경계심이 사라졌다. 갑자기 목이 말라 천천히 화채 국물을 마셨다. 달고 시원했다.

"네 이름이 뭐냐?"

"달해예요."

"그래, 달해야. 내 친구 말이다. 너와 같이 온 사람. 그 사람을 어떻게 만났지? 왜 여기까지 함께 왔지? 내가 자세한 걸 알아야만 도와 줄 수가 있어서 그런다. 넌 백제 아이가 아니냐. 그런데 신라와 백제는 지금 전쟁 중이거든. 이런 와중에 백제 아이를 데리고 다닌다는 건 예삿일이 아니다. 자칫 내 친구가 누명을 쓰고 큰 화를 당할 수도 있거든."

아선은 잠시 말을 멈추고 달해의 표정을 살폈다. 다행히 말귀를 알아듣는 것 같았다.

"네가 내 친구를 아주 좋아하나 보다. 고향도 집도 나라도 버리고 예까지 따라온 걸 보니. 내 말이 맞지?"

달해가 고개를 끄덕였다. 아선이 다정하게 웃으며 달해의 등을 다독였다.

"그러니 말해 다오. 네가 알고 있는 모든 걸."

달해는 잠시 망설였다. 다른 것은 다 말할 수 있지만 그분이 세상을 구하러 온 장수라는 말까지 해야 하는 걸까. 친구라는 이 사람도 그 사실은 모르고 있는 것 같았다.

달해는 아선을 보았다. 아선은 미소 띤 얼굴로 달해의 대답을 참을성 있게 기다리고 있었다. 그 얼굴이 햇살처럼 환했다. 달해는 마침내 마음을 정했다.

덫

군관이 달해를 데리고 방으로 들어왔다. 달해의 얼굴이 예상외로 밝았다. 바도루는 그것이 오히려 마음에 걸렸다.

"당주님이 댁을 보자고 하시오."

바도루는 군관을 따라 아선의 처소로 갔다. 아선은 탁자 앞에 앉아 기다리고 있었다.

"나가 있으라."

용길이 나가자 아선이 앉으라고 권했다. 바도루는 아선 맞은편 의자에 앉았다.

잠시 어색한 침묵이 흘렀다. 아선이 먼저 입을 열었다.

"오랜만이다, 바도루. 아, 그렇게 오랜만도 아니군. 올 봄에 봤으니……. 그리고 보니 그 때보다 여윈 것 같다. 백제땅에 있기가 힘들었던 모양이지?"

아선이 싱글 웃으며 한가롭게 말했다. 하지만 바도루는 마음이 급했다.

"장군님은 어디 계시니, 아선?"

"어느 장군님?"

"몰라서 묻는 건 아닐 테지. 경천과 난 김충현 장군님 휘하에 있어. 당연히 장군님께 돌아가야지."

아선은 오른손 집게손가락으로 탁자를 탁탁 칠 뿐 아무 대꾸도 하지 않았다.

"장군님께 달려갈 말 한 필을 내어다오. 그리고 내가 데리고 있는 아이를 서라벌로 데려다 줄 사람도 필요하다. 그럴 형편이 못 된다면 이 곳 민가에, 믿을 만한 집에 맡겨 두어도 되고. 그 일도 좀 주선해 다오."

"부탁도 많구나, 바도루. 내가 그 부탁을 다 들어 주어야 하는 거니?"

아선이 바도루를 보며 비웃듯 물었다. 그 눈빛이 차가웠다. 이미 예상한 일이었다.

"아선, 우리 사사로운 감정은 잠시 묻어 두자. 우린 지금 큰 전쟁을 눈앞에 두고 있어. 우리 사이에 뭔가 해결해야 할 게 있다면 그건 나중으로 미루어도 늦지 않아."

"바도루, 날 뭘로 보고 그따위 말을 하는 거지? 난 너처럼 사사로운 감정 때문에 큰일을 망치지는 않아. 나한테는 우정보다는 내 나라 신라가 더 소중하다. 바로 그 때문에 네 부탁을 들어 줄 수 없는 거고."

지난 일이 생각났다. 아선은 늘 교묘하게, 감쪽같이 함정을 만들어 바도루에게 해코지를 하곤 했다. 아선이 방금 한 말에도 분명 그런 교묘한 함정이 숨겨져 있었다.

"무슨 얘길 하는 거냐, 아선?"

"바도루, 김유신 대장군님을 따라 지금 싸움터로 가고 있는 많은 병사들은 말이다. 신라의 화랑 바도루가 조국을 위해 적국 백제에서 영광스럽게 죽었다고 믿고 있다. 너를 따르던 낭도들은 더욱 그렇지. 그런데 이런 초라한 변절자의 모습으로 나타나 병사들을 실망시키고 사기를 땅에 떨어뜨리겠다는 거냐? 전쟁터에서 병사들의 사기가 얼마나 중요한지는 네가 더 잘 알 텐데?"

"변절자? 네가 뭐라 건 난 결백해. 설령 나한테 무슨 잘못이 있다 해도 그건 장군님께서 판단하실 일이야. 넌 날 장군님께 보내 주기만 하면 돼. 너와 난 소속도 다르고 관등도 비슷하니 내가 너한테 문책 받을 아무런 이유가 없어."

"아라성에 왔으면 아라성의 법도를 따라야지. 여긴 삼천당 지휘부이고, 모든 책임은 삼천당주인 나한테 있어. 넌 우리한 테 붙잡힌 수상한 자일뿐이고."

수상한 자. 그 말이 올가미처럼 목을 옥죄었다. 숨이 콱 막 혀 왔다. 속으로 천천히 숨을 고르면서 바도루는 마음을 진정 시키려 애썼다.

"바도루, 네겐 혐의가 많아. 그 아이한테 들었다. 그 아이가 널 구해 주었고, 그 집에 한 달이나 머물렀다지? 내가 보기에 넌 반은 백제 사람이 되어 버렸어. 예전의 바도루가 아니야. 그 렇지 않고서야 어떻게 백제 아이를 여기까지 데려올 수가 있 지? 백제 사람한테 은혜를 입었는데, 과연 전쟁터에서 백제군 과 제대로 싸울 수가 있을까? 넌 변했어, 바도루. 네 결백을 증 명해 보이지 않는 한, 난 널 보내 줄 수 없다. 아무 데도."

"내가 여기서 나가겠다면?"

"네 무예가 뛰어나다는 건 나도 알지. 하지만 여기 있는 모 든 병사를 상대로 싸울 순 없을 거다. 그러다가는 저 백제 꼬마 가 먼저 다칠걸?"

"그래서, 그래서 어쩌겠다는 거냐?"

바도루는 아선을 쏘아보며 물었다.

"내 부하들이 널 문초하고 싶어한다. 죽었다던 화랑 바도루가 백제 아이를 데리고 나타났다는 소문이 벌써 병사들 사이에다 퍼졌거든. 병사들은 의아해하고 또 실망한 눈치야. 중요한 행군을 앞둔 이 마당에, 너 때문에 내 병사들의 사기가 땅에 떨어졌단 얘기다. 그래서 난 내 부하들에게 너와 저 아이를 내어줄 수밖에 없어. 문초 때 결백을 증명해 보인다면 널 장군님께 보내 주겠다. 옛 정을 생각해서 심하게는 하지 말라고 일러 두마."

아선이 덫을 놓고 있었다. 치밀하고 단단하여 자칫 발을 잘못 디디면 도저히 빠져 나올 수 없는 덫. 뒷골이 서늘해지면서 암담함이 먹구름처럼 마음을 뒤덮었다.

아선이 일어섰다. 바깥에 있는 병사를 부를 생각인 듯했다. 그 앞을 가로막듯 바도루도 자리에서 일어났다. 이젠 진실을 밝혀야겠다는 생각이 들었다. 가시처럼 심장 한가운데 박혀 자신을 내내 고통스럽게 했던 그 일에 대한 진실을.

"아선, 내가 제때에 돌아오지 못한 건 누군가 나를 죽이려 했기 때문이었어. 그 일로 난 심한 부상을 입었지. 가까스로 상처가 나아 살아나긴 했지만 누가 왜 날 죽이려 했는지, 늘 괴로운 의문이었다. 그 일에 대해 짐작 가는 바가 없니, 아선?"

"그야 당연히 백제놈들이 널 죽이려 했겠지. 제 나라를 해롭게 하는 적국의 밀사를 어느 누가 살려 두겠어?"

아선이 바깥쪽을 바라보고 있어서 표정을 읽을 수가 없었다. 목소리 또한 조금도 흔들림이 없었다.

"아니. 백제 사람들이라면 그렇게 간단하게 날 죽이지는 않았을 거다. 너 같으면 애써 잡은 밀사를 그냥 죽여 버리겠니? 아무것도 알아 내지 않고, 문초도 하지 않고?"

아선이 대답 대신 몇 발짝 걸었다. 바도루는 아선에게서 눈을 떼지 않으면서 말을 이었다.

"날 죽이려 했던 자는 전문 자객이었어. 내가 신라로 돌아오는 걸 원치 않는 누군가가 자객을 시켜 날 죽이려 한 거지. 사실, 자객의 칼에 찔렸을 때 난 이미 정신을 잃고 있어서 칼에 찔리는 줄도 몰랐어. 나중에 그 사실을 알았을 때, 불현듯 네 얼굴이 떠오르더군. 그 뒤에도 그 일만 생각하면 자꾸 네가 생각났어. 내 생각이 틀린 거니, 아선?"

비로소 아선이 고개를 돌려 바도루를 마주 보았다. 입술을 일그러뜨리며 아선은 비죽 웃었다.

"어리석군, 바도루. 설사 내가 자객을 시켜 널 죽이려 했다 치자. 그래도 내가 그랬다고 바른 대로 말할 순 없지. 안 그래?"

"아니면 아니라고 말해 줘. 네가 아니라고 하면 그대로 믿을게. 우린 한 스승님 밑에서 같이 공부한 벗이잖아. 벗을 의심한다는 건 괴로운 일이야. 그러니……."

아선이 불쑥 뒷말을 가로막았다.

"바도루, 넌 어땠는지 모르지만 난 한 번도 널 벗이라고 생각한 적이 없어. 넌 언제나 내 길을 방해하는 걸림돌일 뿐이었지. 그 때도 그랬고, 지금도 마찬가지야. 걸림돌은 치워 버리는 게 당연한 일 아닌가?"

"그랬군. 역시 그랬어. 네가 아니기를, 너만은 아니기를 간절히 바랐는데……."

바도루는 쓰디쓰게 내뱉었다. 소년 시절 3년을 함께 보낸 인연을 그래도 소중하게 생각하고 싶었던 바도루였다. 아선에 대해 가졌던 한 가닥 미련도 이젠 버려야 했다.

"네가 날 어찌 생각하건 난 관심 없어. 나한테 중요한 건 내가 널 어떻게 생각하느냐, 바로 그거야."

"내가 왜 하필 여기서 널 만났는지 모르겠다."

바도루가 탄식하듯 말했다. 아선이 웃으며 말을 되받았다.

"그건 하늘이 내 편이기 때문 아닐까?"

하늘이라고? 바도루는 새삼 분노가 치밀었다.

"그렇게 함부로 하늘을 말해선 안 된다는 걸 언젠가 네가 깨달을 날이 있으면 참 좋겠다."

아선은 대답 대신 고개를 돌려 병사를 불렀다.

병사에게 끌려 방을 나가면서 바도루는 어금니를 사리물었다. 이제 아선과는 영원히 화해할 수 없다. 아선이 어떤 식으로 나오든 그와 싸워야 한다. 있는 힘을 다해.

잠시 방 안에는 아선 혼자 있었다. 아선은 차근차근 생각을 정리했다. 조금 뒤에 용길이 들어왔다.

"뭘 좀 알아 내셨습니까?"

용길이 아선의 표정을 살피며 물었다.

"혼란스럽구나. 그자는 사랑하는 내 벗 바도루와 너무 많이 닮았어. 그래서 더욱 수상하다. 만약 우리가 겉모습에 속아서 그자를 김충현 장군님께 보낸다면, 그래서 그자가 장군님을 해치기라도 한다면 그건 우리 신라군에 큰 타격이 아닌가."

"허면 당주님께서는 그자가 가짜라고 생각하시는지요?"

용길이 조심스레 물었다. 용길에게 중요한 것은 상관인 아선의 생각이었다.

"아무래도 가짜 같은데, 자꾸만 진짜였으면 싶다. 그만큼 사랑하는 벗인 까닭이다. 그대는 자기 자신보다 더 사랑하는 벗을 가져 본 적이 있는가?"

"벗 따위는 필요 없습니다. 충성을 다 바칠 당주님 한 분으로 저는 만족합니다."

"고마운 일이다. 내 평생 그대를 가까이 두리라."

"감사합니다. 제가 그자를 문초하여 당주님의 근심을 해결해 드리겠습니다. 반드시 그자의 정체를 밝혀 내겠습니다."

"이건 예삿일이 아니다. 바도루랑은 이름 높은 화랑이다. 김충현 장군님께서 친아들처럼 아끼시고, 그를 따르는 낭도들도 많다. 만약 이 일이 잘못 알려지면 난 큰 오해를 받을 수도 있다."

"증인이 있으면 되지 않습니까. 군관들이 다 모인 자리에서 그자를 문초하겠습니다. 그 자리에서 자백을 받아 내면 아무도 뒷말을 할 수 없을 겁니다."

"자신 있나?"

"매에는 장사가 없다지 않습니까?"

"아직도 모르는가? 세상에는 매로도 안 되는 사람이 있다는 걸?"

"죄송합니다."

"될 수 있으면 그자에게 손대지 마라. 대신 아이를 다그쳐라. 아이가 실토하면 그도 더 이상은 뻗대지 못할 테니까."

"알겠습니다."

"군관들을 모이게 하라. 이 일은 내가 직접 설명하겠다."

방 안에 어둠이 깃들었다. 사방은 물 속처럼 고요했다. 바도루는 발소리를 내며 계속 방 안을 서성댔다. 달해는 침울한 낯빛으로 바도루를 지켜 보고만 있었다.

"달해야, 아까도 말했지만 절대 다른 말을 해서는 안 된다. 저 사람들이 나한테, 그리고 너한테 무언가 물어 볼 거다. 그럼 넌 모른다고만 해야 한다. 알았니?"

바도루는 걸음을 멈추고 다시 한 번 다짐을 두었다. 달해가 고개를 끄덕였다. 인물이 훤한 그 사람이 도와 주겠다고 약속했는데, 일이 뜻대로 안 된 모양이었다.

"그래. 내가 널 지켜 줄 테니 절대 다른 말은 하지 말아라. 무얼 물어 보든 모른다고만 해라. 내가 다 알아서 할 테니, 넌 날 믿고……."

말을 채 끝맺기도 전에 방문이 열리면서 병사들이 쏟아져 들어왔다. 병사들은 바도루와 달해를 끌고 복도를 지나 헛간 같은 곳으로 데리고 갔다. 죄인을 문초하는 곳인 듯, 제법 널찍했다. 사방에 관솔불이 훤히 밝혀져 있고, 군관 여러 명이 모여 있었다.

한 가지 다행인 것은 형구가 갖추어져 있지 않다는 것이었다. 고문을 당한다 해도 어쩔 수 없는 일이지만 달해에게 그런 험한 꼴은 보이고 싶지 않았다.

병사들이 방 한가운데다 바도루와 달해를 억지로 꿇어앉혔다. 군관들이 다가와 둘을 빙 둘러쌌다. 병사들은 문 쪽에 늘어섰다. 바도루는 조용히 바닥만 내려다보고 있었다.

"넌 네가 신라의 화랑 바도루라고 했지만 당주님은 의심스럽다고 하신다. 다시 한 번 묻겠다. 네놈의 정체가 뭐냐?"

군관 용길이 바도루 앞으로 다가와 물었다.

"내가 누군지는 너희 당주가 더 잘 알고 있을 거다."

"당주님이 아니라 이 아이가 알고 있겠지."

용길이 몇 발짝 떨어진 곳에 앉아 있는 달해 앞으로 다가갔다.

"꼬마야. 이 사람이 누구냐? 괜히 혼쭐나기 전에 바른 대로 말해라."

달해는 바도루를 바라보았다. 아무 걱정 말라는 듯 바도루가 보일 듯 말 듯 고개를 끄덕였다. 달해의 마음에서 두려움이 사라졌다.

"전 몰라요. 아무것도 몰라요."

"아무것도 모른다? 흠, 그럴 수도 있겠지. 하지만……."

갑자기 용길이 허리에 찬 검을 빼 들더니 달해의 목에다 갖다 댔다.

"이래도 모르겠니? 계속 모른다고 하면 넌 죽을 수도 있다."

달해는 목덜미를 섬뜩하게 하는 칼날이 그다지 무섭지 않았다. 꿈의 장수님을 잃어버리는 것, 달해가 두려워하는 것은 오직 그뿐이었다.

"정말 몰라요. 아무것도 몰라요."

용길은 잠시 무언가 생각하더니 바도루 앞으로 다가왔다. 이어 바도루의 목에다 칼을 갖다 대고는 달해를 보며 말했다.

"너희 둘이서 짜고 자꾸 나를 속이려 들면, 둘 다 죽여 버리 겠다. 어떠냐, 꼬마야? 계속 모른다고만 하면 먼저 이 사람이 죽고 그 다음에 네가 죽는다. 죽는 게 어떤 건지, 보고 싶니?"

침착하기만 하던 달해의 얼굴이 순간 하얗게 질렸다. 용길 은 달해 얼굴에 나타난 그 변화를 놓치지 않고 보았다.

바도루는 눈을 부릅뜨고 달해를 보았다. 겁먹지 말라고, 이 사람은 단지 위협하는 것일 뿐이니 절대 흔들려서는 안 된다고 눈빛으로 달해에게 자신의 마음을 전했다.

"자, 잘 봐라. 내 이 칼로 이 자의 목을 칠 터이니."

용길이 칼을 높이 치켜들었다. 당장이라도 목을 벨 듯한 자세 였다. 바도루는 달해를 안심시키려고 내내 달해만 바라보았다. 하지만 달해는 넋 나간 듯한 얼굴로 칼끝만 쳐다볼 뿐이었다.

"얍!"

용길이 기합을 넣으며 칼을 내리치려는 순간 달해가 비명처 럼 외쳤다.

"안 돼요. 장수님을 죽이면 안 돼요. 이분은 세상을 구하실 장수님이에요."

바도루는 눈을 질끈 감았다. 그렇게 일렀건만 달해는 사태를 악화시킬 말을 내뱉고 만 것이다.

"장수라고? 이 사람이 백제 장수란 말이냐?"

용길이 치켜들었던 손을 내리며 물었다. 달해가 울먹이며 대답했다.

"이분을 죽이면 안 돼요. 이분은 장수님이에요. 세상을 구할⋯⋯."

"넌 네가 신라 화랑이라고 우겼지만 이 아이는 네가 백제 장수라고 한다. 그렇다면 너희 둘 중 하나는 거짓말을 하고 있구나. 대체 누구 말이 거짓이냐?"

군관이 다그쳤다. 바도루는 마음을 가다듬고 침착하게 대답했다.

"이 아이가 언제 나더러 백제 장수라고 했느냐? 이 아이는 다만 장수라고 했을 뿐이다. 너도 네 귀로 분명히 들었을 것이다."

"그렇다면 이제 이 아이를 닦달해야겠다. 아직 어린아이라 애처롭긴 하다만, 어쩌겠느냐. 달리 방도가 없는 것을."

아선의 부하라면 능히 그런 짓을 할 수 있을 터였다. 하지만 아선이 원하는 사람은 바도루 자신이지, 달해는 아니었다.

"여봐라. 이 아이를 저 기둥에다 묶어라. 그리고 채찍을 가져오너라."

"그럴 필요 없다. 너희들이 원하는 대답을 해 줄 터이니 대신 이 아이를 여기서 내보내라. 대신라군이 죄 없는 아이를 괴롭히는 것은 수치스런 일이다."

바도루는 군관을 노려보며 당당하게 말했다.

"이 아이가 한 말을 인정하겠다는 거냐? 백제 장수라는 그 말을."

"……."

"대답하지 않으면, 이 아이를 내보낼 수 없다."

"그래. 이 아이가 한 말은 거짓이 아니다. 그러니 어서 아이를 내보내라."

군관이 병사 하나에게 눈짓하자 병사가 달해를 끌고 나갔다. 달해가 울부짖었다.

"싫어요. 장수님 곁에 있게 해 주세요. 장수님 곁에……."

달해의 울음소리가 아득히 멀어졌다. 용길이 문초를 계속했다.

"자, 이제 자백해라. 넌 백제 장수가 맞지, 그렇지?"

"……."

"어서 대답하라."

"난 신라 화랑 바도루다!"

"이 자식이 지금 무슨 헛소리를 하는 거야? 아이를 내보내면 바른 대로 다 말하겠다고 해 놓고, 왜 딴 소리를 하는 거지? 내가 그렇게 우습게 보여?"

군관이 험악한 얼굴로 소리쳤다.

"난 지금 약속대로 바른 말을 하고 있는 것뿐이다."

"이 자식이 정말!"

가슴팍으로 세찬 발길질이 날아들었다. 바도루는 뒤로 나뒹굴었다. 가슴이 다 부서지는 듯 아팠다. 바도루는 몸을 일으켜 앉으면서 군관을 노려보았다.

"이러지 말아라. 한치 앞도 모르는 게 사람의 일 아니냐. 나중에 너와 내가 처지가 뒤바뀌어 만나면 그 때 날 어찌 보려고 이러느냐."

말이 끝나기가 무섭게 또다시 발길질이 가슴팍으로 날아들었다. 쓰러질 듯 윗몸이 흔들렸으나 바도루는 얼른 중심을 잡았다. 명치끝이 타는 듯 얼얼했다.

"허튼 수작 하지 말고 정체를 밝혀라. 네놈은 백제 장수가 맞지? 무슨 나쁜 짓을 하려고 우리 신라로 온 거지?"

"몇 번이나 말해야 알아듣느냐? 난 신라 화랑 바도루다."

"헛소리 말랬지!"

더욱 세찬 발길질이 날아들었다. 바도루는 옆으로 쓰러졌으나 이내 있는 힘을 다해 몸을 일으켰다.

"네 발길질에 온몸의 뼈가 다 부서진다 해도 대답은 하나뿐이다. 쓸데없이 힘빼지 말고 너희 당주한테 가서 물어 보아라. 날 어떻게 할 건지."

"좋다. 어디 한 번 온몸의 뼈가 다 부서져 봐라. 그 때도 계속 뻣뻣할 수 있는지."

사정없는 발길질이 날아들었다. 바도루는 옆으로 쓰러졌다. 거듭되는 발길질에 일어날 수가 없었다. 바도루는 이를 악물고 아픔을 참으면서 어떻게든 몸을 일으키려 애썼다.

그 때였다.

"그만하게. 그러다 사람 잡겠네. 당주님도 말씀하시지 않았나. 너무 심하게 다루지는 말라고. 아이가 한 말이 맞다고 했으니, 자네가 원하는 자백은 받아 낸 셈 아닌가. 다음 일에 대해서는 당주님께 여쭈어 보는 것이 좋을 듯하이."

용길을 말린 사람은 아라성 사인(使人) 막손이었다. 막손은 이 지방 병사 일을 맡아 보는 군관이었다. 나이 든 군관인 데다가 이 지방 실력자여서, 용길도 그의 말을 흘려들을 처지가 못되었다.

"알았수. 내 당주님께 여쭈어 보고 오겠소."

용길은 못이기는 체하며, 그 자리를 떠났다. 체면 때문에 바도루를 계속 문초하기는 했으나 아무래도 자신이 상대하기에는 버겁다는 생각이 들었던 것이다.

"자백을 받아 냈나?"

들어오는 용길을 보며 아선이 물었다.

"예, 자백은 했습니다만 도로 뻗댑니다."

용길이 상황을 자세하게 설명했다. 아선은 한동안 쓰다 달다 말이 없었다.

"예사 인물은 아닌 듯합니다. 얻어맞을수록 더 뻣뻣해지는 게……."

"그자에게 손을 댔나?"

아선이 눈을 치켜 뜨며 물었다. 용길이 움찔했다.

"하도 뻣뻣해서……."

"그자를 데려오너라. 사랑하는 내 벗과 너무 닮은지라, 다시 한 번 확인하고 싶다. 우정이란 이렇듯 가슴 아픈 것이다."

"알았습니다, 당주님."

용길이 바도루를 데려왔다. 아선이 눈짓하자 용길이 나갔다. 탁자 앞에 앉으면서 아선이 입을 열었다.

"앉지, 바도루."

바도루도 자리에 앉았다. 순간 자신도 모르게 가슴에 손을 갔다 대며 얼굴을 찡그렸다. 아선이 눈을 반짝이며 그 모습을 지켜 보았다.

"내 부하가 심하게 다룬 모양이구나. 그러지 말라고 그렇게 일렀는데……."

"……."

"그 꼬마를 보호하려고 백제 장수라고 자백했다지? 왜 그런 바보 같은 짓을 했지, 바도루? 하긴 넌 변했으니까."

바도루의 두 눈썹이 꿈틀했다.

"백제 장수라는 자백, 한 적 없다. 다만 그 아이 말이 틀리지 않았다고 했을 뿐이다."

"그 말이 그 말 아니니?"

"너한테는 그럴는지 몰라도 나한테는 전혀 다른 얘기다. 이 제 날 어쩔 셈이냐, 아선?"

아선이 여유 있게 웃었다.

"글쎄. 나도 고민 중이다. 널 어찌해야 할지."

"한 가지 충고하마. 뒤탈을 없애려면 날 죽이는 게 좋을 거다. 살아 있는 한 난 장군님께, 경천에게 돌아간다. 난 싸움에 임하면 물러설 줄 모르는 화랑이니까."

등잔 불빛이 일렁거렸다. 아선의 얼굴도 순간 일그러졌다. 화랑이 되지 못한 일은 아선에게 견딜 수 없는 치욕이자 패배였다. 그리고 그것은 순전히 바도루 때문이었다.

그런데 그 바도루가 감히 화랑을 들먹이며 자신을 비웃고 있었다. 죽어도 용서할 수 없는 일이었다. 자신이 그에게 어떤 형벌을 내리려는지 알고 나서도 감히 그렇게 대들 수 있을지 궁금했다.

"장님이 되어서도 갈 수 있을까? 하긴 장님보다 더 비참한 처지가 되어도 장군님과 경천은 널 반겨 맞겠지. 하지만 오례혜를 생각해 봐라. 평생 오례혜에게 고통을 안겨 주고 짐이 될 뿐인데 그리고도 정말 돌아갈 수 있을까. 난 널 잘 알아. 넌 결코 그런 모습으로는 오례혜한테 돌아가지 못해. 오례혜에게 평생 짐이 되고 싶지는 않을 테니까."

"장님이라니? 너 지금……?"

바도루는 저도 모르게 진저리를 치며 말을 잇지 못했다. 아선이 싸늘하게 웃었다.

"그래. 넌 장님이 되어 평생 죽는 것보다 못한 삶을 살게 될 거다."

바도루는 할 말을 잃고 눈길을 떨구었다. 장님이 되다니, 세상의 아름다운 것들을 다시는 볼 수 없게 되다니……. 상상만으로도 몸서리가 쳐졌다. 아선의 말처럼 장님이 될 바에야 차라리 죽는 것이 나을지도 몰랐다.

그러나 어떤 경우에도 아선에게 지고 싶지 않았다. 자신을 향한 아선의 미움과 시샘이 터무니없는 것이기에 더욱 그랬다.

　바도루는 눈을 들어 아선을 똑바로 쳐다보았다. 아선도 질세라 마주 보았다. 두 눈빛이 허공에서 맞부딪쳤다. 팍, 불꽃이 일었다.

　"아선, 넌 언제나 날 시기하고 미워했지. 하지만 그 유치한 시기심이나 미움으로는 결코 나를 이길 수 없어. 넌 한 번도 정당하게 싸움을 건 적이 없으니까. 넌 나한테 언제나 비겁하고 비열했어."

　"네가 무슨 말을 하건 난 마음쓰지 않아. 널 이길 수만 있다면 그보다 더한 욕을 들어도 상관 없어. 그리고 바도루, 싸움에서 정당함 따윈 아무 소용 없어. 중요한 건 이겨야 한다는 거지. 하지만 네가 굳이 그렇게 말하니 나도 이번엔 제대로 해 보마. 너한테 다시 한 번 기회를 주지. 내일 아침에 네가 내 부하들 앞에서 그 아이를 죽인다면……."

　아선이 잠시 말을 끊고 뜸을 들였다. 바도루는 저도 모르게 숨을 훅 들이켰다.

　이윽고 아선이 다시 입을 열어 은근한 목소리로 말을 이었다.

　"네가 그 아이를 처단해 결백을 증명한다면, 장군님께 갈 수 있게 도와 주마. 내 아버지의 명예를 걸고 약속하지. 그러나 네가 다른 선택을 한다면 나도 어쩔 수 없다."

속삭이는 듯한 그 말이 뾰족한 쇠꼬챙이처럼 마음을 후벼팠다. 바도루는 견딜 수가 없어서 벌떡 일어났다.

"이제 그만하자, 아선. 넌 나를 괴롭히는 것이 재미있는지 몰라도 난 전혀 그렇지 못해."

"괴롭히다니? 널 도와 주려는 거야, 바도루. 내가 너한테 기회를 주고, 넌 선택을 하는 거지. 그러니 작은 의리에만 얽매이지 말고 잘 생각해서 결정해. 네가 행방불명되었다는 소식을 듣고 오례혜는 혼절했다고 하더라. 아마 지금도 하루하루를 눈물로 보내고 있을 거다."

바도루는 말문이 막혔다. 오례혜의 눈물 젖은 얼굴이 떠오르면서 갑자기 심장이 세차게 뛰었다. 머릿속이 뒤죽박죽 혼란스러웠다. 아선이 자리에서 일어나더니 병사를 불렀다.

문득 바도루는 소스라쳤다. 아선이 자신에게 또다시 덫을 놓았음을 깨달았기 때문이었다.

선택

　병사들이 바도루를 성 안 뇌옥으로 끌고 갔다. 옥문을 열고 어두운 옥 안으로 바도루를 밀어 넣었다. 한쪽 구석에 웅크리고 있던 달해가 일어나 다가왔다. 어둠 속이었지만 바도루는 달해가 울고 있었다는 것을 알 수 있었다.

　"두려워하지 말아라. 무슨 일이 있어도 널 지켜 주마."

　달해와 함께 옥 구석 쪽에 앉으면서 바도루는 그 말밖에는 할 수가 없었다. 달해가 바도루의 어깨에 살며시 머리를 기댔다. 바도루는 한 팔로 달해의 어깨를 감싸안았다.

　병사가 간단한 요깃거리를 넣어 주었다. 바도루는 싫다는 달해에게 억지로 저녁을 먹였다. 그러나 자신은 물 한 모금도 마시지 않았다. 물 한 모금조차도 체할 것만 같았다. 그런 다음 달해를 재웠다. 달해는 차가운 옥 바닥에 누워 이내 잠이 들었다. 바도루가 곁에 있어서 마음이 놓이는 모양이었다.

바도루는 옥 벽에 기댄 채 멍하니 앉아 있었다. 될 수 있으면 아무것도 생각지 않으려 애썼다. 생각이라는 걸 하기 시작하면 애써 다잡아 놓은 마음이 걷잡을 수 없이 헝클어져 버릴 것 같았다.

갑자기 다가오는 발소리가 들렸다. 이어 옥문이 열리더니 누군가가 안으로 들어왔다. 바도루는 영문을 몰라 자리에 앉은 채 들어온 사람을 쳐다보기만 했다. 옥 안이 어두워 누구인지 알아볼 수는 없었지만 적어도 아는 얼굴은 아니었다. 그 사람은 바도루 앞에 웅크리고 앉으면서 나지막이 말했다.

"이 곳 사인 막손이오."

성문 앞에서 마주친 촌장인 듯한 사람이 사인 막손을 찾아 가라고 일러 준 것이 언뜻 기억났다. 하지만 왜 이 사람이……? 바도루는 잠자코 다음 말을 기다렸다.

"아까 댁이 문초 받을 때 그 자리에 함께 있었소."

그제야 그 목소리가 기억났다. 군관이 계속해서 발길질을 해댈 때, 그만 하라고 말렸던 바로 그 목소리였다.

"댁한테 감탄했소. 뭐랄까……, 댁이 신라 사람이건 백제 사람이건 상관 없이 아무튼 댁을 돕고 싶소. 내가 도울 일은 없겠소?"

목소리가 따뜻했다. 울컥 목이 메었다. 바도루는 잠시 차가운 옥 바닥으로 눈길을 떨구었다가 막손을 바라보았다. 그에게 한 가지 부탁할 것이 있었다.

"내일 병사들과 함께 출발하실 겁니까?"

"그렇소. 대왕마마가 계신 금돌성으로 갈 거요."

"혹시 김충현 장군님이 어디 계신지 아시는지요?"

"그건 잘 모르겠소. 허나 알 수는 있을 거요. 모든 신라군이 사비에서 다 만날 테니."

"어디서건 김충현 장군님의 당을 만나면 그분 휘하의 제감 경천랑을 찾아가 이 말을 전해 주십시오. 정표로 준 부적 목걸이는 잘 간직하고 있다고, 천리를 가도 돌아가고, 만리를 가도 되돌아갈 테니, 믿고 기다려 달라고 전해 주십시오."

"그 말만 전하면 되겠소?"

바도루는 고개를 끄덕였다.

"죽지 않고 살아서 경천랑을 만난다면 반드시 댁이 한 말을 전해 드리겠소."

"고맙습니다."

"그럼 난 이만 가 보겠소. 부디 몸조심하시오."

막손이 나간 뒤 바도루는 도로 옥 벽에 기대 앉았다. 기다렸다는 듯 생각이 밀려들었다.

'아선이 말한 그런 끔찍한 형(刑)을 받고서도, 정말 경천에게 오례혜에게 돌아갈 수 있을까? 장님이 되어서, 아무 쓸모도 없는 몸으로……?'

모진 발길질에 채인 가슴팍이 또 결리고 아팠다. 바도루는 가슴에 손을 갖다 대고는 숨을 크게 내쉬었다. 홀연 아선이 했던 말이 귓가에 되살아났다.

'아이를 죽이면 장군님께 갈 수 있도록 해 주마.'

바도루는 잘 알고 있었다. 오로지 자신을 괴롭히려고 아선이 그런 제안을 했다는 것을. 설령 그리한다 해도 다음에는 또 다른 올가미가 기다리고 있으리라. 그런데도 그 달콤한 유혹에 넘어가고 싶었다. 경천에게, 장군님께 돌아가고 싶었다. 장님이 되는 끔찍한 형을 피할 수만 있다면 피해 보고 싶었다.

비죽이 웃는 아선의 얼굴이 떠올랐다. 아선이 나직하게 속삭였다.

'바도루, 눈 질끈 감고 아이를 처단해. 싸움터에 나가면 어차피 백제놈들을 죽여야 돼. 그깟 아이 하나 더 죽인다고 해서 뭐가 달라지지?'

홀리는 듯한 그 말이 물처럼 부드럽게 마음 속으로 스며들었다. 아선의 미움 앞에 갈가리 찢긴 마음의 아픔까지 그 부드럽고 달콤한 말이 잠시 어루만져 주는 듯했다.

바도루는 달해를 보았다. 자신에 대한 믿음 하나로 달해는 두려움도 잊고 곤히 잠들어 있다. 송화에게 달해를 끝까지 지켜 주겠다고 약속하지 않았던가.

'송화는 제 한 몸이 위험에 빠지는 것도 개의치 않고 적국 사람인 나를 도와 주었다. 제 나라 백제를 그렇게 사랑하면서도 나를 은인으로 여겨 은인에 대한 도리를 다한 것이다. 그런데, 그런데 나는……'

바도루는 세차게 고개를 저었다. 달콤하지만 독약 같은 아선의 유혹을 떨쳐 버리고 싶었다. 하지만 유혹은 찰거머리 같았다. 경천에게, 오례혜에게 돌아가고 싶은 마음이 너무 간절하여 다른 일들은 아무런 의미도 없는 것처럼 느껴졌다.

바도루는 무릎을 곧추세우고 두 팔로 감싸안으면서 얼굴을 묻었다. 잠깐 동안이라도 모든 것을 잊고 달해처럼 잠들고 싶었다. 그러나 마음 속에서 불기 시작한 미친 듯한 회오리바람 때문에 도저히 잠들 수가 없었다. 오례혜에게 맡기고 온 단검이 생각났다.

'이런 것이 마음을 잃어버리는 것일까? 옳지 않은 줄 알면서도 한없이 흔들리는 이런 마음을 경계하시려고 아버지는 단검

에 그렇게 마음 심자를 새겨 놓으신 것일까?'

아버지가 그리웠다. 이런 때 아버지가 곁에 계시다면 흔들림 없이 올곧은 선택을 할 것 같았다. 그 선택으로 가혹한 형을 받을지라도, 그 고통까지도 의연하게 보듬어 안을 것 같았다. 하지만 지금 자신 곁에 있는 것은 막막한 어둠과 심장을 옥죄는 아픔뿐이었다.

'아버지, 아버지! 제발 절 좀 도와 주세요. 이 시련, 제게는 너무 버겁습니다. 부디 절 도와 주세요.'

그러자 아버지가 가르쳐 준 노래가 아스라히 귓가에 되살아났다. 노래는 마치 바도루의 안타까운 하소연에 대한 아버지의 대답 같았다.

자작나무 우거진 숲
아득히 머나먼 땅에
한 나라가 있었네

아버지의 얼굴이 떠올랐다. 이제는 기억에도 희미해진 얼굴이지만, 형형한 눈빛만큼은 여전히 오롯했다. 어버지의 그 형형한 눈빛이, 아버지가 가르쳐 주신 노래가 흔들리는 마음을 다잡아 주는 듯한 느낌이 들었다.

노래를 가르쳐 주면서 아버지는 말했다.

"네 몸에는 드넓은 벌판을 말달리던 조상들의 피가 흐르고 있다. 강자 앞에서는 한없이 강하고 약한 자 앞에서는 너그러웠던, 진정한 사내의 기상을 지니고 사셨던 조상들의 피가 말이다. 그 피의 외침을 잊어서는 안 된다."

아버지는 또 물었다. 노래의 어느 구절이 가장 마음에 드느냐고. 어린 바도루는 그 때 분명하게 대답했다. '네 슬픔 위에 내 기쁨을 짓지 않는', 바로 그 구절이 마음에 든다고.

바도루는 속으로 가만히 그 구절을 읊어 보았다.

하늘이 부르면 땅이 답하고
네 슬픔 위에 내 기쁨을 짓지 않는
그리운 빛의 나라

갑자기 가슴이 콱 메면서 뜨거운 무언가가 속에서 치밀어올랐다.

'그래. 내 자리를 되찾으려고 죄 없는 어린아이를 죽일 수는 없다. 자신을 희생하면서까지 나를 도와 주었던 어린 소녀의 믿음을 배반하는 짓을 난 할 수 없어. 아선은 말하겠지. 그건 작은 의리에 얽매인 어리석은 선택이라고. 그래, 아선 같으면 결코 이런 선택을 하지 않겠지. 죄 없는 어린아이를 죽여서라도 자신이 바라는 걸 얻으려 하겠지. 그래, 난 아선과는 달라. 지금은 그것만이 내게 위로가 되는구나. 내가 아선과는 다르다는 그 사실이…….'

바도루는 천천히 고개를 들고는 곤히 잠든 달해의 손을 한 번 꼭 잡아 보았다.

'송화야, 약속대로 네 동생 달해는 내가 반드시 지켜 주마.'

하지만 달해의 손을 놓는 순간 아선의 번득이는 눈빛이 또다시 마음을 옥죄었다. 바도루는 무릎에 도로 고개를 묻었다.

밤은 길고 또 길었다. 그 긴 밤 내내 바도루의 마음은 흔들리고 또 흔들렸다. 아버지를 생각하고 노래를 생각하면서 가까스로 마음을 다잡아 놓으면, 그 마음은 풍랑을 만난 조각배처럼 한순간에 부서지곤 하였다.

영원히 계속될 것만 같은 긴 밤을 바도루는 꼬박 뜬눈으로 지새웠다. 멀리서 희미하게 닭 우는 소리가 들렸을 때에야 겨우 그 밤이 끝나 가고 있음을 알았다. 머릿속이 휑했다. 온몸이 물 먹은 솜처럼 무거웠다. 빨리 선택의 순간이 다가왔으면 싶었다. 더 이상 아무 생각도 하고 싶지 않았다.

옥문이 거칠게 열리더니 병사들이 우르르 쏟아져 들어왔다. 달해가 놀라 벌떡 일어났다.

"괜찮다, 달해야. 잠시 다녀올 테니 여기서 기다려라. 알았지?"

바도루의 차분한 말에 달해가 가만히 고개를 끄덕였다. 병사들이 바도루를 옥 밖으로 끌어 냈다. 바도루는 어제 저녁 문초 받았던 방으로 다시 끌려갔다. 어제의 군관들과 병사들이 다 그 곳에 모여 있었다. 방 한가운데는 발갛게 달구어진 숯이 가득 담긴 화로가 있고, 그 한가운데 인두가 꽂혀 달구어지고 있었다.

순간 바도루는 저도 모르게 진저리를 쳤다. 병사들이 바도루를 화로 옆에 억지로 꿇어앉혔다. 군관 용길이 바도루 앞으로 다가왔다.

"이 불화로가 왜 여기 있는지 알겠지? 네 선택에 따라서 우린 이 불인두로 형을 집행할 수도 있고 안 할 수도 있다."

"……."

"인자하신 우리 당주님께서 네게 다시 한 번 기회를 주라고 하신다. 네가 우리의 화랑 바도루랑과 닮은 까닭에 신중하게 일을 처리하시려는 것이다. 네가 그 백제 아이를 처단하여 결백을 증명한다면 당주님께서는 너를 김충현 장군님께 보내 주겠다고 하셨다. 그러니 잘 생각해서 결정해라. 네 손으로 직접 아이를 죽이기가 껄끄럽다면 여기서 우리가 대신 죽여도 된다.

넌 다만 선택만 하면 된다."

바도루는 지그시 눈을 감았다. 이젠 멈출 때가 되었는데도 마음은 여전히 비바람 속의 꽃잎이었다. 발갛게 달구어진 끔찍한 인두를 보아서 더 그런지도 몰랐다.

"자, 어서 선택해라. 조금 뒤에 우리는 행군을 해야 한다. 시간이 없다."

용길이 재촉했다. 그러자 귓가에 고즈넉히 노래가 들려 왔다. 아버지가 가르쳐 주신 그 노래의 한 대목이…….

네 슬픔 위에 내 기쁨을 짓지 않는
그리운 빛의 나라

바도루는 눈을 뜨고 군관을 쳐다보았다. 밤새 잠을 못 잔 탓에 두 눈에 핏발이 서 있었다.

"난 그 아이를 죽일 수 없다. 내가 사랑하는 대신라군이 죄 없는 아이를 죽이는 것 또한 원치 않는다."

"그건 네가 백제 장수여서 아이를 죽일 수 없다는 뜻으로 들린다. 내 말이 틀렸나?"

"……."

"대답하지 않는다면 그렇다는 뜻으로 받아들이겠다. 아니면 아니라고 말해라."

이미 선택을 한 이상 다른 말은 다 부질없었다. 바도루는 고집스럽게 입을 다물고만 있었다.

"좋다. 아니라고 말하지 않으니, 우린 네가 백제 장수라는 사실을 인정한 것으로 받아들이고 형을 집행하겠다. 적국의 첩자는 죽여야 마땅하지만 당주님께서는 네가 더 이상 바도루랑 행세를 하지 못하도록 장님을 만들어 쫓아 버리라고 하셨다. 낭에 대한 당주님의 우의가 그만큼 깊은 까닭이다."

군관이 말을 마치자 두 병사가 바도루에게 다가왔다. 병사들은 바도루를 일으켜 세우더니 두 팔을 뒤로 돌려 손목을 묶었다. 이어 검은 천으로 눈을 가렸다. 그런 다음 큰 기둥 옆으로 끌고 가 기둥에다 묶었다.

바도루는 눈물을 참을 수가 없었다. 이미 선택을 했고, 끔찍한 형을 받을 각오도 했지만 가슴 저미는 슬픔을 참아 낼 수는 없었다. 이제 오례혜의 아름다운 모습도, 경천의 늠름한 모습도 다시는 볼 수가 없다. 사랑하는 말 흰새를 타고 바람처럼 들판을 달릴 수도 없으리라. 두 눈을 잃는 것은 모든 것을 잃는 것이나 마찬가지였다.

감은 눈꺼풀을 비집고 눈물이 자꾸만 솟구쳤다. 한가지 다행한 일은 검은 천이 눈을 가리고 있어서 아무도 자신의 눈물을 눈치채지 못한다는 점이었다.

병사 하나가 불화로에서 벌겋게 단 인두를 빼냈다. 그러자 막손이 불쑥 앞으로 나서며 용길에게 말했다.

"내가 하겠네. 나한테 기회를 주게."

용길이 의아하다는 눈빛으로 막손을 바라보았다.

"험한 일을 왜 손수 하려 하오?"

"난 백제놈들한테 원한이 많은 사람일세. 내 사랑하는 아우가 둘이나 백제놈들 손에 죽었어. 내가 직접 저 백제 첩자에게 형을 집행해 내 아우들의 원한을 조금이라도 달래 주고 싶네."

막손이 백제군에게 아우를 둘씩이나 잃었다는 사실은 용길도 이미 들어서 알고 있었다. 용길이 고개를 끄덕였다. 병사가 막손에게 불인두를 건네 주었다.

바도루는 슬픔에 겨워 그들이 주고받는 말을 조금도 듣지 못했다. 다만 다가오는 발소리만 겨우 알아챌 수 있었다. 바도루는 눈물을 멈추려 애쓰며 아랫입술을 힘껏 깨물었다.

'그래. 혀를 깨물고 죽는 한이 있어도 비명을 지르거나 짐승처럼 울부짖지 않으리라. 그래서 아선, 너에게 보여 주마. 네가 아무리 날 짓밟으려 해도 결코 짓밟을 수 없는 것이 내게 있다는 것을 꼭 보여 주고 말겠다.'

어디선가 불화살이 날아왔다. 불화살은 바도루의 오른쪽 눈에 꽂혔다. 이어 불화살 한 대가 더 날아와 왼쪽 눈에 꽂혔다. 두 눈에 불화살을 맞고도 바도루는 비명조차 지르지 않으며 참혹한 고통을 참아 내고 있었다.

마치 자신의 심장에 그 불화살이 박힌 듯 아파, 오례혜는 비명을 지르며 일어났다. 꿈이었다. 꿈치고는 지나치게 생생했고, 너무 처참하였다. 바도루가 백제에서 행방불명이 된 이후로 자주 바도루 꿈을 꾸었지만 지금처럼 흉한 꿈은 처음이었다.

어느새 날이 밝았는지 동그란 빛받이 창으로 희붐한 새벽빛이 비쳐 들고 있었다. 오례혜는 침상에서 내려와 어슴푸레한 방 안을 서성였다. 땅이 꺼질 듯 무거운 한숨이 방 안 가득 울려 퍼졌다.

어제 저녁의 일이 기억났다. 느닷없이 심장이 세차게 뛰면서 가슴이 조여들기 시작해, 숨조차 제대로 쉴 수 없었던 일…… . 사랑하는 사람들만이 가지는 예민한 느낌으로 오례혜는 알아차렸다. 바도루에게 위험이 닥쳤고, 그 위험 앞에서 그가 몹시 고통스러워하고 있음을.

하지만 그 때 오례혜는 어머니와 함께 막 저녁을 먹으려던 참이었다. 심장이 찢기는 듯한 불안과 고통을 도저히 어머니 앞에서 내색할 수가 없었다. 바도루가 행방불명이 되고, 아버지와 오라버니 경천마저 전쟁터로 떠난 이후로 아예 웃음을 잃어버린 어머니였다. 오례혜는 아무 일도 없는 듯 저녁을 먹으려 애썼지만 목이 메어 아무것도 삼킬 수가 없었다. 결국 물 한 모금을 마셨을 뿐이었다. 어머니는 잠시 오례혜를 말없이 바라보았을 뿐 왜 그러느냐고 캐어묻지 않았다.

제 방으로 돌아와서도 오례혜는 마음을 진정시킬 수가 없었다. 그가 갈 때 주고 간 단검을 가슴에 안고 방 안을 서성였다. 밤이 깊어지자 불안은 걷잡을 수 없이 커졌다. 뾰족한 바늘이 쉴새없이 심장을 찔러 대는 것만 같았다. 대체 무슨 일이 벌어지고 있기에 그가 이토록 괴로워하는 것인지, 오례혜는 미칠 듯한 심정이었다.

오례혜는 꼬박 뜬눈으로 지난 밤을 새웠고, 새벽녘에 지쳐 침상에 누웠다가 깜박 잠이 들었는데 그런 흉한 꿈이 찾아 든 것이다.

오례혜는 침상 머리맡에 놓인 단검을 집어 들었다. 그가 주고 간 단검은 오례혜에게 늘 힘이 되어 주었다. 그가 말했듯 단검은 그의 마음이었다. 그가 행방불명이 되었다는 소식을 듣고 끝도 모를 아득한 슬픔에 빠져 있을 때 오례혜를 일으켜 세운 것도 바로 그 단검이었다. 단검을 꺼내 들고 칼에 새겨진 마음 심자를 들여다보노라면 그의 웃는 얼굴이 떠오르면서 부드러운 그 목소리가 들리는 듯하였다.

'오례혜. 난 괜찮아. 곧 돌아갈 테니 날 믿고 기다려 줘.'

오례혜는 침상에 걸터앉아 칼집에서 칼을 꺼내 보았다. 오련한 새벽빛 속에서 칼에 새겨진 마음 심자가 희미하게 드러나 보였다. 하지만 이번에는 그 글자를 보고 있어도 그의 웃는 얼굴이 떠오르지 않았다. 그의 목소리도 들리지 않았다.

'아아, 낭에게 무언가 나쁜 일이 일어난 거야. 너무너무 나쁜 일이……'

바도루가 떠난 다음부터 오례혜는 바도루를 더 이상 작은오라버니라고 부르지 않았다. 다른 사람들에게 말할 때는 그분이라고 했고, 혼자 마음 속으로는 '낭'이라고 불렀다. 바도루가 그 어떤 일보다 화랑이 된 일을 자랑스럽게 여겼기 때문이다.

'대체 어떤 나쁜 일이 생긴 걸까? 꿈에서처럼 정말 두 눈을 다치기라도 한 걸까?'

가을 햇살 같은 바도루의 아름다운 두 눈을 생각하자 오례혜는 눈물을 참을 수가 없었다. 눈물은 뺨을 타고 흘러내려 글자 위에 떨어졌다.

오례혜는 눈물 속의 우련한 그 글자를 뚫어져라 들여다보며 마음을 다해 말했다.

'낭, 어떤 일이 있어도 돌아오셔야 해요. 설령 꿈 속에서처럼 두 눈을 다 잃는다 해도, 아니 그보다 더한 모습이 되어도 내 마음은 변치 않아요. 낭이 어떤 모습이건 낭이 살아서 내 곁에 있기만 한다면, 내게 그보다 더한 기쁨은 없어요. 그러니 반드시 돌아오셔야 해요. 천 년이건 만 년이건 오로지 낭만을 기다릴 것이니…….'

또 한 방울 눈물이 글자 위에 떨어졌다. 오례혜의 마음을 알았다는 듯 단검도 한순간 우우 하고 우는 듯했다. 오례혜는 단검을 품에 꼭 안았다. 눈물은 그칠 줄 모르고 계속 흘렀지만 마음은 조금 편안해졌다.

어떤 일이 있어도 그는 돌아오리라. 단검이 자신의 간절한 마음을 그에게 전해 줄 것이고, 그는 기다림의 눈물겨움을 헤아릴 줄 아는 여린 마음을 가졌으니, 반드시 돌아오리라.

단검에 새긴 뜻은

아침 햇살이 눈부셨다. 어두운 옥 안에 있다 바깥으로 나온 달해는 순간적으로 눈을 깜박이며 성 안 거리를 둘러보았다. 기와 지붕을 인 건물이며 오가는 사람들만 보일 뿐, 장수님이 보이지 않았다. 달해는 불안한 눈빛으로 병사를 쳐다보았다.

"장수님은 어디 계세요?"

"성 밖에 있다. 어서 따라와."

달해는 타달타달 한참을 걸어 성 밖으로 나갔다. 병사는 성문에서 조금 떨어진 풀숲으로 달해를 데려갔다. 거기 풀숲에 장수님이 자는 듯이 누워 있었다.

"저 사람이 정신이 들면 멀리 떠나도록 해라."

밑도 끝도 없이 말을 툭 내뱉고는 병사는 가 버렸다. 달해는 반가운 마음에 급히 장수님에게 다가갔다. 순간 달해는 저도 모르게 도리질을 쳤다. 두 눈에 벌겋게 나 있는 인두 자국이며, 심한 화상으로 부풀어오른 눈꺼풀. 그리고 피가 엉겨 굳어 있는 아랫입술.

"장수님, 장수님……!"

달해는 그 자리에 주저앉으며 장수님을 흔들었다. 그러나 장수님은 깊은 잠에 빠진 사람처럼 손가락 하나 까딱 하지 않았다. 달해는 두렵고 황당하여 울기 시작했다.

별안간 다가오는 발소리가 들렸다. 달해는 화들짝 놀라며 뒤돌아보았다. 나이가 좀 들어 보이는 군관이 우뚝 서 있었다. 막손이었다. 달해는 눈물이 그렁그렁한 눈으로 막손을 올려다보았다. 갑자기 멍청이가 된 듯 아무 생각도 떠오르지 않았다.

"이걸 돌려 주려 왔다."

막손은 손에 들고 있던 봇짐 두 개를 달해 앞으로 내밀었다. 병사들이 빼앗아 갔던 봇짐이었다. 달해는 얼결에 두 손으로 봇짐을 받아 가슴에 안았다.

"그렇게 울지만 말고 이분을 잘 돌봐 드려라. 이분은 널 구하려다 이리 되었다. 여기서 잠시만 기다리면, 우리가 떠난 다음에 내 먼 친척이 도와 주러 올 거다."

막손은 달해의 등을 한 번 두드려 준 다음 도로 가 버렸다. 달해는 멀어지는 군관의 뒷모습을 우두커니 바라보다 부르르 몸을 떨었다. 군관이 했던 말이 뒤늦게 머릿속을 파고들었다.

'장수님이 날 구하려다 이리 되셨다고?'

달해는 숨을 훅 들이마셨다. 장수님을 도와 주겠다던, 장수님의 친구라던 그 인물 훤한 사람의 얼굴이 또렷이 떠올랐다. 장수님이 그토록 아무 말도 하지 말라고 했는데도 문초 때, 장수님에 대해 말해 버린 일도 기억났다.

'그래, 그 사람이 날 속였어. 장수님을 도와 주겠다고 하고선 오히려 이런 몹쓸 짓을 한 거야. 누나 말이 맞아. 겉모습만 보고 사람을 믿어서는 안 되는 건데……'

달해는 눈물을 닦으며 장수님을 뚫어져라 바라보았다. 문득 두 달 전 일이 기억났다. 장수님이 지금처럼 마을 어귀 풀숲에 죽은 듯이 누워 있던 일……. 그 때 칼에 찔려 다 죽어 가는 장수님을 의원님이 살려 냈고, 누나가 정성껏 병시중을 들어 상처가 말끔히 나았다. 이번에도 장수님의 두 눈을 낫게 해 줄 사람은 의원님과 누나뿐인 것 같았다.

집으로 돌아가야겠다는 생각이 들었다. 어머니는 나중에 다시 찾으러 가면 된다. 지금은 장수님의 눈을 낫게 하고 장수님을 돌보는 일이 더 급했다.

"장수님, 정신 좀 차려 보세요, 장수님."

달해는 다시 한 번 장수님을 흔들어 보았다. 그러나 장수님은 여전히 미동도 하지 않았다. 달해는 장수님이 깨어나기만을 기다리며 한동안 꼼짝도 않고 앉아 있었다.

홀연 풀잎이 사각대는 소리가 들렸다. 돌아보니 한 사내가 다가오고 있었다. 누군가가 도와 주러 올 거라고 했던 군관의 말이 그제야 되살아났다.

"아직도 깨어나지 못한 모양이구나."

사내가 다가와 바도루를 흘낏 내려다보며 물었다. 달해가 고개를 끄덕이자 사내는 달해 앞에 쭈그리고 앉았다.

"우리 집으로 데려가야겠다. 우선 이 사람을 업어야겠으니 날 좀 도와 다오."

사내는 달해의 도움을 받아 바도루를 들쳐 업고는 성큼성큼 앞장 서서 걷기 시작했다. 사내를 뒤따라가면서 달해는 두 주먹을 불끈 쥐었다.

'이젠 내가 장수님을 지킬 거야. 내가…….'

정신이 드는 순간 바도루가 맨 처음 느낀 것은 두 눈이 타는 듯한 통증이었다. 이어 끔찍했던 순간의 기억도 되살아났다. 두 눈을 태웠던 뜨거운 불인두, 고통을 참기 위해 피가 나도록 입술을 깨물다 마침내 정신을 잃었던 일······.

바도루는 가늘게 신음하면서 있는 힘을 다해 눈을 떠 보았다. 눈이 떠지기는 했으나 아무것도 보이지 않았다. 모든 것이 뿌옇기만 했다. 두 눈이 찌르는 듯 아프고 화끈거렸다. 바도루는 도로 눈을 감아 버렸다.

"그대로 있어요. 눈에다 약초즙을 발랐으니 잠시 그대로 누워 있으면 통증이 조금은 가라앉을 거요."

귀에 선 목소리였다. 앞을 볼 수 없으니 이 곳이 어디인지 말하는 사람이 누구인지 도무지 알 수가 없었다.

"뉘신지······?"

"막손 형님의 먼 친척 아우뻘 되는 사람이오. 형님이 댁을 도와 주라고 부탁하고 갔수."

막손이라면 옥까지 찾아와 도와 주겠다고 한 바로 그 사람이었다. 그가 왜 이처럼 자신을 도와 주는 것인지 알 순 없지만, 고마웠다.

"내가 데리고 온 사내아이가 있었는데······."

바도루의 말이 채 끝나기도 전에 달해의 목소리가 끼여들었다.

"저 여기 있어요."

"괜찮니?"

"예. 전 아무렇지도 않아요."

"다행이구나."

그 말을 끝으로 바도루는 말문을 닫아 버렸다. 돌이라도 된 듯 입을 굳게 다물고 한 마디도 하지 않았다. 달해가 말하면 그저 듣기만 했고, 입 속에 무언가 떠 넣어 주면 마지못해 삼켰다. 밖으로 나가고 싶을 때는 손짓만 하면 달해가 얼른 알아채고 손을 잡아 주었다.

몇 번인가 가까스로 눈을 떠 보았으나 역시 아무것도 보이지 않았다. 그럴 때마다 마음은 끝도 없는 나락으로 곤두박질 쳤다. 화끈거리는 두 눈의 통증도 견디기 힘들었지만 그보다 더 힘든 것은 마음의 아픔이었다. 두 눈이 아니라 마음이 불인두질을 당한 것만 같았다.

무엇보다 아무짝에도 쓸모 없는 사람이 되고 말았다는 생각이 마음을 아프게 후벼팠다. 그 날 하루 동안 바도루는 달해의 손을 빌지 않고는 한 발짝도 제대로 움직이지 못했다. 혼자서는 아무 일도 할 수가 없었다.

참담했다. 이런 몸으로 경천에게, 전쟁터로 도저히 갈 수 없다. 오례혜에게는 더더욱 돌아갈 수 없다. 아선의 말대로 평생 오례혜의 짐이 될 것이니. 그런데도 돌아가고 싶었다. 눈이 망가지기 전보다 더 간절하게 오례혜와 경천이 그리웠다. 그들의 목소리만이라도 한 번만 더 들어 보고 싶었다.

　그 날 밤도 바도루는 한숨도 잠을 이루지 못했다. 이제 또다시 선택을 해야 할 것 같았다. 한시바삐 이 집을 떠나 혼자 조용히 생각해 보고 싶었다. 오례혜와 경천, 그리고 자신을 위한 가장 좋은 선택이 어떤 것인지를.

　다음 날 오후가 되자 바도루는 마침내 입을 열었다.

　"떠나자."

　달해는 장수님의 마음을 알 수 있었다. 달해 역시 장수님이 끔찍한 일을 당한 이 곳을 빨리 떠나고 싶었다. 장수님의 눈을 낫게 해 줄 의원님과 누나가 있는 집으로 어서 돌아가고 싶었다.

　"그래요. 지금 떠나요."

　"봇짐을 다오."

　막손이 봇짐을 돌려 주었다는 말을 바도루는 이미 달해에게 들었던 것이다.

　달해가 봇짐을 바도루 앞에 놓아 주었다. 바도루는 손으로 더듬더듬 봇짐을 만져 보았다. 비단신이 만져졌다. 자주색 바탕에 하얀 꽃이 수놓인 비단신. 바도루는 한동안 넋을 놓고 그 비단신만 움켜쥐고 있었다.

　그러다 다시 봇짐을 더듬었다. 칼이 만져졌다. 사비로 올 때 가지고 왔던 단검, 아라성까지 오면서 내내 품고 왔던 단검이었다.

"왜 이리 급히 떠나려는 거요? 화상이 다 나을 때까지 아무 걱정 말고 여기 묵도록 해요. 막손 형님이 신신당부를 하고 떠나셨는데……."

봇짐을 지고 나선 바도루와 달해를 보며 막손의 친척이 말렸다. 바도루는 고개를 저었다.

"갈 길이 급해서요. 나중에라도 이 은혜를 갚을 날이 있으면 좋으련만……. 이다음에 전쟁이 끝나고 친척 형님이 돌아오시면 베풀어 주신 호의에 깊이 감사드린다고 전해 주세요."

떠나고 싶어하는 바도루의 마음을 헤아렸는지 사내는 더 이상 붙잡지 않았다. 대신 달해에게 뜯어 놓은 약초를 주고 간단한 먹을거리도 싸 주었다.

"약초를 찧어서 자주 눈에다 발라 드려라. 알았지? 아직도 많이 쓰라릴 터인데……."

사내가 안타까운 듯 말했다.

바도루는 달해의 손에 이끌려 말없이 걸었다. 어디로 가느냐고 묻지도 않았다. 아예 말하기를 잊어버린 듯 말문을 도로 굳게 닫고 달해가 이끄는 대로 휘적휘적 걸었다.

달해는 왔던 길을 되짚어 걸었다. 지금 가고 있는 길은 그저께 왔던 길이라 한치의 틀림도 없이 그대로 다 기억이 났다.

해가 질 무렵 작은 마을 어귀에 이르렀다. 바도루는 개 짖는 소리며 소 울음소리를 듣고 마을 가까이 왔음을 알았다.

"여기가 어디쯤이냐?"

장수님이 말문을 연 것이 기뻐 달해는 씩씩하게 대답했다.

"그저께 지나쳤던 마을이에요. 마을 안으로 들어가 묵을 집을 찾아볼게요. 날이 저물었거든요."

오는 길에 바도루가 했던 일을 이제 달해가 대신하려 했다. 바도루는 고개를 저었다.

"마을 안으로는 들어가고 싶지 않다. 인가와 떨어진 곳에 버려진 움막 같은 곳이 있을 거다. 밤이슬만 피하면 되지 않겠니."

얼마 뒤 달해는 산기슭에서 곧 허물어질 듯한 빈 움막을 찾아냈다. 마을에서 그리 멀지도 않았고, 움막 안에 마른 짚이 수북이 깔려 있어 하룻밤 그럭저럭 쉴 수 있을 것 같았다.

"시장하지 않으세요? 아까 그 아저씨가 먹을 것을 싸 줬어요."

"난 생각 없다. 목이 타서 그러니 물이나 좀 떠다 주겠니?"

"네. 잠시만 기다리세요."

달해는 봇짐 끝에 매달아 놓은 표주박을 빼 들고 밖으로 달려나갔다. 달해의 발소리가 멀어지자 바도루는 봇짐을 벗어 앞에다 놓고 단검을 꺼냈다. 칼집에서 칼을 꺼내 날카로운 칼날을 손끝으로 쓸어 보았다. 서늘한 기운이 등골을 훑어내렸다.

바도루는 칼 손잡이를 꽉 움켜쥐고 목에다 칼날을 거누었다. 날카로운 칼끝이 목에 닿았다. 조금이라도 목을 움직이면 칼끝이 살을 파고들 것만 같았다.

불현듯 경천과 오례혜의 얼굴이 번갈아 떠올랐다. 셋이 함께 거닐었던 화사하고 아름다운 봄날의 뜨락도 떠올랐다. 함께 웃고 장난치고 뛰놀았던 어린 시절의 추억들도 주마등처럼 스쳐갔다. 경천과 오례혜와 함께 했던 추억들이, 너무나 많은, 하나같이 소중한 그 추억들이 두서없이 떠올랐다.

칼을 움켜쥔 바도루의 손이 가늘게 떨리더니 어느 순간 아래로 툭 떨어졌다. 마음 속에서 피눈물이 흘렀다.

바도루는 잘 알고 있었다. 자신이 어떤 모습이건 경천과 오례혜의 마음은 변함이 없고, 언제까지나 자신을 기다려 주리라는 것을. 때문에 살아 있는 한 결국은 두 사람에게 돌아가고 말리라는 것을.

그러나 경천과 오례혜에게 돌아간다 한들, 자신은 결국 두 사람에게 짐이고 슬픔일 뿐이었다. 그건 싫었다. 차라리 죽어 두 사람에게 돌아가고 싶은 마음을 아예 끊어 버리는 것이 나았다.

바도루는 한숨을 삼키며 이를 악물었다. 칼을 쥔 손을 다시 치켜들었다. 아까처럼 목에다 칼끝을 겨누고 칼을 쥔 손에 힘을 주었다. 단검이 막 목을 찌르려는 순간이었다.

"안 돼요!"

달해가 퉁겨지듯 날아와 바도루의 몸에 제 몸을 세차게 부딪쳤다. 바도루는 달해와 같이 뒤로 넘어졌다. 칼은 짚더미 어딘가에 떨어졌다.

바도루는 얼른 몸을 일으켜 앉았다. 둘레를 더듬어 보았으나 칼이 어디 있는지 도무지 찾을 수가 없었다. 끝도 모를 노여움이 와락 치밀었다.

"어린것이 대체 이게 무슨 짓이냐? 어서 칼을 찾아 다오."

"싫어요."

"싫다면 칼은 내가 찾겠다. 넌 이제 더 이상 내 일에 참견하지 말고 네 갈 길로 가거라. 이젠 우리가 헤어져야 할 때가 온 것 같구나. 그 동안 몇 번이나 말했지만, 난 네가 찾는 장수가 결코 아니다. 그러니 그만 내 곁에서 떠나거라."

"싫어요. 장수님이 무슨 말을 하건 전 결코 장수님 곁을 떠나지 않아요."

바도루는 입을 굳게 다물고 앉은자리에서 몸을 조금씩 움직여 둘레를 손으로 더듬었다. 단단한 쇠붙이가 만져졌다. 칼 손잡이였다.

바도루가 막 칼을 집어 들려는 순간이었다. 달해의 작은 손이 재빨리 그 칼을 낚아챘다. 바도루는 거칠게 손을 뻗쳐 달해의 한쪽 팔을 꽉 움켜잡았다.

"이 무슨 버릇없는 짓이냐. 어서 그 칼 이리 내라."

"싫어요!"

달해는 소리치며 있는 힘을 다해 칼을 멀리 던졌다. 칼이 어딘가 툭 떨어지는 소리를 듣고 바도루는 달해가 칼을 멀리 던져 버렸음을 알았다. 참고 참았던 노여움이 봇물 터지듯 터졌다.

'그래. 다 이 아이 때문이다. 이 아이를 만나면서 일이 꼬이기 시작했고, 이런 돌이킬 수 없는 지경에까지 이르게 된 거다.'

그런 생각이 들자 자신을 장님으로 만든 아선보다 달해가 더 지긋지긋하고 싫었다.

"칼을 가져오너라. 어서!"

여전히 달해의 한쪽 팔을 꽉 움켜잡은 채 바도루는 날카롭게 말했다.

"싫어요!"

마침내 바도루는 참을성을 잃고 다른 한 손을 들어, 있는 힘을 다해 내리쳤다. 보이지는 않았지만 바도루의 손은 정확하게 달해의 뺨을 후려쳤다. 철썩 하는 소리와 함께 달해의 코에서 코피가 주르르 흘렀다. 하지만 바도루에게는 그 피가 보이지 않았다.

달해는 코피를 닦을 생각도 않고 멍하니 있었다. 한쪽 뺨이 떨어져 나간 듯이 아팠다. 너무 아파서 울음조차도 나오지 않았다. 태어나서 이렇게 심하게 맞은 것은 처음이었다.

"칼을 가져오지 않으면 가져올 때까지 때려 줄 테다. 어서 가져와!"

바도루는 버럭 소리를 질렀다. 달해도 있는 힘을 다해 소리쳤다.

"싫어요!"

바도루의 손이 연거푸 달해의 뺨으로 날아들었다. 달해는 아픔을 느낄 겨를도 없이 고스란히 맞고만 있었다. 두 뺨이 빨갛게 부풀어오르고 얼굴이 피투성이가 되었는데도 매를 피해 달아나겠다는 생각은 전혀 들지 않았다. 이것으로 장수님의 마음이 조금이라도 풀어진다면, 그래서 죽겠다는 생각을 버리기만 한다면 죽을 만큼 맞아도 괜찮을 것 같았다.

퍽!

또다시 바도루의 손이 바람을 일으키며 달해의 뺨으로 날아들었다. 달해는 눈앞이 아뜩해지는 것을 느끼며 그만 정신을 잃고 말았다. 그제야 바도루는 달해가 축 늘어져 버린 것을 알고는 달해를 잡고 있던 손을 놓았다.

한참 동안 바도루는 얼이 빠진 듯 가만히 앉아 있었다. 자신이 지금 무슨 짓을 했는지도 알 수 없었고, 아무 생각도 나지 않았다.

얼마가 지났을까. 폭풍 같은 노여움이 사그라들면서 바도루는 문득 달해가 너무 오랫동안 조용하다는 데에 생각이 미쳤다.

"달해야……."

아무 대답이 없었다. 바도루는 둘레를 더듬어 보았다. 쓰러져 있는 달해의 팔이, 동그란 얼굴이 만져졌다. 볼 수가 없어서 분명치는 않지만 그 얼굴에 핏자국이 엉겨 있다는 것을 손끝에 전해지는 느낌으로 알 수 있었다.

갑자기 바도루는 정신이 번쩍 들었다. 자신이 아무런 힘도 없는 어린아이를 이렇게 정신을 잃을 만큼 때렸다니, 도무지 믿어지지가 않았다.

"달해야. 얘야, 정신 좀 차려 보아라."

바도루는 달해를 안아 일으키며 흔들어 보았다. 달해의 입에서 가느다란 신음이 흘러 나왔다. 그 소리는 비수처럼 바도루의 심장 한가운데 꽂혔다.

'내가 무슨 짓을 한 거지? 아선이 나한테 한 짓과 똑같은 짓을 내가 이 아이한테 했구나. 난 적어도 아선과는 다르다고 믿

었는데…… 분명 내가 선택한 일인데도 이 아이를 원망하여 이 지경으로 만들다니…….'

홀연 단검이 떠올랐다. 마음 심자가 새겨진 단검은 본디 윤기 나던 제 빛깔을 잃고 녹이 슨 듯 뿌옇게 보였다. 비로소 바도루는 알 것 같았다. 아버지가 경계하려 하셨던 것이 무엇인지. 마음을 잃어버린다는 것이 어떤 것인지를.

부끄러웠다. 아버지가 그토록 경계하셨는데도, 감당할 수 없는 고통 앞에서 바도루는 한순간 제 마음을 잃어버리고 말았다. 마음을 잃어버린 자신은 아선과 하나도 다를 바 없었고, 그 사실이 견딜 수 없이 초라하고 부끄러웠다.

"달해야, 제발 정신 좀 차려라. 내가 잘못했다. 내가……."

흐느낌이 목젖을 타고 올라왔다. 적어도 자신은 아선과는 다르다는 그 팽팽한 자존심이 무너진 것이 서러워서 바도루는 울음을 참을 수가 없었다. 눈물이 뺨을 타고 흘러내려 달해의 얼굴 위로 떨어졌다. 달해가 다시 신음 소리를 냈다.

"달해야, 달해야……."

"장수님……."

가냘프지만 또렷한 목소리로 달해가 대답했다. 바도루는 와락 달해를 부둥켜안았다.

"달해야. 내가 잘못했다. 내가……."

"아니에요, 장수님."

달해의 맑은 목소리를 들으면서 바도루는 밀물처럼 밀려오는 울음을 토해 냈다. 통곡과 함께 눈물이 걷잡을 수 없이 쏟아졌다.

눈물이 마음 속의 노여움을 씻어 내렸다. 이미 선택한 일에 대한 후회도, 하필이면 아라성에서 아선을 만난 데 대한 원망도 사라졌다. 아선에 대한 미움도, 자신의 마음 속에 비수처럼 감추어져 있던 또 하나의 아선까지도 눈물 앞에 녹아 내렸다.

그 모든 것이 다 녹아 내린 뒤, 여전히 흘러내리는 눈물 속에서 아버지가 주신 단검이 또렷하게 떠올랐다. 잠시 빛을 잃었던 단검은 다시 부드러운 청동 빛으로 빛나고 있었다. 그 빛 속에서 칼에 새겨진 마음 심자가 한층 선명하게 드러났다.

단검이 다시 제 빛을 찾은 것이 기뻐서 바도루는 달해를 부둥켜안은 채 울고 또 울었다.

길 위에서

지저귀는 새 소리에 바도루는 잠에서 깨어났다. 몸도 가벼웠고, 머리도 맑았다. 이처럼 단잠을 자본 것은 참으로 오랜만이었다.

지난 봄, 서라벌을 떠나면서부터 제대로 잠을 잔 적이 거의 없었다. 사비 객점에서도 그랬고, 달해의 집에 있을 때도 마찬가지였다. 늘 긴장한 채, 작은 소리에도 깜짝 놀라 잠을 깨곤했다. 달해의 집을 떠나 국경을 넘을 때까지는 끊임없이 신경을 곤두세우고 있어야만 했다.

게다가 아라성에 도착한 다음부터 내리 이틀 밤을 꼬박 새웠다. 고통스러운 선택을 해야 했던 길고 긴 이틀 밤이었다.

그러다 간밤에 달해를 부둥켜안고 통곡하고 난 뒤에 바도루는 지친 나머지 꿈도 없는 깊은 잠에 빠져들었던 것이다.

바도루는 자리에 일어나 앉았다. 해맑은 새 소리가 귓전을 간질였다. 두 눈은 여전히 쓰리고 따가웠지만 이젠 견딜 만했다. 조심스레 눈을 떠 보았다. 움막 안이 어슴푸레했다.

바도루는 눈을 깜박이며 움막 안을 천천히 둘러보았다. 어렴풋하게 무언가 보이는 듯했다. 거적이 젖혀진 움막 어귀에 사내아이가 나타났다. 흐릿했으나 달해가 분명했다.

"거기, 달해니?"

"예. 소리를 듣고 아셨어요?"

달해가 다가왔다. 조금 전보다 더 뚜렷하게 달해의 모습이 보였다.

"아니다. 네가 보여. 희미하긴 해도, 알아볼 수는 있다."

"참말이세요, 장수님?"

달해가 들뜬 목소리로 물으면서 바도루 앞에 앉았다. 빨갛게 부어오른 달해의 뺨이 보였다.

"많이 아팠겠구나. 내가 정말 몹쓸 짓을 했어."

"정말 제가 보이세요?"

"그래. 네 뺨이 부어오른 것도 보여. 미안하다. 용서해 다오."

"좋아요. 대신 제가 잘못한 일도 용서해 주세요."

"네가 무슨 잘못을 했니?"

"조금 전에 산 속에다 칼을 버리고 왔어요."

바도루는 부드럽게 웃으며 달해의 어깨를 감싸안았다.

"잘했다. 이젠 그 칼, 필요 없다."

"그럼 저랑 우리 집으로 가실 거지요? 의원님이 장수님 눈을
제대로 고쳐 주실 거예요."

앞이 조금은 보이니 이젠 경천에게 가도 될 것 같았다. 경천
을 만나려면 어차피 사비로 가야 한다. 먼저 수리울에 들르면
약속대로 송화도 지켜 줄 수가 있다. 그런 다음 아이들을 데리
고 경천을 찾아가리라. 바도루는 고개를 끄덕였다.

"그러자꾸나. 헌데 네 어머니는?"

"어머니는 다음에 찾아도 돼요."

달해가 싹싹하게 말하며 자리에서 일어났다.

"뭘 좀 드셔야죠? 봇짐 안에 먹을 게 있어요. 제가 물을 떠올
게요."

달해가 나간 뒤 바도루는 다시 한 번 움막을 둘러보았다. 신
기하게도 움막 안이 다 보였다. 마른풀이며 굵은 기둥, 벽 위쪽
에 나 있는 작은 창, 모든 것이 보였다. 꿈만 같았다. 전처럼 또
렷하지는 않았지만 이 정도만 보여도 혼자서 무슨 일이든 다

할 수 있을 것 같았다.

　바도루는 자리에서 일어나 움막 바깥으로 나가 보았다. 쨍한 햇살에 눈이 부셔 한순간 아무것도 보이지 않았다. 가슴이 철렁했다. 숨을 가다듬고 눈을 감았다가 다시 떠 보았다. 분명 보였다. 움막 안에서보다 훨씬 잘 보였다.

　두 눈을 다 태워 버릴 듯했던 그 뜨거운 불기운이 눈꺼풀만 상하게 했을 뿐 눈동자에까지 이르지는 못한 모양이었다. 하늘의 도우심이었다.

　바도루는 마음 속으로 하늘에 깊이 감사를 드렸다.

　"왜 나와 계세요?"

　달해였다. 부어오른 뺨과 그 뺨에 난 손자국까지 선명하게 보였다. 새삼 부끄러웠고 마음이 아렸다. 바도루는 손을 뻗어 조심스레 달해의 뺨을 어루만졌다.

　"아직도 아프겠구나."

　"아녜요. 이젠 아무렇지도 않아요. 어서 들어가요. 배고파요. 아침 먹고 나서 눈에다 약초즙을 발라 드릴게요. 약초즙을 자주 발라야 상처가 빨리 아문다고 했어요."

　달해가 씩씩하게 말했다. 바도루는 문득 달해가 어딘가 달라졌음을 깨달았다. 얼마 전까지만 해도 겁이 많고 쉽게 지쳐서 늘 마음을 써 주어야 했는데, 이젠 거꾸로 달해가 바도루를 돌보려 하고 있었다.

무엇이 달해를 갑작스럽게 철들게 했는지는 알 수 없지만, 대견했다. 어쩌면 집으로 돌아간다는 사실이 달해를 기운 나게 한 것인지도 모른다.

서라벌 집이 떠올랐다. 꽃나무가 가득한 뒤뜰, 경천과 오례혜와 함께 꽃구름이 활짝 피어난 그 뒤뜰을 거닐었던 어느 봄날의 정경도 어른거렸다. 그 곳으로 하루 빨리 돌아가고 싶었다. 그러려면 먼저 수리울로, 사비로 가야 하리라.

그 날 한낮에 바도루는 달해와 움막을 떠났다. 달해가 정성스럽게 약초즙을 발라 준 덕분인지 화끈거리던 두 눈의 쓰라림이 많이 가라앉았다. 앞도 웬만큼 보여서 달해의 손을 잡지 않고 혼자서도 걸을 수 있었다.

다시 한 번 바도루는 하늘에 감사하며 달해와 함께 갈 길을 재촉했다.

눈앞이 점점 밝아졌다. 눈꺼풀의 화상은 더디게 아물었지만, 쓰라림과 통증이 가시면서 거의 예전처럼 모든 것이 잘 보였다.

바도루는 마치 세상에 새로 태어난 듯한 느낌이 들었다. 올 때 그냥 지나쳤던 풍경들이 정답게 마음 속으로 스며들어 왔다. 하늘이며 구름이며 꽃이며 새들이며, 눈에 보이는 모든 것들이 눈부시게 아름다워서 어떤 때는 바라보는 것만으로도 가슴이 저렸다.

돌돌돌 흐르는 시냇물이나 자유롭게 오가는 바람과 구름을 볼 때면 오례혜와 경천이 생각났다. 마음은 벌써 냇물이 되고 바람이 되고 구름이 되어 그들에게 달려가고 있었다.

'경천, 오례혜. 나, 지금 너희에게 가고 있어. 내 걱정은 하지 말고 편안한 마음으로 날 기다려 줘.'

가다가 마을을 만나면 그 곳에서 묵었다. 마을마다 아들이며 지아비며 오라비를 싸움터에 내보낸 식구들의 한숨이 있었고, 전쟁 소식이 있었다. 황산벌 전투 소식도 국경이 그리 멀지 않은 어느 마을에서 들었다.

황산벌에서 신라군은 계백 장군의 5천 결사대와 맞닥뜨렸는데, 몇 번의 큰 전투 끝에 계백 장군의 5천 결사대를 무찔렀다는 것이다. 어렵게 싸움에서 이긴 신라군은 당나라 군사들이 도착해 있는 기벌포로 진군했으며, 지금은 나당 연합군이 사비성으로 가고 있다고 했다.

그 황산벌 싸움에서 부상당하거나 죽었을지도 모르는 벗들과 낭도들의 얼굴이 떠올라 바도루는 마음이 무거웠다. 죽어도 백제의 딸이고 싶다던 송화도 생각났다. 백제의 멸망을 알리는 황산벌 전투 소식을 듣고 송화는 어쩌면 넋을 놓고 있을지도 모른다.

무엇보다 장군님과 경천이 무사한지 그것이 가장 걱정이 되었다. 황산벌 싸움에서 부상이라도 입지 않았는지, 하루 빨리 장군님과 경천을 만나고 싶었다.

바도루는 소식을 들었던 그 마을을 떠나 국경 쪽으로 부지런히 걸었다. 달해도 고단한 표정 한 번 짓지 않고 기운차게 따라왔다.

어느덧 서산 언저리에 보랏빛 노을이 살풋 내려앉았다. 여름날은 해가 긴 편인데도 바도루에게는 해가 너무 빨리 지는 것만 같았다. 해가 지면 하는 수 없이 쉬어 가야 했다. 마음 같아서는 밤에도 내쳐 걷고 싶지만 어린 달해에게는 무리였다.

다행히 저만치 마을이 보였다. 해가 졌는데도 마을을 만나지 못하면 더러 한뎃잠을 자기도 했다. 여름이라 한뎃잠도 잘 만 했지만 새벽에는 한기가 느껴졌다. 그럴 때면 바도루는 잠에서 깨어 봇짐 속의 옷을 꺼내 달해를 덮어 주곤 하였다.

"오늘은 저 마을에서 묵으면 되겠구나."

저 마을만 지나면 곧 국경이 나오고 국경을 넘어가면 이내 사비에 닿게 된다. 장군님과 경천이 있는 사비……. 바도루의 마음 속에서 잔잔한 설레임이 일었다.

바도루는 가벼운 걸음으로 달해와 마을 안으로 들어갔다. 그런데 이상했다. 여느 마을들처럼 개 짖는 소리가 들려 오지 않았다. 저녁때인데도 밥 짓는 연기가 피어오르는 집이 한 집도 없었다. 마을은 기분 나쁠 만큼 이상한 고요에 휩싸여 있었다.

"사람이 안 사는 마을인가 봐요. 사람도 안 보이고, 아무 소리도 안 들리고……."

무언가 심상찮은 낌새를 느꼈는지 달해도 걱정스런 얼굴로 바도루를 올려다보았다.

"글쎄다. 우선 아무 집에나 들어가자. 무슨 일이 있는지 알아 봐야겠으니."

마침 집이 한 채 나타났다. 바도루는 달해와 그 집 마당으로 들어섰다. 순간 고약한 냄새가 코를 찔렀다. 바도루와 달해는 얼결에 코를 막았다. 냄새가 너무 지독하여 토할 것만 같았다. 바도루는 이맛살을 심하게 찌푸렸다. 아무래도 송장 썩는 냄새 같았다.

"계십니까? 아무도 안 계십니까?"

그러자 열어 놓은 방문으로 해골 같은 노인의 얼굴이 삐죽 나타났다.

"뉘……, 뉘시오?"

"길 가던 나그넵니다. 이 마을에서 하룻밤 쉬어 갈 수 있을까 해서……."

냄새가 너무 지독하여 말을 하기도 힘이 들었다.

"어쩌다 여기로 들어왔소? 돌림병이 돌았다는 소문이 퍼져 벌써 며칠째 인적이 끊어졌는데……. 외진 마을이라 관아에서도 아예 우릴 포기했다우. 그러니 얼른 떠나요. 여기 있다간 댁들도 죽어요. 내 아들이랑 며느리가 죽었는데, 송장도 못 치우고 이러고 있수. 나도 곧 죽을 거요. 그러니 어서 떠나요. 어서……."

노인은 힘겹게 말을 내뱉고는 도로 방 안으로 모습을 감추었다.

바도루는 어쩌면 좋을지 몰라 잠시 마당에 우두커니 서 있었다.

'왜 하필 이 마을에 들어오게 되었을까?'

갑자기 그런 생각이 들었다. 아라성에서 아선을 만났을 때도 그랬다. 왜 하필 아선을 만났을까 하는 생각을 했다. 그러나 지나고 보니 아라성에서 하필 아선을 만난 데에는 나름대로 뜻이 있었다. 그리고 보면 세상의 모든 '하필'에는 다 나름대로 뜻이 있는 듯했다.

바쁜 마음 같아서는 노인의 충고대로 당장 마을을 떠나고 싶었다. 하지만 이 마을은 완전히 고립되어 있다. 인적은 끊어지고 지방 관아에서도 구제를 포기했다. 지금 마을에는 집집마다 치우지 못한 송장이 있을 테고, 그 송장들 사이에서 사람들이 죽어 가고 있으리라. 누군가가 송장들을 묻어 주고, 주위를 깨끗하게 치워 주어야 한다. 앓고 있는 사람들이 기운을 차리도록 물을 끓여 주고 밥을 지어 주어야 한다. 그렇지 않으면 마을은 살아 남은 사람 하나 없는 완전한 죽음의 마을이 되고 말리라.

어차피 지금 떠난다 해도 사비에 닿을 때쯤이면 이미 전쟁이 끝나 있을지도 모른다. 죽어 가는 백성들을 살리는 일 또한 백제군과 싸우는 것 못지않게 나라를 위하는 일일 것이다. 돌림병에 걸린 사람들의 병구완을 어떻게 해야 하는지, 스승 자운 대사가 가르쳐 준 것도 이런 때를 생각해서가 아니었을까?

하늘의 도우심으로 두 눈을 되찾았으니 이제 그 보답을 해야 할 것 같았다. 경천을 만나는 일이 또 늦어지는 것이 안타까웠지만 경천은 지금 자신이 하려는 일을 충분히 이해해 줄 것 같았다.

바도루는 여전히 코를 막은 채 서 있는 달해를 바라보며 잠시 망설이다 입을 열었다.

"달해야, 이 마을에 남아 사람들을 도와 주고 싶구나. 우리가 도와 준다면 몇 사람은 살 수 있을지도 모른다. 하지만 네가 걱정이구나. 넌 아직 어려서 돌림병에 걸릴 수도 있다. 네가 싫다면 그냥 떠나자. 어찌하런?"

"장수님이 하시는 일이면 전 무슨 일이든 도와 드릴 거예요. 제 걱정은 마세요."

달해가 코를 막았던 손을 치우며 밝게 대답했다. 날이 갈수록 의젓해지는 달해가 기특했다. 바도루는 가볍게 웃으며 달해의 등을 다독여 주었다.

"그래. 내가 일러 주는 대로 따라 하고, 조심하고 또 조심하면 괜찮을 거다."

바도루는 달해를 데리고 그 집을 나왔다. 마을 사람들 모두를 도우려면 마을 끝에 있는 집보다 마을 한가운데 있는 가장 큰 집을 찾아가는 편이 나을 것 같았다.

서산 언저리의 보랏빛 노을은 이제 숯불빛으로 활활 타오르고 있었다.

바람에 전하는 말

막사 안은 고요하였다. 이따금 애잔한 풀벌레 울음소리가
그 고요를 깨트렸다.

경천은 막사 안 의자에 앉아 풀벌레 소리를 듣고 있었다. 여
름 더위가 시작될 5월 끝무렵에 서라벌을 떠났는데 어느새 9월
초, 가을이 성큼 다가와 있었다. 아침 저녁으로 옷깃을 스치는
바람이 제법 쌀쌀하였다.

몇 달 만에 처음 가져 보는 한가한 시간이지만, 홀가분하게
쉴 수는 없었다. 숨가쁜 전쟁의 소용돌이 속에서 잠시 접어 두었
던 바도루에 대한 걱정이 기다렸다는 듯 되살아났기 때문이다.

'바도루, 넌 지금 대체 어디 있는 거니?'

바도루가 행방불명 된 것이 4월 말, 그 사이에 넉 달이 훌쩍 지나갔다. 그 넉 달 동안 경천은 내내 한여름 한낮의 땡볕 속에 서 있는 듯한 느낌으로 살아 왔다. 바도루가 곁에 없어서 한층 견뎌 내기가 쉽지 않았던 지난날들이 주마등처럼 스쳐 갔다.

바도루가 행방불명이 되었다는 사실을 전해 듣고 그 충격에서 벗어나기도 전에 서라벌을 떠나 남천정으로 20여 일 동안 행군했던 일, 그 곳에서 다시 남쪽으로 내려와 황산벌에서 백제의 결사대와 격전을 치렀던 일. 그 전투에서 부상당하고 죽어간 벗들이며 병사들의 신음 소리가 새삼 귀에 들려 오는 것만 같았다.

김유신 대장군이 이끄는 오만 신라군이 황산벌에 이르렀을 때, 백제의 계백 장군은 오천 명의 결사대를 이끌고 미리 그 곳에 도착해 험준한 요해처 세 곳에 진을 치고 있었다. 나중에 들은 이야기지만 계백 장군은 처자식까지 다 죽이고 황산벌로 온 것이라 했다. 계백 장군의 그 비장한 결의에 병사들의 사기는 태산이라도 무너뜨릴 것 같았다.

김유신 장군은 군사를 셋으로 나누어 백제군의 세 진영을 공격하게 했다. 그러나 백제군의 높은 사기에 막혀 신라군은 네 번 싸워 네 번 다 패하고 말았다. 신라군의 사기는 땅에 떨어졌고, 싸움은 좀처럼 진전이 없었다. 게다가 신라군은 당나라 군사들과 7월 10일에 사비성 외곽 기벌포에서 만나기로 약속이 되어 있었다. 약속한 날짜에 닿으려면 속히 싸움을 끝내야만 했다.

그 때 김흠순 장군이 아들 반굴에게 '이 위기를 당해 목숨을 바친다면 충(忠)과 효(孝)를 함께 이룰 것'이라고 일러 주었다. 아버지의 말을 알아들은 반굴은 곧장 적진으로 뛰어들어가 힘껏 싸우다 죽었다.

김품일 장군 또한 열여섯 살 화랑인 아들 관창에게 3군의 모범이 되라고 격려했다. 관창은 말을 타고 창을 비껴들고 혼자 적진으로 뛰어들었으나 이내 백제군에게 붙잡혀 계백 장군 앞으로 끌려갔다. 계백 장군은 관창의 투구를 벗겨 보았는데 뜻밖에도 나이 어린 소년인지라, 그 기상을 아름답게 여겨 신라군 진영으로 돌려 보냈다.

돌아온 관창은 신라군 진영에서 우물물을 한 모금 떠 마신 다음, 도로 적진 깊숙이 말을 달렸다. 관창은 있는 힘을 다해 백제군과 싸웠지만 또다시 사로잡히고 말았다. 계백 장군은 이번에는 관창의 목을 베어 말에 매달아 신라군 진영으로 돌려 보냈다. 아버지 김품일 장군이 관창의 머리를 잡아들자 흐르는 피가 옷소매를 적셨다.

반굴과 열여섯 살 화랑 관창. 두 소년 장수의 용맹함과 뜨거운 나라 사랑의 마음에 신라군은 모두 큰 감동을 받았다. 그들의 아버지인 두 장군은 아들들이 앞장 서서 적진에 뛰어들게 하여 병사들에게 모범을 보인 것이다.

그 일로 신라군의 사기는 하늘을 찌를 만큼 높아졌다. 반굴과 관창을 뒤따르고 싶은 뜨거운 마음이 끓어올라 죽기를 각오하고 백제군 진영으로 진격했다. 백제군은 크게 패했다. 계백 장군과 오천 결사대는 거의 전사했으며, 백제의 좌평 등 스무 명쯤 되는 대신, 장군들이 신라군에 항복했다.

화랑 관창의 목에서 흘러나온 붉은 피가 아버지 김품일 장군의 옷소매를 적시던 광경이 눈에 선했다. 가슴이 미어지고 뜨거운 무언가가 울컥 치미는 듯했던 그 때의 느낌도 생생하게 되살아났다. 그 때 당했던 부상의 아픔도 되살아났다. 자신의 부상 못지않게 죽어가는 벗이며 병사들을 지켜 보는 일이 경천에게는 몹시 고통스러웠다.

그 뒤 신라군은 서둘러 사비로 진군했으나 약속한 날짜보다 하루 늦게 기벌포에 도착했다. 당나라군이 이미 기벌포에 도착하여 백제군과 싸워 크게 이긴 뒤였다.

당나라 장수 소정방은 신라군이 하루 늦게 도착한 것을 트집잡으면서 신라군의 독군(督軍:군기 장교) 김문영을 군문에서 목을 베려 하였다. 신라군의 기를 꺾어 자신의 뜻대로 신라군을 휘어잡으려는 속셈이었다.

소정방의 속셈을 눈치챈 김유신 장군은 장수들을 한데 모아 놓고 '아무런 잘못도 없이 이런 치욕을 당할 수 없으니 먼저 당군과 싸운 뒤에 백제를 칠 것'이라고 외쳤다. 장군은 당장이라도 당군과 싸우려는 듯 군영 앞에서 도끼를 치켜들었고, 그 사실을 전해 들은 소정방은 마지못해 김문영 장군을 풀어 주었다.

다음 날 나당 연합군은 사비성으로 진격했다. 도성을 지키는 백제군은 사비성 외곽 20여 리 지점에서 마지막 항전을 벌였지만 밀물처럼 밀려오는 나당 연합군을 막을 수는 없었다. 7월 13일, 나당 연합군은 마침내 사비성을 포위했다. 그 날 밤 의자왕은 태자와 측근들을 데리고 웅진성으로 달아났다. 의자왕의 둘째 아들이 스스로 왕이 되어 성을 지키려 하였으나 다른 왕자들 및 왕손들과 뜻이 맞지 않았다.

결국 왕자 융(隆)이 몇몇 대신들을 데리고 성을 넘어와 신라군에 항복하였다. 성 안의 백성들도 따라 나와 항복했다. 며칠 뒤에는 성을 지키던 둘째 왕자 태(泰)도 성문을 열고 나와 항복했다. 7월 18일에는 웅진성으로 달아났던 의자왕이 태자와 측근들과 함께 사비성으로 돌아와 항복하였다.

금돌성에서 백제왕의 항복 소식을 들은 대왕마마가 열하루

뒤인 7월 29일, 사비성에 도착했다. 8월 2일에는 나당 연합군의 승리를 축하하는 잔치가 벌어졌다.

전쟁에서 승리한다는 것은 분명 기쁜 일이지만 그 승리 뒤에는 패배한 자의 비참함과 고통 어린 눈물이 그림자처럼 짙게 드리워져 있음을 경천은 똑똑히 보았다.

백제왕이 항복한 뒤, 사비성을 먼저 점령한 것은 당군이었다. 당군은 사비성과 그 주변을 돌면서 좋은 물건은 무엇이든 빼앗고 부녀자들에게 못된 짓을 저질렀다. 의자왕의 궁녀들과 귀족 여인들은 당나라 군사들에게 욕을 당하지 않으려고 부소산으로 올라가 벼랑 끝에서 사비수로 몸을 던졌다.

소정방은 군사들이 여기저기 미친 듯이 불을 질러 대며 온갖 나쁜 짓을 일삼는 것을 그대로 내버려 두었다. 먼 바다를 건너온 군사들에게 그것은 사기를 북돋우는 방법이기도 했다. 게다가 소정방은 군사들을 데리고 도로 당나라로 돌아가면 그뿐이니, 백제 백성들의 원한 따위는 걱정하지 않아도 좋았다.

하지만 신라군은 처지가 달랐다. 백제 백성들은 신라가 통일을 이룬 다음에 끌어안고 함께 살아야 할 신라의 백성이었다. 신라군에게는 항복한 백제 백성들을 절대 괴롭혀서는 안 된다는 엄한 지시가 내려졌다.

그 때 경천은 속으로 좀더 강력한 지시, 당군의 행패를 적극

적으로 막으라는 지시를 기다렸다. 그러나 신라는 힘이 모자라 당군의 도움을 받는 처지였다. 당군과 절대 충돌해서는 안 된다는 지시만 내려왔다. 이미 신라군은 당군과 몇 차례 충돌할 뻔했기 때문에 더 이상의 불화는 원치 않는 듯했다.

경천은 눈을 뻔히 뜨고 당군의 행패를 지켜 보는 수밖에 없었다. 경천이 가장 싫어하는 것은 약한 자를 힘으로 짓밟고 괴롭히는 일이었다. 그런 일이 눈앞에서 벌어지고 있는데도 그냥 보고만 있어야 하는 자신에 대해 화가 치밀어 견딜 수가 없었다.

경천은 가능하면 당군이 있는 쪽으로는 가지 않으려 애썼다. 대신 자신이 거느리고 있는 병사들을 잘 단속했다. 가끔씩은 당군의 행패를 눈앞에서 보게 되는 때도 있었다. 그럴 때 속에서 불같은 것이 솟구쳐 올라왔다.

'그래. 전쟁을 하면 이겨야 하고, 우리 신라는 지금보다 훨씬 강해져야 해. 내 누이, 내 식구들이 저런 모진 꼴을 당하지 않도록, 내 한 목숨 다 바쳐 신라를 지키고 강한 나라로 만들어야 하는 거야.'

애써 못 본 체 발길을 돌리며 경천은 속으로 다짐하고 또 다짐했다.

전쟁의 승리를 축하하는 잔치가 끝난 뒤, 소정방은 백제땅을 다섯으로 나누어 도독부를 두었다. 사비와 공주 일대에는 웅진 도독부를 두어 당나라 사람을 도독으로 앉혔다. 백제땅을 당나라가 언제까지나 지배하겠다는 속셈 같았다. 할 수만 있다면 신라까지도 지배하고 싶은 욕심을 당나라는 가지고 있는 듯했다.

신라군에서도 그 속셈을 눈치채고는 김유신 대장군과 여러 장군들, 병사들이 하나로 굳게 뭉쳤다. 당군과 한판 큰 전쟁이라도 치를 태세였다. 덕분에 당군은 더 이상 섣부른 행동을 취하지 못했다.

내 힘이 모자라 남의 힘을 빌리면 그만큼 큰 대가를 치러야 한다. 경천은 새삼 뼈저리게 그 사실을 깨달았다. 언젠가는 당나라와 큰 싸움을 치러야 할 거라는 예감도 들었다.

소정방은 한 달 가까이 전쟁 뒷마무리를 한 다음, 당나라로 돌아갔다. 의자왕과 태자, 많은 왕자들과 대신들이 볼모로 끌려갔다. 만여 명이 넘는 백제 백성들도 포로가 되어 당나라로 끌려갔다.

대왕마마와 신라군은 신라와 백제의 국경 근처에 있는 삼년산성으로 철수했다. 당나라 장수 유인원이 군사 만 명을 거느리고 사비에 남아 사비성을 지키게 되었다. 당군은 성 안과 성 바로 위쪽 부소산 기슭에 진을 쳤다. 부소산은 성 안 궁궐 바로 뒤편에 있는 산으로 백제는 그 곳에 사비성을 방어하기 위한 산성을 쌓아 두었던 것이다.

대왕마마는 왕자 인태(仁泰)에게 7천 군사를 주어 당군을 돕도록 하였다. 그 남은 7천 군사 속에 경천과 아버지 김충현 장군도 끼여 있었다. 경천은 자신이 거느리는 병사들과 함께 부소산 기슭에 진을 친 당군을 돕게 되었다.

인태 왕자와 가까운 아선도 사비에 남았다. 경천으로서는 달갑지 않은 일이었다. 게다가 아선의 막사 또한 경천의 막사처럼 부소산 기슭에 있었다. 서로 소속이 다르고 맡은 일도 달랐지만 가끔씩은 어쩔 수 없이 만나야 할 때도 있었다.

아선은 지난 7월 말, 대왕마마와 함께 사비에 왔다. 뒤늦게 서라벌을 떠나 금돌성의 대왕마마 본진에 합류했다가 승전 소식을 듣고 사비로 온 것이다.

경천은 8월 초에 있었던 잔치 자리에서 아선을 만났다. 경천은 그냥 간단하게 인사만 했으나, 아선은 아주 친한 벗을 만난 것처럼 반갑게 웃고 정답게 말을 건넸다. 승전을 축하하는 잔치 자리였다. 싫어도 웃는 얼굴로 아선을 대할 수밖에 없었다.

그 뒤에도 몇 번 아선과 우연히 마주쳤다. 그 때마다 아선은 몹시 살갑게 굴고 꼭 몇 마디 말을 걸었다. 경천은 건성으로 대꾸하면서 이내 그 자리를 뜨곤 했는데 까닭 없이 기분이 편치 않았다. 아선이 전에 없이 친밀하게 구는 것이 아무래도 꺼림

칙했다.

풀벌레가 다시 쩌르르 쩌르르 울기 시작했다. 가녀린 그 울음소리가 마음을 후벼파는 것만 같았다. 눈물 젖은 오례혜의 얼굴도 떠올랐다. 바도루가 행방불명이 된 다음부터 오례혜는 자주 경천 앞에서 눈물을 보였다. 하루 빨리 바도루를 찾아 달라고 말 대신 눈물로 하소연하는 듯했다. 경천은 그것이 더 가슴 아팠다.

'그래, 오례혜. 이 사비를 다 뒤져서라도 바도루의 행방을 알아 낼게. 어디 있는지 알기만 하면 하늘 끝까지 가서라도 바도루를 찾아 내마.'

며칠 전 사비에 남게 된다는 사실을 알았을 때 경천은 안도의 숨을 내쉬었다. 바도루를 찾으려면 아무래도 사비에 있는 편이 나을 것 같아서였다. 바도루의 낭도 거복을 자신의 군관으로 삼은 것도 그 때문이었다. 일단 사비성이 함락되면 거복과 함께 바도루가 묵었던 객점이며 사비 저잣거리를 찾아가 바도루의 행방을 수소문해 볼 작정이었다.

하지만 막상 백제왕이 항복한 뒤에도 여러 가지 바쁜 일이 많아 그럴 겨를이 없었다. 이제 신라군과 당군의 주력부대가 떠났고 웅진 도독부가 된 사비성의 질서도 웬만큼 잡혔다. 내일 오후쯤에는 잠시 틈을 내어 거복과 함께 성 안 객점에 가 볼 수 있을 것 같았다.

'객점 주인을 꼭 만나야 하는데, 그래야 거복이 떠난 뒤에 혹시라도 바도루가 찾아왔었는지 알 수 있을 텐데……'

갑자기 마음이 조급해져 경천은 자리에서 벌떡 일어나 막사 안을 서성였다. 얼마를 그렇게 서성였을까. 문득 막사를 지키는 병사 하나가 안으로 들어왔다. 예전에 경천의 낭도였던 사람이었다.

"경천랑. 누가 찾아왔습니다."

경천은 발걸음을 멈추고 의아한 듯 병사를 쳐다보았다. 하루의 일과가 다 끝난 밤 시간이었다. 이 시간에 찾아올 만한 사람은 없었다.

"누구라고 하던가?"

"아라성 사인 막손이라는 사람인데, 낭께 꼭 할 말이 있답니다."

전혀 모르는 사람이었지만 이 밤에 찾아 온 것을 보면 예삿일이 아닌 듯했다.

"들여보내게."

병사가 밖으로 나가더니 나이가 들어 보이는 사내를 데리고 들어왔다. 흐릿한 불빛에 비친 얼굴이 선량해 보였다. 경천이 먼저 물었다.

"내게 할 말이 있다구요?"

막손은 대답 대신 입구 쪽에 서 있는 병사를 바라보았다. 경천은 막손의 기분을 알아차렸다.

"나가 있게. 이야기가 끝날 때까지는 아무도 들이지 말게"

병사가 나가자 경천은 막손에게 의자를 권하며 부드럽게 말했다.

"앉으세요. 이젠 무슨 얘기든 하셔도 됩니다."

"김충현 장군 휘하의 제감 경천랑이 틀림없지요? 이 얘긴 반드시 경천랑한테 전해야 하는 얘기라서……."

경천과 마주 앉으면서 막손이 확인하듯 물었다. 경천은 고개를 끄덕이며 막손을 지그시 바라보았다. 막손은 몹시 긴장하고 있는 듯했다. 경천도 덩달아 긴장이 되면서 마음이 불안해졌다. 막손이 입을 열었다.

"두 달 전쯤에 아라성에서 한 젊은이를 만났소이다. 그 젊은이가 경천랑을 만나면 이런 말을 전해 달라고 하더군요. 정표로 준 목걸이는 잘 간직하고 있다고, 천리를 가도 돌아가고 만리를 가도 되돌아가겠으니 믿고 기다려 달라고, 그렇게만 전해 달라고 했어요. 아는 사람 맞습니까?"

막손은 마치 그 젊은이가 누구인지, 이름도 모른다는 투로 말했다. 경천은 숨이 콱 막혔다. 바도루는 왜 자신의 신분도 밝히지 않고 낯선 사람에게 그 말만 전해 달라고 했을까? 오직 경천만이 알아들을 수 있는 수수께끼 같은 말을……?

"알구말구요. 그 사람은 제가 가장 사랑하는 벗, 바도루입니다. 그 사람이 사인께 말 않던가요? 자신이 화랑 바도루라고?"

경천이 단숨에 물었다.

"물론 그 사람은 그렇게 말했지요. 하지만 삼천당주는 그 말을 믿지 않았어요."

"삼천당주라면 아선……? 바도루가 아라성에서 아선을 만났다는 말입니까?"

경천이 신음하듯 내뱉었다.

"예. 그 젊은이가 아라성에 도착했을 때, 마침 행군 중인 삼천당이 우리 성에 묵고 있었어요."

"그래서, 대체 아라성에서 무슨 일이 있었던 거지요?"

경천의 목소리가 떨려 나왔다. 주먹을 꼭 쥔 두 손도 가늘게 떨리고 있었다.

막손은 자신이 알고 있는 일들을 차근차근 들려 주었다. 함께 데리고 온 백제 아이 때문에 바도루가 첩자로 몰리고 결국에는 끔찍한 형을 당한 일까지 모두 말했다.

"이상하게도 그 젊은이한테 마음이 끌리더군요. 그가 설령 백제 사람이라 해도 도와 주고 싶었어요. 만에 하나 그가 정말 신라의 화랑이라면 더욱 도와야 할 테고 말이오. 그래서 옥으로 그 사람을 찾아갔지요. 그 때 그 사람이 경천랑을 만나면 그 말을 꼭 전해 달라고 합디다."

막사 안에 침묵이 들어찼다. 경천은 고개를 떨구며 두 손으로 얼굴을 감쌌다. 그러고는 그대로 돌이 되어 버린 듯 꼼짝도 하지 않았다.

막손은 말없이 경천을 지켜 보다 다시 조심스레 말을 꺼냈다.

"어쩌면 바도루랑의 두 눈, 괜찮을지도 모르겠소. 그를 돕고 싶어서 내가 형을 집행하겠다고 했지요. 눈동자가 상하지 않도록 요령껏 집행했소. 그 곳을 떠날 때 먼 친척에게 그 사람을 도와 주라고 부탁해 두었는데, 뒷일은 잘 모르겠소이다."

경천이 얼굴에서 손을 떼고 천천히 고개를 들었다. 등잔불 빛이 그리 밝지는 않았으나 막손은 그 눈이 붉게 충혈되어 있음을 알 수 있었다.

"바도루를 도와 주셔서 정말 고맙습니다. 이 은혜는 나중에 반드시 갚겠습니다."

경천이 가라앉은 목소리로 말했다.

"그 사람이 무사히 돌아왔으면 정말 좋겠소. 아주 좋은 사람 같았소, 그 젊은이……."

막손이 자리에서 일어났다. 경천도 일어났다.

"살펴 가십시오. 다음에 또 뵙겠습니다."

막손이 돌아간 뒤, 경천은 아까의 그 병사를 불렀다. 혹시라도 아선이 이 일을 알면 막손에게 분명 해코지를 할 터였다.

"아라성 사인이 이 곳에 왔었다는 말, 누구한테도 해서는 안되네. 오늘 밤 나를 찾아온 사람은 아무도 없었어. 내 말 알겠나?"

"네."

경천은 두 주먹을 움켜쥐고 막사 안을 서성댔다. 지금 당장 아선에게 달려가면 무슨 짓을 저지를지 알 수 없었다. 용광로의 쇳물처럼 부글부글 끓는 노여움을 조금은 가라앉혀야 했다.

잠시 뒤에 경천은 막사를 나와 아선의 막사로 갔다. 아선은 환하게 웃는 낯으로 경천을 맞았다.

"네가 여기까지 웬일이니? 아무튼 잘 왔다. 적적해서 말벗이라도 있으면 했는데, 뭔가 통했나 보다."

경천은 아선 앞에 버티고 선 채 말없이 아선을 노려보기만 했다. 그제야 아선도 입가의 웃음기를 거두면서 경천을 빤히 바라보았다.

"왜 그러고 서 있어? 우선 앉아라. 할 말이 있는 얼굴인데, 오랜만에 술이나 나누면서 마음을 터놓고 이야기해 보자."

"내가 왜 왔는지 짐작 가는 게 없니?"

"네 속을 내가 어떻게 알겠어? 넌 언제나 나한테 거리를 뒀잖아."

아선의 말투가 삐딱해졌다. 터질 것 같은 마음을 다잡으면서 경천은 조용히 물었다.

"너, 바도루한테 대체 무슨 짓을 한 거냐?"

흔들거리는 등잔불 빛처럼 아선의 눈빛이 순간 흔들렸다. 하지만 이내 그 얼굴에 엷은 웃음이 피어올랐다.

"바도루? 바도루 일을 왜 나한테 묻지? 바도루는 이곳 사비에서 죽었잖아. 신라의 화랑답게 조국을 위해 꽃다운 목숨을 바친 거지. 그건 너도 다 아는 일이잖아."

"바도루가 죽지 않았다는 건 누구보다도 네가 더 잘 알 거다. 넌 두 달 전 아라성에서 바도루를 만났으니까."

"아, 그 일! 네가 무언가 말을 잘못 전해 들은 모양이구나."

아선은 여전히 웃음 띤 얼굴로 말을 이었다.

"아라성에서 백제 첩자 하나를 잡은 일이 있다. 자칭 신라 화랑 바도루라고 한다기에 만나 보았지. 하지만 바도루는 아니었어. 어릴 적 글동무를 내가 몰라볼 리 있겠어? 그래서 그자를 부하들에게 넘겼어. 부하들이 문초했더니 백제 장수라고 자백을 했다더군. 나도 그 이상은 모른다. 부하들이 다 알아서 처리했으니까. 네가 정 그 일에 대해 알고 싶다면 내 부하를 불러 주지. 바도루를 닮았다는 이유만으로 내가 그자를 얼마나 정중하게 대했는지도 내 부하가 다 말해 줄 거다."

경천은 숨을 한번 크게 들이마셨다. 노여움으로 가슴이 터질 것만 같았다.

"아선, 난 네 거짓말을 듣자고 여기까지 온 게 아니다. 바도루가 백제로 떠날 때 나와 내 누이가 바도루에게 부적 목걸이를 정표로 주었어. 그건 우리 셋만 아는 일이었지. 내게 아라성의 일을 전해 준 사람이 바로 그 목걸이 이야기를 했어. 바도루가 전해 달라고 한 말을 하면서 말이다."

숨막힐 듯한 침묵이 막사 안을 감쌌다. 경천은 장승처럼 버티고 선 채 아선을 노려보며 아선이 무슨 말이든 하기를 기다렸다. 아선은 그 눈길을 피해 허공을 바라보더니 몸을 돌려 안쪽에 있는 침상으로 걸어갔다. 침상에 걸터앉으면서 아선이 말했다.

"경천, 그만 돌아가 줄래? 난 지금 피곤해서 말 같지 않은 말을 들어 줄 여유가 없다."

경천은 더 이상 참지 못하고 허리에 차고 있던 칼집에서 칼을 뽑았다. 아선을 향한 칼날이 등잔불 빛을 받아 번쩍 빛을 토했다. 아선이 놀라 벌떡 일어났다.

"무슨 짓이냐?"

"네가 바도루에게 한 짓을 생각하면 이 칼로 널 베어 버리고 싶지만 오늘은 참겠다."

경천은 칼집에 도로 칼을 꽂고는 침착하게 말을 이었다.

"아선. 넌 어렸을 때부터 틈만 나면 바도루를 괴롭히고 못살게 굴었어. 네가 아무리 발버둥 쳐도 도저히 바도루를 따라갈 수가 없어서, 못난 질투심에 눈이 멀어 바도루를 미워하고 괴롭혔던 거지. 그럴수록 네 자신이 더욱 초라하고 비열해질 뿐이었는데도 말야."

"함부로 말하지 마라, 경천. 나도 이제 더 이상은 참아 줄 수가 없다."

아선은 경천을 쏘아보며 내뱉듯이 말했다. 하지만 경천은 물러서지 않았다.

"너의 그 비뚤어진 질투심과 증오심이 얼마나 대단한 것인지는 모르겠다만, 내 우정, 내 누이의 사랑에 비하면 아무것도 아니라고 난 믿는다. 우리의 사랑과 우정이 네 그 하찮은 증오심과 질투심을 이길 수 없다면 세상은 도대체 무슨 살 만한 가치가 있겠어? 바도루는 반드시 돌아온다. 전과 다름없는 건강한 모습으로 돌아와 너한테 꼭 보여 줄 거다. 진실한 사랑과 우정에 비하면 네 증오심 따위는 아무것도 아니라는 걸 말이다."

"너의 그 우정이 눈물겹기는 하다만 바도루를 들먹이면서 날 모욕하는 일은 이제 그만두는 게 좋을 거다. 한 번만 더 날 모욕하면 나 또한 칼을 뽑아 널 베어 버릴 테니까."

서로를 쏘아보는 두 눈길이 칼날처럼 허공에서 맞부딪쳤다. 경천이 다시 말했다.

"좋아. 오늘은 이만 돌아가마. 만에 하나, 만에 하나 바도루가 돌아오지 못하면 그 땐 내가 널 용서하지 않는다. 너보다 더 비열한 인간이 되는 한이 있어도, 반드시 널 응징하고 말겠다."

아선은 경천을 노려볼 뿐 아무 대꾸도 하지 못했다. 경천은 몸을 홱 돌려 아선의 막사를 나왔다. 채 삭이지 못한 노여움이 불이 되어 가슴을 활활 태우는 것만 같았다. 곳곳에서 어둠을 밝히고 있는 관솔불도 노여움처럼 타고 있는 듯했다.

경천은 자신의 막사로 돌아가는 대신 산 위쪽으로 걸음을 옮겼다. 불가에 서서 보초를 서던 병사들이 경천을 알아보고 인사를 했다. 경천은 산 위쪽 널찍한 빈 터에서 걸음을 멈추었다. 혼자 있고 싶을 때나 마음이 울적할 때면 가끔 올라오곤 하는 곳이었다.

사방은 캄캄하고 고요했다. 경천은 천천히 숨을 내쉬었다. 가슴 속에서 이글거리는 노여움도 함께 내뱉었다. 마음이 물처럼 가라앉으면서 슬픔이 괴어올랐다. 바도루가 겪은 참혹한 시련을 생각하자 칼로 저미는 듯 마음이 아팠다.

차가운 밤바람이 옷 속을 파고들었다. 문득 경천은 그 바람에 말을 전하고 싶었다. 바람은 분명 바도루가 있는 곳까지 불어 가 자신의 말을 전해 주리라.

경천은 온몸으로 휘감겨 오는 바람에다 나지막이 소리내어 말했다.

"바도루, 네가 어떤 모습이건 우리 곁에는 네가 있어야 해. 만약 네가 돌아오지 못하고 내 누이 오례혜가 남은 삶을 눈물로 살아야 한다면, 삼국통일을 이룩하고 이 땅에 평화가 온다한들, 그 영광과 평화가 내게 무슨 소용이 있겠어. 내 우정과 내 누이의 사랑으로도 아선이의 미움을 이길 수 없다면 산다는 일이 너무 참혹하잖아. 그럴 순 없어. 삶은 그래도 아름다운 것이라고 믿을 수 있도록, 바도루 부디 돌아와. 우리에게 꼭 돌아와."

경천은 토해 내듯 한숨을 내쉬며 밤하늘을 올려다보았다. 엷게 퍼진 구름 사이로 드문드문 반짝이는 별이 보였다. 별이 추억을 일깨웠다. 화랑이 되던 날, 바도루와 함께 북두칠성을 바라보며 한 날 한 시에 죽게 해 달라고 소망을 빌던 추억. 나중에는 오례혜도 함께 다시 한 번 그 소망을 빌었다!

경천의 입가에 희미하게 웃음이 어렸다. 막막한 슬픔 속에서도 조금은 별 같은 희망이 보이는 듯했다.

'그래, 바도루는 반드시 돌아온다. 반드시…….'

싸늘한 밤바람이 어둠 저편으로 휙 불어 갔다. 경천의 말을 바도루에게 전하려고 바람이 서둘러 길을 떠나는 것이리라.

먼길 떠난 누이

휘황한 별빛에 두 갈래 길이 오롯이 드러나 보였다. 위쪽 길은 싸리재로, 아랫길은 수리울로 가는 길이다. 아랫길 저편 수리울은 어둠에 잠겨 보이지 않았다.

석 달 전 밤이 생각났다. 달해를 데리고 쫓기듯 수리울을 빠져 나왔던 일……. 그 때는 무더운 한여름이었는데, 이젠 밤공기가 제법 쌀쌀했다.

'송화한테 별일이 없어야 할 텐데…….'

달해의 집이 바로 눈앞인데 발걸음이 무거웠다. 다 왔다는 생각에 긴장이 풀어지면서 기운이 다 빠져 버린 듯했다.

"이제 다 왔구나, 달해야. 여기서 잠시만 쉬었다 가자."

"네."

다른 때 같으면 내처 가자고 했을 달해가 먼저 주저앉았다. 달해도 그만큼 지친 것이리라.

바도루도 길가 풀숲에 주저앉았다. 옷소매를 파고드는 바람이 몹시 차가웠다. 돌림병이 돌던 그 마을을 떠날 때 마을 사람들이 마련해 준 두툼한 옷을 입고 있는데도 뼛속까지 스미는 한기는 어쩔 수 없었다.

'돌림병에 걸린 건 아니겠지. 아닐 거야……'

마음 속으로는 고개를 저었지만, 바도루는 벌써부터 몸으로 느끼고 있었다. 자신도 달해도 돌림병에 걸리고 말았다는 것을. 그 마을에 한 달이 넘게 묵으면서 병이 옮지 않기를 바랐다는 게 처음부터 무리였는지도 모른다.

하지만 마을을 떠날 때까지만 해도 몸에 이상이 생긴 줄은 까맣게 몰랐다. 그저 마을이 죽음의 그늘에서 벗어난 것이 기뻤고, 기운을 차린 마을 사람들을 보는 것도 뿌듯했다. 시체를 묻어 주고 병구완을 하면서도 한껏 조심을 했으니 괜찮으려니 싶었던 것이다.

"장수님, 정말 고맙습니다. 우리를 살려 주신 은혜를 어떻게 다 갚는다지요?"

떠나는 바도루의 소매를 부여잡고 사람들은 그렇게 말했다.

마을 사람들은 바도루가 세상을 구하러 온 장수라고 한 달해의 말을 그대로 믿는 듯했다. 바도루도 굳이 아니라고 해명하지 않았다. 마을에 다시 생명의 숨결이 찾아들었으니, 다른 것은 아무래도 좋았다.

마을 사람들은 먼길 가는 데에 필요한 요깃거리며 비상식량을 마련해 주었다. 두터운 옷도 새로 지어 주었다. 덕분에 이곳까지 오는 동안 마을을 만나지 못해도 끼니를 이었고, 밤추위도 그럭저럭 견뎌 냈다.

몸이 심상치 않다는 것을 깨달은 것은 국경을 막 넘었을 무렵이었다. 쉽게 지치고 오슬오슬 추웠다. 달해도 몹시 힘들어하는 것 같았다. 그래도 병에 걸렸다고는 생각하고 싶지 않았다. 오래 여행을 하느라 지쳤을 뿐이라고 마음을 다잡고 몸을 추스르면서 부지런히 길을 재촉했다. 자신이 지친 모습을 보이면 달해가 쓰러져 버릴 것만 같아 한층 기운찬 모습을 보이려 애썼다.

백제왕이 항복했다는 소식을 들은 것도 그 무렵이었다. 당나라군의 약탈이 심하다는 소문도 들었다. 국경에서 그리 멀지 않은 마을들이 절반 가까이 비어 있었다. 많은 사람들이 당군의 약탈을 피해 피난을 떠났기 때문이다.

달해는 송화를 몹시 걱정했다. 아직 어려서 나라가 망한다는 것이 어떤 것인지는 잘 모르지만, 전쟁이 얼마나 비참한 것인지는 나름대로 알고 있는 듯했다.

바도루는 걱정으로 어깨가 축 처진 달해를 달래 주었다.

"누나는 괜찮을 거다. 누나는 총명하고 강하잖니. 머지않아 넌 누나와 네 어머니의 고향으로 가서 어머니와 함께 살게 될 거다."

어머니란 말에 달해는 다시 기운을 차리고는 힘들어하면서도 바도루를 잘 따라왔다.

바도루는 당나라 군사들과 마주치지 않으려고 주로 산길을 걸었다. 사납게 날뛰는 당나라 군사들을 만났다가 무슨 봉변을 당할지 알 수 없었다. 한번은 멀리 신라군이 주둔해 있는 걸 보았지만 그 역시 피했다. 아선과 얽힌 악연이 아직 끝나지 않았다면 경천보다 아선을 먼저 만날 수도 있었다. 경천을 만나 아이들을 안전하게 신라땅으로 보낼 때까지는 어떤 위험도 맞닥뜨리고 싶지 않았다.

또다시 바람이 불어왔다. 추웠다. 이대로 마냥 앉아 있다가는 영영 일어나지 못할지도 모른다.

"이제 그만 가자꾸나."

바도루가 일어서자 달해도 천천히 몸을 일으켰다. 수리울을 향해 둘은 걷기 시작했다. 마을이 차츰 가까워졌다. 마을은 쥐

죽은 듯 고요했다. 수리울 사람들도 대부분 피난을 떠난 모양이었다. 불빛이 새 나오는 집도 거의 없었다. 오가는 사람도 없었지만 바도루는 사방을 경계하면서 부지런히 발걸음을 옮겼다.

달해의 집 사립문 앞에 이르렀다. 사립문은 닫혀 있었다. 집 안은 불빛 하나 없이 캄캄했다. 인기척도 없었다. 달해가 사립문을 밀어 젖히고 먼저 마당으로 들어섰다. 달해는 방이며 부엌으로 달려가 송화를 찾았으나 집 안은 텅 비어 있었다.

"누나도 피난을 간 걸까요?"

달해가 울 듯한 목소리로 물었다. 바도루는 굳은 얼굴로 사방을 살펴보았다. 다행히 옆집 덕쇠네 집에서 희미하게 불빛이 새어 나오고 있었다.

"달해야, 덕쇠네는 그대로 있는 것 같구나. 가서 어찌 된 일인지 알아보고 오너라. 어쩌면 누나가 저 집에 있을지도 모르겠다."

"정말, 그럴지도 몰라요. 얼른 덕쇠 형한테 갔다 올게요."

달해의 목소리가 조금 밝아진 듯했다. 달해가 옆집으로 간 뒤 바도루는 마당을 서성이며 달해를 기다렸다. 얼마 뒤 달해가 돌아왔다.

"덕쇠 형 어머니가 장수님을 모시고 오래요."

"누나는 거기 있니?"

"누나 걱정은 안 해도 된다고 했어요. 어서 가세요."

바도루는 달해를 따라 덕쇠네 집으로 갔다. 덕쇠 어머니는 가까운 친척이라도 만난 듯 반가워하면서 저녁부터 먹으라고 권했다. 방에는 벌써 상이 차려져 있었다. 바도루가 송화의 안부부터 묻자 덕쇠 어머니는 천천히 이야기하겠다고만 했다.

하는 수 없이 바도루는 달해와 저녁을 먹었다. 그런 다음 덕쇠 어머니와 마주 앉았다.

"송화는 지금 어디 있습니까? 송화한테 약속했지요. 꼭 데리러 오겠다고요. 달해와 송화를 아이들 어머니가 있는 신라땅으로 데려갈 작정입니다."

"송화는 의원님을 따라 당나라에 갔수."

"당나라에 가다니요?"

바도루는 반사적으로 되물으면서 달해를 돌아보았다. 달해는 눈을 동그랗게 뜬 채 덕쇠 어머니를 멍하니 바라보고 있었다. 덕쇠 어머니가 천천히 말을 이었다.

"의원님 친척이 바다 건너 당나라에서 자리잡고 살고 있대요. 그 사람이 몇 해 전에 장삿일로 이 곳에 온 적이 있는데 그때도 의원님한테 같이 당나라에 가자고 했지. 의원님은 의술이 좋으니 어디에 가든 대접 받으면서 살 수 있잖수. 그 때 의원님은 거절하셨지. 아무래도 내 땅이 좋은 법이니까. 그런데 두 달

전에 그 친척이 다시 찾아왔지 뭐유. 그 사람은 나라가 곧 망할 거라는 소문을 들었다면서 당나라로 같이 가자고 했다우. 의원 님도 결국 그 사람을 따라 장삿배를 타고 당나라로 가셨 고……."

"그런데 송화는 왜……?"

"의원님한테 의술을 배워서 의녀가 되겠대요. 송화가 야무 지고 똑똑해서 의원님이 전부터 의술을 가르치고 싶어하셨거 든. 게다가 달해랑 댁이 떠난 뒤에 금산이가 하도 귀찮게 굴어 서 어디로든 떠나지 않을 수 없었지. 의원님이 송화의 딱한 사 정을 알고는 함께 가자고 하니깐, 얼른 따라나선 거지."

바도루는 할 말을 잃고 방바닥만 내려다보았다. 송화가 물 설은 당나라로 갈 수 밖에 없었던 것도 따지고 보면 다 자신 때 문이었다. 적국 사람인 자신을 도와 주지 않았다면 송화가 그 런 막다른 처지에 내몰리는 일도 없었으리라.

마음이 쇳덩이처럼 무거웠다. 물론 의원이 송화를 잘 돌봐 주겠지만, 두고 온 어린 동생과 망해 버린 나라 생각에 송화의 마음은 한 시도 편치 않을 터였다.

방 안이 물 속처럼 고요했다. 바도루도 달해도 입을 다물고 만 있었다. 조금 긴 듯한 침묵 뒤에 덕쇠 어머니가 조심스레 입 을 열었다.

"송화가 떠나면서 내게 부탁했다우. 댁이 언젠가는 여기 올 거라면서, 약속한 대로 꼭 돌아올 거라면서, 댁한테 이 말을 전하라고 합디다."

바도루는 눈을 들어 덕쇠 어머니를 보았다. 송화가 남긴 부탁의 말이 무엇인지 듣지 않아도 알 것 같았다. 떠나면서도 송화는 어린 동생이 마음에 걸렸던 것이리라.

'송화야, 달해 걱정은 말아라. 달해는 이미 내 아우다⋯⋯.'

바도루는 마음 속으로 되뇌이면서 덕쇠 어머니의 다음 말을 기다렸다.

"송화가 그럽디다. 자기는 의녀가 되어 평생 병든 사람을 돌보며 살 거라고, 절대 아무하고도 혼인하지 않겠다고."

전혀 예상치 못한 말에 바도루는 저도 모르게 눈을 크게 떴다. 송화가 왜 그런 말을 전해 달라고 했는지 혼란스러웠다.

"예전에 송화 어머니가 송화한테 입버릇처럼 말하곤 했대요. 송화는 이다음에 반드시 좋아하는 사람하고 혼례식을 올리는 행복한 각시가 되었으면 좋겠다고⋯⋯. 그런데 송화는 얼마 전에 진심으로 사모하는 분을 만났대요. 그런데 그 사람하고는 맺어질 수도, 두 번 다시 만날 수도 없으니 평생 혼자 살 수밖에 없다고 합디다. 집 밖에도 잘 나가지 않던 아이가 어디서 그런 사람을 만났는지⋯⋯. 워낙 속이 깊은 아이여서 아마 그 사람한테는 그런 내색 한 번도 한 적이 없을 거유. 그 사람이 누구인지는 끝내 나한테도 말하지 않습디다."

덕쇠 어머니가 바도루를 찬찬히 보면서 말을 끝맺었다. 바도루는 방바닥으로 눈길을 떨구었다. 뒷머리를 세게 얻어맞은 듯한 느낌이었다. 송화, 그 어린 소녀가 자신에게 그런 마음을 품고 있었다니.

"제 이름도 오례혜가 될 뻔했다는 것, 그것만 기억해 주세요."

수리울을 떠나던 날 밤 송화가 했던 말이 가슴을 치며 되살아났다. 그 때는 무심히 들었는데, 이제 비로소 그 밤에 송화가 왜 그런 말을 했는지 알 것 같았다.

혼자 가슴앓이를 했을 송화의 얼굴이 눈에 밟혔다. 진작에 그 마음을 알아차렸으면 어땠을까 하는 생각이 스쳤다.

하지만 송화의 마음을 일찌감치 알았다 해도, 바도루는 그 마음을 모르는 체할 수밖에 없었으리라. 송화는 바도루가 돌봐 주고 지켜 주어야 할 어린 누이일 따름이고, 바도루의 마음 속에는 오직 오례혜뿐이기 때문이다.

바도루는 눈길을 떨군 채 송화가 당나라에서 꿋꿋하게 살아가기만을 빌었다. 송화는 총명한 아이니 분명 좋은 의녀가 될 터였다. 그러다 어른이 되면 소녀 시절에 꾸었던 아련한 꿈은 잊을 테고, 진심으로 좋아하는 사람도 만나게 되리라.

바도루는 달해를 돌아보았다. 달해는 넋이 나간 듯한 얼굴로 허공만 바라보고 있었다. 바도루는 팔을 뻗어 달해의 어깨를 두어 번 다독여 주었다. 달해가 고개를 돌려 바도루를 보았다. 달해의 눈에 고인 눈물이 등잔불 빛을 받아 반짝 빛났다.

"달해야, 지금 당장은 어렵지만 나중에, 나중에 전쟁이 끝난 뒤에 누나를 찾으러 당나라에 가면 된다. 배를 타고 가면, 당나라도 그리 먼 땅은 아니다."

바도루는 달해에게 그 말밖에는 할 수가 없었다. 달해가 옷소매로 눈물을 닦았다. 그 때 방문이 열리면서 덕쇠가 안으로 들어왔다.

"엄니, 방 다 치웠어요. 군불도 지폈구요."

덕쇠 어머니는 고개를 끄덕이고는 바도루를 보았다.

"먼길 오느라 고단할 거유. 건너가서 쉬어요. 금산이는 진대인을 따라서 일찌감치 피난을 가 버렸고, 당나라 군사들이 예까지 올 일도 없으니 다른 걱정은 안 해도 될 거유."

덕쇠 어머니에게 고맙다는 인사를 한 다음 바도루는 달해와 집으로 돌아왔다. 예전에 바도루가 묵었던 방이 깨끗하게 치워져 있었다. 이부자리 두 채도 깔려 있었다.

바도루는 방 구석 쪽에 봇짐을 놓고 벽에 기대 앉았다. 마음 같아서는 그대로 쓰러져 자고 싶었지만 머릿속도 복잡하고 마음도 착잡하여 잠시 앉아 있고 싶었다.

달해는 말없이 이불 속으로 들어가더니 머리끝까지 이불을 푹 뒤집어썼다.

"달해야, 잘 자라. 하루나 이틀쯤 푹 쉰 다음에 다시 어머니를 찾으러 길을 떠나자. 덕쇠 어머니 말씀처럼 누나는 괜찮을 거다."

대답 대신 이불 윗자락이 들썩거렸다. 바도루는 나지막이 한숨을 내쉬고는 자리에서 일어났다. 달해는 혼자서 실컷 울고 싶을 것이다. 바도루 또한 우는 달해를 지켜 보는 것이 편치 않았다.

마당으로 나왔다. 밤바람이 차가웠다. 바도루는 마당 한가운데 서서 밤하늘을 올려다보았다. 보석 같은 별들로 수놓아진 밤하늘은 아름다웠지만 마음은 여전히 아프고 착잡했다. 머릿속도 뒤죽박죽이어서 생각의 갈피를 잡을 수가 없었다.

경천이, 오례혜가 그리웠다. 그들이 지금 곁에 있다면 몸도 가뿐해지고 마음의 아픔도 거뜬하게 나아, 다시 세상 속으로 힘차게 나아갈 수 있을 것 같았다.

경천은 지금 어디 있을까? 경천도 분명 이 사비의 하늘 아래 가까운 어딘가에 있으리라. 그런데도 자꾸 경천에게 오례혜에게 돌아가지 못하고 여기서 영영 주저앉아 버릴 것만 같은 절망감이 마음을 후벼팠다. 지난 봄 서라벌을 떠난 이래 너무 많은 일들을 겪어서 몸도 마음도 다 지쳐 버린 것인지도 모른다.

바도루는 눈을 감고 경천을 그려 보았다. 의젓하고 늠름한 경천의 모습을 떠올리는 것만으로도 경천이 곁에 있는 듯 조금은 마음이 편안해질 것 같았다. 그러나 아무리 애를 써도 경천의 모습이 떠오르지 않았다. 대신 다른 얼굴 하나가 불쑥 눈앞을 가로막았다.

'바도루, 넌 절대 경천에게 오례혜에게 돌아가지 못해!'

바도루는 눈을 번쩍 떴다. 고개를 저어 아선의 모습을 애써 털어 버렸다. 막막한 슬픔이 목젖을 타고 올라왔다. 바도루는 슬픔을 떨치려 애쓰면서 아버지가 가르쳐 주신 노래를 생각했다.

그 때였다. 바람이 휘감기듯 바도루에게 불어 왔다. 한기를 한껏 머금은 바람이었지만, 그 차가움 속에 부드러움이 스며 있었다. 서라벌 봄 들판에서 경천과 오례혜와 함께 맞았던 바람 같았다. 바람이 추억을 실어 왔다.

서라벌의 봄 들판. 바람이 불어 오는 그 들판에서 셋이 송별회를 겸한 봄놀이를 했다. 오례혜에게 예쁜 비단신을 사다 주겠다고 약속도 했다. 오례혜의 노래를 들으며 아지랑이 아른대는 지평선 너머에 있을지도 모르는 노래 속의 나라, 갈 수 없는 그 나라를 그리워하고 꿈꾸었는데…….

바도루의 입가에 희미하게 웃음이 어렸다. 순간 경천의 모습이 손에 잡힐 듯 선히 떠올랐다. 환하게 웃는 경천의 의젓한 모습이 별빛처럼 바도루의 마음을 밝혀 주었다.

'그래, 경천. 난 너에게 오례혜에게 반드시 돌아간다. 나 때문에 너희들이 마음 아파하고 슬퍼하는 일이 없도록, 반드시 돌아갈 거야.'

바도루는 방으로 들어왔다. 달해는 이불을 덮어쓴 채 잠이 든 것 같았다. 바도루는 달해가 편히 숨을 쉬도록 이불을 끌어내려 주었다. 달해의 숨소리는 곤했으나 그 얼굴은 눈물에 젖어 있었다.

바도루는 달해의 이불을 고쳐 덮어 준 다음 등잔불을 끄고 자리에 누웠다. 땅 속 저 깊은 곳으로 몸이 한없이 가라앉는 것만 같더니 이내 죽음 같은 깊은 잠이 몰려왔다.

장수의 길

"형님, 소금 장수 형님. 눈 좀 떠 보세요."

덕쇠의 말소리가 까마득히 먼 곳에서 울려 왔다. 눈을 떠 보려 했으나 도무지 떼어지지가 않았다. 눈꺼풀이 눈동자에 달라붙은 것만 같았다. 눈이 또다시 잘못된 것인가 싶어 가슴이 철렁했다. 바도루는 있는 힘을 다해 눈을 떴다. 흐릿하게 덕쇠가 보였다.

"아침 드셔야지요. 늦잠은 안 좋다구요."

"덕쇠야, 아침 생각 없다. 달해나 데리고 가거라."

바도루는 가까스로 말하고는 도로 눈을 감았다. 덕쇠가 투덜거렸다.

"어유, 오늘 아침에 왜들 이러는 거예요? 달해는 눈도 안 떠요. 아무리 흔들어 깨워도 꼼짝도 안해. 꼭 죽은 사람 같애."

바도루는 눈을 번쩍 떴다. 힘겹게 일어나 앉아 달해를 흔들어 보았다.

"달해야, 달해야."

"깨워도 소용 없다구요."

바도루는 달해의 이마에 손을 얹어 보았다. 이마가 불덩이 같았다. 코에서도 뜨거운 김이 뿜어져 나왔다. 걱정했던 대로 돌림병이었다. 그 동안 병을 잘 견뎌 왔는데, 집에 도착하여 긴장이 풀리고 송화 일에 충격을 받으면서 순식간에 병이 깊어진 듯했다.

'그 때 달해는 다른 마을에 맡겨 두었어야 했는데…….'

아무 소용도 없는 후회가 가슴을 쳤다.

"형님, 달해 왜 이러는 거예요? 어디가 아파요?"

"덕쇠야, 달해도 나도 큰병에 걸렸다. 너한테 옮을지도 모른다. 그러니 어서 집으로 돌아가거라. 달해를 돌보는 일은 내가 다 알아서 할 테니 넌 여기 얼씬도 하지 말아라. 네 어머니한테도 말씀드려라. 여기 오시면 안 된다고. 알았지?"

"어유. 엄니가 형님이랑 달해랑 같이 오라고 했어요. 나 혼자 가면 엄니한테 잔소리 듣는다구요."

덕쇠가 구시렁거렸다.

"어서 가라니까. 어서!"

바도루가 엄하게 말하자 덕쇠는 마지못해 일어나 방을 나갔다. 바도루는 쓰러지듯 자리에 도로 누웠다. 달해의 병구완을 하려면 기운부터 차려야 하는데, 몸이 도무지 말을 듣지 않았다.

바도루는 눈을 감은 채 누워 있었다. 정신이 가물거리면서 또다시 잠 속으로 빠져들려 했다. 방문 열리는 소리가 들렸다. 눈을 떠 보니 덕쇠 어머니였다. 몸을 일으키려 했으나 마음뿐이었다.

"많이 아픈 거유?"

"돌림병에 걸린 것 같습니다. 여기 오시면 안 됩니다. 병이 옮을 거예요."

바도루는 겨우 말하고는 눈을 감아 버렸다.

"찬바람이 부는데 돌림병이 무슨 힘을 쓰겠수? 송화가 떠나면서 나한테 신신당부했어요. 댁이 친오라버니 같은 사람이니까 여기 오면 잘 대해 달라고 말이우. 나중에라도 송화한테 원망 듣고 싶지 않으니까 내 걱정은 말아요."

덕쇠 어머니의 말소리가 아득히 멀어졌다. 바도루는 또다시 깊은 잠 속으로 빠져들었다.

그렇게 자리에 누운 채로 여러 날이 지나갔다. 눈을 떠 보면 덕쇠나 덕쇠 어머니가 근심 어린 얼굴로 머리맡에 앉아 있는 것이 보였다. 가끔씩 일어나 앉아 있거나 마당에 나갈 때도 있었지만, 그뿐이었다. 다리가 휘청거려 많이 걸어다닐 수가 없었다. 벽에 기대 앉아 있는 것도 힘이 들어 이내 도로 드러눕곤 했다. 먹는 것이라고는 덕쇠 어머니가 끓여 주는 미음뿐이었는데, 그 마저도 자주 토했다. 바도루가 돌봐 주었던 돌림병 환자들과 똑같은 증상이었다.

그래도 바도루는 달해보다는 나은 편이었다. 달해는 거의 자리에 누운 채 하루하루를 보냈다. 덕쇠 어머니가 억지로 미음을 떠 먹이면 마지못해 받아 먹다가 이내 토해 버리기 일쑤였다. 몸에는 늘 열이 있었고 죽은 듯이 잠만 잤다.

자리에 누운 지 이레 만에 바도루는 가까스로 자리에서 일어났다. 여전히 몸이 무겁고, 도로 자리에 눕고 싶었으나 이를 악물고 하루 종일 일어나 앉아 있었다. 몇 번인가 마당으로 나가 천천히 거닐기도 했다. 달해의 병이 심상치 않았다. 더 늦기 전에 경천을 찾아가야 할 것 같았다. 지금 달해를 도와 줄 수 있는 사람은 경천뿐이었다.

그 날 저녁때였다. 덕쇠 어머니가 미음을 끓여 왔다. 달해는 몇 숟갈 먹다 도로 자리에 눕고 말았지만, 바도루는 억지로 미음을 다 삼켰다. 그런 다음 덕쇠 어머니에게 물었다.

"무슨 소식, 들으신 것 없습니까? 성 안 소식이라든지, 신라 군이나 당군에 대한 소문 같은 거 말입니다. 들으신 게 있으면 다 말씀해 주십시오."

"소정방인가 하는 당나라 장수가 우리 임금님과 귀족들을 끌고 당나라로 돌아갔대요. 신라 군사들도 많이 돌아갔다고 하더군요. 남아 있는 군사들은 성 안과 성 밖 부소산성에 진을 치고 있답디다. 사비는 웅진 도독부가 되어 당나라 도독이 다스린대요. 관가마다 당나라 관리와 병사가 들어찼다지, 아마?"

"백성들은 사비성 안으로 자유롭게 다닐 수 있는지요?"

"우리 마을에도 사비 저잣거리로 장사를 다니는 사람이 있는데 전쟁 전하고 크게 달라진 건 없대요. 지키는 병사들이 백제 병사에서 신라와 당나라 병사로 바뀐 것뿐이라던걸 뭐. 우리네 가난하고 힘없는 백성들이야 사는 게 다 마찬가지지. 다만 수상한 사람이 보이면 예전보다 훨씬 엄하게 검사한다는데, 일반 백성은 별 문제가 없다고 했수."

바도루는 잠시 생각해 보았다. 경천이 사비에 남았는지 철수하는 신라군을 따라갔는지 알 길은 없지만, 김충현 장군과 함께 이 곳 사비에 남았을 거라는 확신이 자꾸 들었다. 아선 또한 어쩐지 이 곳 사비에 남았을 것 같았다.

바도루는 내일 경천을 찾아 부소산성으로 가기로 마음먹었다. 성 안은 사람들이 많이 다니는지라 아무래도 경계가 더 엄할 터였다. 부소산성이라면, 그 곳까지 가는 외진 길을 알고 있었다.

지난 봄 낭도 거복과 함께 객점에 머물 때였다. 객점 주인이 무심코 자신이 산성을 지키는 높은 장수와 잘 안다고 자랑을 한 일이 있었다. 자신이 그 장수를 만나러 갈 때는 남들이 잘 모르는 외진 지름길로 다닌다면서 그 길이 어디쯤 있는지도 떠들어 댔다.

바도루는 그 말을 귀담아 들었다. 며칠 뒤에는 거복과 함께 그 길을 찾아가 보았다. 나중에 신라군에게 도움이 될지도 모른다는 생각에서였다.

그 무렵 사비의 길들을 웬만큼 다 익히고 있었기 때문에 길을 찾기란 어렵지 않았다. 길은 외지고 험해서 군사들이 다니기에는 적당치 않았다. 다만 한두 사람이 몰래 다니기에는 아주 좋았다. 때문에 산성은 백제 병사들이 단단히 지키고 있는 것을 보았지만 오갈 때는 오로지 바도루와 거복, 둘뿐이었다.

이번에도 그 길로 간다면 신라군이나 당군에게 붙잡혀 검문 받는 일 없이 부소산 기슭까지 갈 수 있을 듯했다. 그 곳에서 혹시 자신이나 경천의 낭도였던 병사를 만난다면 별 어려움 없이 경천을 만날 수 있으리라.

그러나 만약 아라성에서 만났던 아선의 병사들을 다시 만난다면……?

바도루는 거기서 생각을 멈추었다. 그런 경우는 이제 상상조차도 하고 싶지 않았다.

덕쇠 어머니가 다시 말을 이었다.

"그리고 이런 소문도 있습디다. 흑지상지라는 우리 장수가 남쪽 임존성으로 달아나 부흥군을 조직했대요. 많은 젊은이들이 잃어버린 나라를 되찾겠다고 임존성으로 모여든다는데, 그게 다 무슨 소용이 있겠수. 뭐든 잃어버리기 전에 잘해야지, 잃어버린 다음에는 다 헛일 아니우. 사람이든 나라든……."

잃어버리기 전에 잘해야 한다. 그 말이 문득 바도루의 가슴 속에 긴 메아리를 남겼다.

"저 내일 사비성에 다녀와야겠습니다."

"사비성까지 간다구? 그 몸으로?"

덕쇠 어머니가 눈을 크게 뜨며 물었다. 바도루는 고개를 끄덕였다.

"예. 달해를 이대로 놔 두면 안 될 것 같아서요. 사비성에 가서 아는 사람을 만나면 도움을 받을 수 있습니다."

"하지만 그 몸으로 사비성까지 갈 수 있겠수? 우리 덕쇠가 남들 같으면야 따라 보내겠지만, 그놈이 따라가 봐야 방해만 될 거유."

"너무 염려 마십시오. 내일이면 좀더 기운을 차릴 것 같습니다."

"내가 보기엔 아직 아니우. 한 사나흘 지난 다음에 가면 안 되겠수?"

"그 땐 너무 늦습니다. 달해의 병이 더 깊어지기 전에 손을 써야 합니다."

덕쇠 어머니는 누워 있는 달해를 보며 한숨을 내쉬었다.

"알았수. 그 일은 내일 다시 생각하고 오늘은 이만 쉬어요."

덕쇠 어머니가 방을 나간 뒤, 바도루는 자리에 드러누웠다. 온몸이 뻐근했다. 잠시만 누워서 쉴 작정이었는데 어느새 잠이 든 모양이었다. 눈을 떴을 때는 깊은 밤이었다. 덕쇠가 들어와서 켜 놓았는지 등잔불이 가물거리고 있었다.

바도루는 한동안 그대로 누워 있었다. 몸이 개운치가 않아 일어날 엄두가 나지 않았다. 내일 경천을 찾아가야 하는데, 하는 생각만이 자꾸 머리에서 맴을 돌았다.

갑자기 달해가 신음 소리를 냈다. 바도루는 가까스로 일어나 앉아 달해를 들여다보았다.

"달해야, 달해야……."

달해가 눈을 뜨더니 입술을 달싹였다.

"목이 말라요, 목이……."

바도루는 달해를 반쯤 일으켜 안고는 머리맡에 놓인 물대접을 집어 들었다. 달해에게 물을 먹인 다음 다시 눕혀 주었다. 달해는 지친 듯 스르르 눈을 감았다. 달해의 이마에 손을 얹어 보았다. 여전히 뜨거웠다. 이마 위로 흘러내린 머리카락이 땀에 젖어 있었다. 바도루는 그 머리칼을 가만히 쓸어 올려 주었다.

달해가 다시 눈을 떴다. 달해는 무언가 할 말이라도 있는 듯한 눈빛으로 바도루를 빤히 쳐다보았다.

"왜 그러니? 미음이라도 좀 먹을래?"

달해는 고개를 젓더니 꺼질 듯한 목소리로 말했다.

"누나도 날 버렸어요. 엄마가 날 버린 것처럼……."

바도루는 당황했지만 이내 차분하게 말했다.

"절대 그렇지 않아. 엄마도 누나도 어쩔 수 없는 사정 때문에 잠시 떠났을 뿐이다. 버린 건 결코 아니야."

그 말이 달해에게 위로가 될 리 없다는 걸 알면서도 바도루는 힘주어 말했다. 달해는 한동안 잠자코 있다가 다시 입을 열었다.

"물어 보고 싶은 게 있어요."

"그래, 말해 봐."

"세상을 구하러 온 장수님이 아니라고 한 말, 거짓말이지요?

정말이 아니지요?"

달해의 눈빛이 흔들리고 있었다. 송화가 떠나 버린 충격으로 인해, 돌성처럼 단단하기만 했던 그 믿음조차도 이제 금이 가고 있는 듯했다.

바도루는 우울한 낯빛으로 방 윗목을 바라보았다. 거기 봇짐이 있었다. 아직도 그 봇짐 속에 고이 들어 있을 자주색 비단 신이 눈앞에 어른거렸다. 그 비단신이 바도루에게 무언가 말하고 있는 것만 같았다.

바도루는 고개를 돌려 달해를 보았다. 달해는 바도루를 빤히 쳐다보며 대답을 기다리고 있었다.

"넌 아직도 내가 그런 장수라고 믿지?"

바도루는 이불 밖으로 비죽이 나온 달해의 작은 손을 잡으면서 물었다. 달해가 가냘프게 고개를 끄덕였다. 봇짐 속의 비단신을 오례혜에게 전해 주려면, 송화에게 약속한 대로 달해를 끝까지 지켜 주려면, 아무래도 세상을 구하는 장수가 되어야 할 것 같다는, 조금은 느닷없는 생각이 머리를 스쳤다.

"그래, 맞다. 난 네가 생각하는 그런 장수다."

달해의 퀭한 두 눈에 반짝 생기가 돌았다.

"그럼 엄마한테도 데려다 주실 거고, 누나도 찾아 주실 거지요? 이별도 없고 전쟁도 없는 세상에서 우리 세 식구, 오순도순

살 수 있도록 늘 곁에서 지켜 주실 거지요?"

"그래, 약속하마."

달해는 입술을 약간 움직여 보일락말락하게 웃더니 눈을 감았다. 잠시 뒤, 달해의 곤한 숨소리가 들려 왔다.

바도루는 잠시 비단신이 들어 있는 봇짐을 멍하니 바라보다가 등잔불을 끄고 자리에 누웠다. 내일 경천을 찾아가려면 아무래도 일찍 자두어야 할 것 같았다.

다음 날 한낮이 조금 지났을 때 바도루는 마침내 집을 나섰다. 원래는 아침 일찍 떠날 생각이었으나 몸이 영 말을 듣지 않았다. 다행히 한낮이 되자 조금 기운이 났다. 덕쇠가 마을 어귀까지 배웅해 주었다.

"조심해서 다녀오세요. 가다가 정 힘들다 싶으면 도로 돌아오시구요. 하루 이틀 늦는다고 달해가 어떻게 되겠어요? 목숨은 다 하늘에 매인 것인데……."

그건 아까 집 앞에서 바도루를 떠나 보내면서 덕쇠 어머니가 한 말이었다. 바도루는 엷게 웃었다. 그 말을 한 마디도 잊지 않고 그대로 읊는 덕쇠가 기특했다.

"알았으니 이제 그만 돌아가거라."

바도루는 덕쇠와 헤어져 천천히 걸었다. 한참을 가다 뒤돌아보니 그 때까지도 덕쇠가 마을 어귀에 서 있었다. 바도루는 들어가라고 손짓한 다음 다시 걸었다.

사비로 가는 길은 멀고 또 멀었다. 걸음이 차츰 느려졌다. 자꾸만 식은땀이 났다. 그 자리에 그냥 주저앉고 싶었다. 잠시 쉬었다 갈까 싶었지만 있는 힘을 다해 계속 걸었다. 도중에 주저앉으면 결국에는 부소산 기슭까지 가지 못할 것만 같았다.

사람들이 많이 다니는 큰길이 나왔다. 신라 병사들과 당나라 병사들이 곳곳에서 보였다. 집 떠나기 전에 덕쇠 어머니가 했던 말이 되살아났다.

'부흥군들이 곧 쳐들어올 거라는 소문 때문에 조금이라도 수상해 보이면 마구잡이로 잡아서 검문을 한대요. 그러니 될 수 있으면 병사들이 없는 곳으로 다니도록 허우.'

신라군이나 당군에게 검문을 당한다면 자신의 신분을 밝히고 김충현 장군이나 경천을 찾으면 되겠지만, 그러다 아선을 먼저 만날 수도 있었다. 경천을 직접 만나는 것이 가장 안전한 방법이었다.

바도루는 신경을 날카롭게 곤두세우고 한층 조심하면서 큰길을 걸었다. 다행히 신라군이나 당군에게 검문 받는 일 없이 큰길 몇 곳을 다 지나올 수 있었다.

마침내 부소산 기슭으로 가는 호젓한 길로 들어섰다. 너무 긴장한 때문인지 다리가 후들거렸다. 몸이 천근만근 무거워 한 발짝도 더 앞으로 나아갈 수 없을 것 같았다.

'난 화랑이야. 싸움에 임해서는 물러설 줄 모르는 화랑. 화 랑……'

스스로를 다독이며 바도루는 힘겹게 앞으로 나아갔다. 저만 치 외지고 험한 길의 끝이 보였다. 그러자 이번에는 걷잡을 수 없는 불안이 심장을 조이기 시작했다. 또다시 아선을 만난다 면……?

바도루는 고개를 저었다. 숨을 깊이 들이쉬고 내쉬며 마음을 가다듬었다. 간밤에 달해의 손을 잡으며 장수라고 말했던 일이 기억났다. 오례혜와 경천, 달해의 얼굴이 번갈아 떠올랐다.

그 얼굴들을 더 또렷하게 보고 싶어서 바도루는 눈을 감았 다. 그런 채로 한동안 망부석처럼 서 있었다. 갑자기 해맑은 새 소리가 정적을 깨트렸다. 그와 함께 마음 속에서 속삭임이 일었다.

'그래, 지금 내가 생각해야 할 사람은 아선이 아니야. 경천, 오례혜, 장군님, 어머님, 내 벗들과 낭도들, 그리고 달해……. 이렇듯 중요한 사실을 이제야 깨닫다니. 소중한 보물을 제쳐 두고 하찮은 돌멩이에 집착하다니……'

바도루는 눈을 떴다. 이리저리 얽혀 있는 나뭇가지 사이를 비집고 비쳐든 오후의 느슨한 햇살이 보였다. 마음 속으로도 그 햇살 한 점이 비쳐든 것 같았다.

이제 아선을 만난다 해도 두려울 건 없었다. 그가 전보다 더한 짓을 해도 감당할 자신이 있었다. 다만 그런 번거로운 일은 끝까지 피하고 싶었다. 미움이나 시기심 따위의 자잘한 일에 마음을 쓰기에는 시간이 너무 아까웠다. 사랑하는 사람들을 위해 해야 할 일이 너무 많았다.

바도루는 길이 끝난 곳까지 다시 걸었다. 길 바로 앞은 숲이었다. 그 숲을 지나면 신라군과 당군이 진을 치고 있는 부소산성이 나온다. 지난번에는 이 숲에 몸을 숨기고 산성을 잠시 살피다가 되돌아갔지만 이제는 숲 끝까지 나아갔다. 숲은 이내 끝나고 널찍한 산기슭이 나왔다. 저만치 산성 어귀를 지키는 병사들이 보였다. 바도루는 천천히 산성으로 다가갔다. 그 때였다.

"웬놈이냐?"

뒤에서 소리가 났다. 돌아보니 병사 하나가 창을 겨눈 채 바도루를 쏘아보고 있었다.

"보아하니 백제 백성인 것 같은데, 여긴 뭐 하러 왔지? 어떻게 여기까지 온 거야? 바른대로 대지 않으면 혼찌검을 내줄 테다."

병사가 호통을 쳤다. 바도루는 침착하게 대답했다.

"난 신라 사람이다. 김충현 장군님 휘하의 제감 경천랑을 만나러 왔다."

바도루의 위엄 있는 말투에 기세가 눌렸는지 병사는 슬그머니 창을 내렸다.

"정말 우리 제감님을 만나러 오신 거요?"

"그럼 그대의 상관이 경천랑이신가?"

"그렇소만 댁은 뉘시오? 뉘신지 알아야 우리 제감님께 보고를 할 게 아니오."

자신의 신분을 밝히려다 바도루는 멈칫했다. 지난번 아라성의 일이 떠올랐다. 그 때도 신분을 밝혔지만 자신을 아는 사람은 아선 뿐이었다.

이 사람 또한 자신에 대해 잘 아는 경천의 낭도가 아니었다. 그냥 일반 백성으로 병사가 된 사람이었다. 화랑 바도루에 대해서는 들었을 수도 있지만 잘 모를 수도 있었다. 이름보다는 더 확실한 증표를 보여 주는 것이 나을 듯했다.

바도루는 목에 걸고 있던 목걸이를 빼내 병사 앞으로 내밀었다.

"이걸 낭께 보여 드리게. 그러면 내가 누군지 아실 걸세."

병사는 놀란 얼굴로 금목걸이를 받아 잠시 들여다보았다. 이런 금목걸이는 평민들이 예사로 목에 걸고 다닐 수 있는 물건이 아니었다.

"알겠습니다. 잠시만 기다리십시오. 곧 제감님께 다녀오겠습니다."

병사는 깍듯하게 말하고는 산성 안으로 갔다. 바도루를 바라보며 다른 병사 둘과 무언가 말을 주고받더니 이내 더 위쪽으로 사라져 버렸다.

바도루는 그 자리에 우두커니 서 있었다. 꽤 오래 서 있은 것 같은데도 병사는 돌아오지 않았다. 또다시 이마에 식은땀이 났다. 한기가 등줄기를 훑고 지나갔다. 그 자리에 버티고 서 있기가 몹시 힘이 들었다. 졸음이 올 때처럼 눈꺼풀이 자꾸 감기려 했다.

바도루는 정신을 차리려 애쓰면서 하늘로 눈길을 돌렸다. 해가 서녘으로 설핏 기울어 있었다. 달해의 병이 더 심해지지나 않았는지 걱정이 되었다. 저녁때까지는 돌아올 수 있을 거라고 덕쇠 어머니에게 말해 두었는데, 아무래도 그 때까지 돌아갈 수 없을 것 같았다.

'경천을 어서 만나야 하는데, 달해한테 빨리 돌아가야 하는데…….'

바도루는 산성 쪽을 살폈다. 아까 그 병사 대신 다른 병사 하나가 다가오고 있었다. 그 얼굴을 보는 순간 바도루는 눈을 크게 떴다. 아라성에서 만났던 아선의 병사가 틀림없었다. 자신을 문초했던 군관 옆에 늘 함께 있었기 때문에 그 얼굴이 또렷하게 기억이 났다.

만약 병사가 자신을 알아본다면 어찌할 것인지 난감했다. 그렇다고 지금 그자를 피해 다른 곳으로 갈 수는 없었다. 그랬다가는 더 수상하게 보일 테고, 또 바로 이 곳에서 경천의 병사를 기다려야 했다.

바도루는 그 자리에 우뚝 선 채 병사가 바로 앞에 멈추어 서는 것을 바라보았다.

"웬놈이냐? 여기서 대체 무얼 하는 게냐? 여긴 아무나 함부로 얼씬거릴 수 없는 곳인데."

"난 제감 경천랑을 만나러 왔다. 제감의 병사가 알리러 갔으니 곧 제감이 올 거다."

바도루의 당당한 말에 병사의 태도가 다소곳해졌다.

"정말이슈?"

바도루는 고개를 끄덕였다. 병사는 바도루를 찬찬히 훑어보며 말을 이었다.

"제감님을 만나려면 병사보다는 우리 당주님을 통하는 게 더 빠를 거요. 우리 당주님은 제감님하고 아주 친한 사이거든요."

바도루는 병사의 말을 건성으로 들으면서 산성 쪽을 살폈다. 다행히 저만치에서 경천의 병사가 다가오고 있었다. 그런데 병사는 혼자였다. 경천을 만났다면, 경천이 먼저 달려왔을 터였다.

"헌데 댁의 얼굴이 어딘가 낯이 익은 것 같습니다. 우리가 전에 어디선가 만난 적이 있던가요?"

바도루는 다가오는 병사를 보느라 그 말에 대꾸할 겨를이 없었다. 경천이 왜 함께 오지 못한 것일까. 머릿속에서 그 생각만 맴을 돌았다.

경천의 병사가 다가왔다. 병사가 아선의 병사에게 눈을 부라렸다.

"자네 여기서 뭐하는 게야? 이분은 우리 제감님을 찾아오신 분인데?"

"그냥 몇 마디 물어 봤을 뿐이야. 근데 왜 이렇게 딱딱거리지?"

"가서 자네 일이나 하라구. 괜히 쓸데없이 남의 일에 참견하지 말고."

아선의 병사는 무어라 투덜거리면서 저만치 멀어졌다. 바도루는 얼른 병사에게 물었다.

"목걸이는 전했나?"

병사가 왼손을 들어보였다. 그 손 안에서 목걸이가 부드러운 금빛을 내뿜었다. 이미 짐작한 일인데도 바도루의 낯빛이 창백해졌다.

　"제감님은 성 안 장군님께 가셨답니다. 해가 떨어질 때쯤에나 돌아오신다는데, 제감님의 막사에서 기다리시겠습니까?"

　아마도 경천은 성 안 김충현 장군에게 간 모양이었다. 바도루는 어찌할 것인지 잠시 망설였다. 경천의 막사라면 안전할 수도 있었다. 하지만 조금 전의 그 병사가 마음에 걸렸다. 그 병사가 바도루의 얼굴을 기억하고는 아선에게 알릴지도 모른다. 그러면 아선은 경천의 막사로 들이닥칠 테고, 만약 그 때까지 경천이 돌아오지 않는다면……?

　아선의 터무니없는 미움과 시기심은 생각만으로도 번거로웠다. 자신은 아무도 미워하거나 원망하지 않으니, 그 미움과 시기심은 오로지 아선 자신의 문제였다. 더 이상 말려들고 싶지 않았다.

　바도루는 고개를 저었다.

　"말은 고맙지만 이따 다시 오겠네. 혹시 내가 다시 오기 전에 경천랑이 돌아오면 그 목걸이를 꼭 전해 주게나."

　"알았습니다. 그럼 이따 다시 오십시오. 목걸이는 반드시 전하겠습니다."

바도루는 그 자리를 떠나 숲으로 들어섰다. 발 밑에 무거운 쇳덩이가 달린 듯 발걸음을 떼기가 몹시 힘이 들었다. 눈앞이 자꾸만 가물거렸다. 숲 어딘가에 편히 누워 그대로 잠들고만 싶었다. 바도루는 이를 악물고는 힘겹게 몸을 끌며 천천히 숲을 거닐었다. 문득 숲 저 쪽에서 인기척이 났다. 사람의 그림자도 비친 듯했다.

마침 작은 오솔길이 보였다. 바도루는 급히 그 길로 들어섰다. 길을 따라 위쪽으로 비틀거리며 걸었다. 앞으로 나아가야한다는 생각뿐 다른 생각은 전혀 할 수가 없었다.

돌부리에 걸려 하마터면 넘어질 뻔했다. 주위에 있는 나무를 잡으면서 계속 앞으로 나아갔다. 눈꺼풀이 자꾸 감겼다. 꿈 속에서처럼 모든 것이 몽롱했다. 바위든 나무든, 손에 닿는 것이면 그 무엇에든 의지하면서 바도루는 앞으로 앞으로 나아갔다.

갑자기 멀리서 외침 소리가 들렸다.

"이봐, 어디로 올라가는 거야? 거긴 절벽이야, 절벽. 어서 내려와."

말소리는 제대로 다 들렸으나 무슨 뜻인지는 알아들을 수가 없었다. 분명 신라말인데도 꼭 당나라말을 듣는 것만 같았다. 바도루는 계속 앞으로 나아갔다. 외침 소리는 더 이상 들려 오지 않았다.

문득 물소리가 들렸다. 그제야 바도루는 정신이 번쩍 들었다. 눈을 크게 뜨고 사방을 둘러보았다. 놀랍게도 자신은 벼랑 끝에 서 있었다. 깎아지른 듯한 벼랑 아래로는 검푸른 강물이 넘실대며 흘러가고 있었다. 정신 없이 길을 따라 걷다 보니 벼랑 끝까지 오게 된 듯했다. 아까 그 외침이 무슨 뜻이었는지도 뒤늦게 깨달아졌다.

바도루는 벼랑 끝에 멍하니 서 있었다. 한 발만 잘못 내디디면 벼랑 아래로 떨어져 검푸른 강물 속으로 사라져 버릴 터였다.

바도루는 머리를 한 번 세차게 흔들고는 숨을 깊이 들이마셨다. 싸늘한 강바람이 얼굴을 쳤다. 정신이 한결 맑아지는 듯했다. 이제 오던 길을 되돌아 경천에게 가야 한다. 어쩌면 경천은 지금 막사에 돌아와 있을지도 모른다.

바도루가 발길을 막 돌리려 할 때였다. 저 아래쪽에서 희미하게 발소리가 들렸다. 한 사람의 발소리가 아닌 두세 사람의 발소리 같았다. 바도루는 귀를 곤두세웠다. 바람결에 사람의 목소리도 날아들었다. 언뜻 스쳐 가는 목소리였지만 어디선가 들어본 듯한 목소리였다. 바도루는 정신을 집중하고 귀를 한층 세웠다. 다시 들릴락말락 목소리가 날아왔다. 아무래도 아선의 목소리 같았다.

바도루는 벼랑 끝에 우뚝 선 채 강물을 내려다보았다. 저 강물 속으로 뛰어들어 강 저편으로 헤엄쳐 갈 수 있을까? 이런 지친 몸으로는 강 건너편까지 헤엄쳐 갈 수 있을 것 같지 않았다.

하지만 여기 이대로 가만히 서 있다가는 또다시 아선과 맞닥뜨리게 된다. 이제 아선이 또 무슨 짓을 하건 감당할 자신은 있었다. 다만 마음을 자잘하게 부수는 미움과 시기심의 소용돌이가 싫었다. 차라리 어렵고 힘들더라도 사랑하는 사람들을 위해 강을 헤엄쳐 가는 길을 택하고 싶었다.

이 강을 헤엄쳐 건너가 달해의 병을 낫게 해 주고, 경천을 만나 함께 나라에 몸바치고, 도움이 필요한 사람이 있으면 힘껏 도우리라. 그리고 전쟁이 끝나면 달해를 데리고 오례혜에게 돌아가리라. 오례혜에게 주려고 사 두었던 자주색 예쁜 비단신이 눈앞에 어른거렸다.

발소리가 한층 가까워졌다. 말소리도 좀더 또렷하게 들렸다. 한껏 예민해진 귀가 다시 한번 아선의 목소리를 낚아챘다.

바도루는 두 주먹을 불끈 쥐고 하늘을 우러러보았다. 어느새 해가 지려는지 구름이 산뜻한 다홍빛으로 물들어 있었다. 그 하늘 아래 노을 비낀 사비수가 유유히 흘러가고 있었다. 찬란하고 아름다운 광경이었다.

눈부신 그 아름다움에 온몸을 떨면서 바도루는 경천과 오례혜, 그리고 사랑하는 모든 사람들의 얼굴을 떠올렸다. 자신을 장수라고 굳게 믿었던 달해의 동그란 얼굴도 떠올랐다. 그 얼굴들이 마음을 가득 채워, 마음이 한없이 커지고 넓어지는 것 같았다.

아무리 어렵고 힘들어도 사랑하는 이들을 위해 강 저편으로 헤엄쳐 가는 것, 어쩌면 그것이 바로 진정한 장수의 길인지도 몰랐다. 또한 그것은 아버지가 가르쳐 주신 노래 속의 '갈 수 없는 그 나라'로 가는 길인지도 몰랐다.

어지러운 발소리가 바짝 다가왔다. 바도루는 움켜쥔 두 주먹에 더욱 힘을 주었다.

'그래, 달해야. 네 믿음이 옳았다. 나는 장수다, 장수…….'

바도루는 숨을 훅 들이마시며 벼랑 아래로 훌쩍 몸을 날렸다.

 어디로

짧은 가을 해가 어느덧 지고 산성에 땅거미가 내렸다. 산성을 지키는 병사들을 돌아보고 막사로 돌아오던 경천은 잠시 걸음을 멈추고 하늘을 쳐다보았다. 노을이 다 져 버린 하늘은 스산한 저녁빛으로 물들고 있었다.

경천은 무거운 마음으로 다시 막사 쪽으로 걸었다. 오늘도 바도루 소식은 없었다. 바도루가 직접 오거나 아니면 다른 사람이라도 대신 오기를 날마다 기다려 보건만 그 기다림은 언제나 기다림만으로 끝나곤 하였다.

아까도 혹시나 싶어 성 안에서 돌아오자마자 막사를 지키는 병사에게 물어 보았다.

"혹시 날 찾아온 사람은 없었나?"

"없었습니다."

오늘따라 더욱 바도루가 생각났다. 간밤에 그의 꿈을 꾸어서 그런지도 모른다. 꿈 속에서 환영처럼 언뜻 나타난 바도루는 환하게 웃고 있었다. 경천이 반가워하며 말을 걸려는 순간 바도루는 사라졌고 경천도 꿈에서 깨어났다.

그 꿈 때문인지 경천은 아침부터 마음이 뒤숭숭했다. 꿈 속에서 환하게 웃던 바도루를 생각하면 괜찮다가도 그가 사라져 버린 것을 생각하면 걷잡을 수 없는 불안이 가시처럼 마음을 찔러 댔다.

경천은 일을 하면서도 계속 안절부절못하다가 오후가 되자 막사를 나왔다. 어쩐지 막사를 비워서는 안 될 것 같았으나 오늘은 성 안 민가에 주둔하고 있는 아버지를 만나러 가는 날이었다.

"혹시라도 누가 찾아오면 막사 안에 정중히 잘 모시게. 그리고 다른 사람, 특히 삼천당주는 절대 막사 안에 들이지 말게."

경천은 막사를 지키는 병사들에게 그렇게 당부하고 성 안으로 들어갔다. 아버지는 집주인이 피난을 떠나 비어 있는 민가를 본부로 쓰고 있었다.

경천은 아버지에게 산성의 일들을 다 보고한 다음 바도루의 일도 이야기했다. 그 동안 아버지의 심기를 불편하게 해 드릴 것 같아 막손에게 들은 이야기를 하지 않았다. 바도루가 돌아온 다음에 말씀드리는 편이 낫겠다고 생각한 것이다.

하지만 이제는 아버지도 그 일을 알고 계셔야 할 것 같았다. 만에 하나 바도루가 돌아오지 못한다면 그 때는 어찌해야 하는지, 아버지의 생각을 듣고 싶었다.

아버지는 아선이 한 일을 전해 듣고는 이맛살을 찌푸릴 뿐 한동안 아무 말이 없었다. 한참 뒤에 아버지는 무겁게 가라앉은 목소리로 말했다.

"그 아이가 무사히 돌아오기를 바라는 것 말고는 지금 우리가 할 수 있는 일이 없는 것 같구나. 지금 아선이를 문제삼아 봐야 시끄럽기만 할뿐이다. 그 아이가 돌아오면 아선이 문제는 그 때 다시 의논하자꾸나. 그 아이 반드시 돌아올 거다. 내 벗을 믿었듯이 그 아이 또한 믿으니 모든 어려움을 이겨 내고 돌아올 거라고 믿는다."

경천은 문득 아버지가 자신이나 오례혜보다 더 바도루의 일로 마음 아파하고 있음을 깨달았다. 바도루의 아버지 설 성주는 아버지에게 이 세상 무엇보다 소중한 벗이었다. 바도루는 그 설 성주의 하나뿐인 혈육이었다. 아버지는 친자식인 경천이나 오례혜 못지않게 바도루를 지켜 주고 싶었을 것이다.

"그래요, 아버지. 바도루는 꼭 아버지와 제게, 그리고 오례혜에게 돌아올 겁니다. 여태까지 바도루가 아버지와 저를 실망시킨 적은 한 번도 없었으니까요."

경천은 오히려 아버지를 위로하듯 그렇게 말하고 산성으로 돌아왔다. 어쩌면 그 사이에 바도루가 왔을지도 모른다는 실낱같은 희망을 품고 돌아왔지만 여느 날처럼 아무 일 없이 또 하루해가 저물었다.

어느새 막사 앞이었다. 병사들은 아까처럼 별일 없다고만 보고를 했다. 경천은 온몸의 맥이 다 풀리는 듯한 기분으로 막사 안으로 들어왔다. 막사 안에는 이미 어둠이 가득 들어차 있었다. 병사가 밝혀 놓은 등잔불이 힘겹게 그 어둠을 밀어내고 있었다.

'천리를 가도 돌아오고 만리를 가도 되돌아온다더니, 왜 여태 아무 소식도 없니? 넌 대체 어디 있어, 바도루?'

불안이 또다시 마음을 짓눌렀다. 경천은 벌떡 일어나 막사 안을 서성거렸다. 등잔불이 경천의 마음처럼 세차게 흔들렸다.

인기척과 함께 누군가 안으로 들어섰다. 경천은 서성대던 발걸음을 멈추고 뒤돌아보았다. 거복이었다.

"경천랑, 이것 좀 보십시오."

거복이 다가와 한 손을 앞으로 내밀었다. 그 손 안에 금빛으로 빛나는 무언가가 쥐어져 있었다. 경천의 눈이 휘둥그레졌다.

"대체 이게 어디서 났나? 이건 나와 내 누이가 바도루에게 정표로 준 목걸이인데……."

거복의 손에서 목걸이를 낚아채 등잔불 빛에 자세히 비춰 보면서 경천이 떨리는 목소리로 물었다.

"산성 기슭을 지키는 병사가 가지고 있더군요. 아마도 바도 루랑이 찾아온 모양입니다. 경천랑을 찾길래 뉘시냐고 물었더니 이름을 밝히는 대신 목에 걸고 있던 이 목걸이를 주더랍니다."

"눈은 괜찮다고 하던가?"

경천은 급한 마음에 가장 궁금한 것부터 물어 보았다. 여기까지 직접 찾아온 것을 보면 눈이 잘못되지는 않은 듯했지만 그래도 확인해 보고 싶었다.

"저도 그것이 궁금하여 물어 보았는데 병사의 말로는 눈은 괜찮답니다."

거복도 경천에게 들어서 아선이 한 일을 알고 있었다.

경천은 우선 안도의 숨을 내쉬고는 빠른 말씨로 다시 물었다.

"허면 지금 바도루는 어디 있단 말인가?"

그러자 거복은 조금 전의 일을 경천에게 차근차근 들려 주었다.

조금 전 거복은 산성 기슭을 지나다가 병사 하나가 무언가를 유심히 들여다보고 있는 것을 보았다. 그냥 지나치려는데 병사가 손에 쥐고 있는 물건이 아무래도 눈에 익었다. 예사롭지 않은 느낌에 거복은 병사에게 다가갔다. 병사는 화들짝 놀라더니 물건을 등 뒤로 재빨리 감추었다.

"그게 뭔가? 잠시만 보여 주게."

"벼, 별거 아닙니다. 그 그냥……."

"별것도 아닌 걸 가지고 왜 이리 당황하나? 괜히 의심 받지 말고 어서 보여 주게."

거복이 다그치자 병사는 머뭇거리며 금목걸이를 거복 앞으로 내밀었다.

"사, 사실은 어떤 분이 이걸 제감님께 전해 달라고 했습니다. 그리고 그분은 나중에 다시 오겠다면서 도로 가셨습니다."

거복은 목걸이를 받아 들여다보았다. 사비 객점에 있을 때 바도루가 가끔 이런 금목걸이를 품에서 꺼내 들여다보곤 했던 일이 퍼뜩 기억났다. 그 때 그 목걸이가 틀림없었다.

"왜 진작 제감님께 이걸 전하지 않았지? 제감님은 아까 돌아오셨는데……?"

거복이 꾸짖듯 말하자 병사의 얼굴이 파랗게 질렸다.

"도, 돌아오신 줄 몰랐습니다. 알았다면 벌써 전해 드렸을 겁니다. 저, 정말입니다. 제가 그 목걸이를 욕심 냈던 건 아니고, 그냥 귀한 목걸이라서 잠시 들여다보았을 뿐입니다. 정말입니다."

병사가 그 목걸이를 탐냈을지도 모르는 일이지만 지금 중요한 것은 그게 아니었다. 거복은 부드럽게 다시 말했다.

"걱정 말게. 제감님은 쓸데없이 자신의 병사를 의심하는 분은 아니니까. 그런데 그분이 왜 그냥 돌아가셨지? 막사 안에서 기다리라고 말씀드리지 않았나?"

병사는 그제야 안심했다는 듯 바도루가 찾아왔을 때의 일을 자세하게 설명해 주었다.

"바도루랑이 나중에 다시 오겠다면서 가 버린 건 아마도 삼천당주의 병사 때문인 것 같습니다. 혹시라도 삼천당주를 다시 만난다면 또 무슨 일을 당할지 알 수 없지 않습니까. 게다가 병사의 말로는 낭의 안색이 안 좋았다고 하더군요. 몹시 아픈 사람처럼 보였답니다."

경천은 바도루가 왜 막사에서 기다리지 않고 가 버렸는지 그 마음을 알 것 같았다. 지금 바도루가 얼마나 힘든 상황에 처해 있는지도 짐작이 갔다. 새삼 아선에 대한 격한 노여움이 치밀어올랐다.

하지만 지금은 그런 감정에 휘말릴 때가 아니었다. 한시바삐 바도루를 찾아야만 한다.

"바도루는 대체 어디 있을까? 어딜 가야 찾을 수가 있을까?"

경천은 터질 것 같은 가슴을 진정시키려 애쓰면서 거복에게 물었다.

"제 생각으로는 분명 어딘가 가까운 곳에 있을 것 같습니다. 몹시 아픈 사람 같다고 했으니 멀리 가지는 않았을 겁니다."

"그럼 우리 둘이서 산성 안팎을 샅샅이 뒤져 보세. 병사들이 알면 아선의 귀에까지 들어갈 수 있으니 우리 둘이서 조용히 찾아야 하네. 그냥 산성을 순시하는 것처럼 보여야 해. 어서 가세."

막사를 나서면서 거복이 말했다.

"아까 그 병사한테 미리 일러 두었습니다. 다른 병사들에게 혹시 낭을 못 보았는지 넌지시 물어 보라고 말입니다. 그 병사가 낭의 옷차림이며 얼굴을 알고 있으니 물어 보기가 쉬울 것 같아서요. 낭은 분명 이 근처에 있을 테니, 다른 병사가 보았을지도 모르지요."

경천은 고개를 끄덕이며 산성 기슭 쪽으로 부지런히 걸었다. 얼마 뒤 경천은 목걸이를 전해 주었다는 병사를 만났다. 병사가 급한 숨을 몰아쉬며 경천에게 말했다.

"그분이 절벽 쪽으로 올라가는 걸 본 병사가 있답니다. 멀리서 봐서 얼굴은 자세히 못 봤지만 옷차림이며 행색이 그분이 틀림없는 것 같습니다."

병사는 목걸이를 늦게 전해 준 일에 대해 나무람을 듣지나 않을까 겁을 먹고 있는 듯했다. 경천이 말했다.

"고맙네. 목걸이를 전해 준 것도 고맙고. 내 벗을 찾기만 하면 그대에게 후사하겠네."

"아, 아닙니다. 제감님께서 돌아오신 것을 알지 못해서 진작 전해 드리지 못했습니다. 저도 같이 절벽까지 갈까요?"

"아닐세. 우리 둘이면 돼. 이 일은 아무에게도 말하지 말고 자리를 지키게."

"저 그런데……."

거복과 함께 급히 산 위로 가려던 경천은 저도 모르게 양미간을 찌푸리며 병사를 바라보았다.

"할 말이 또 있나? 어서 말해 보게."

"사실은 그분이 절벽 쪽으로 올라간 뒤에 삼천당주가 병사 둘을 데리고 절벽 쪽으로 올라갔답니다. 수상한 자가 절벽 쪽으로 올라갔다는 보고를 들었다면서……."

경천의 얼굴이 흙빛으로 변했다. 병사가 조심스레 다음 말을 이었다.

"삼천당주의 병사 하나가 그분을 보았거든요. 아마도 그래서……."

"그래서 삼천당주가 내 벗을 잡아가기라도 했단 말인가?"

경천이 두 눈을 흡뜨며 다그쳐 물었다. 경천의 두 눈에 번득이는 노여움을 보고는 병사는 저도 모르게 움찔했다.

"아, 아닙니다. 수상한 자를 발견하지 못했다면서 삼천당주와 병사만 도로 내려왔다고……."

경천이 거복에게로 몸을 홱 돌렸다.

"어서 절벽 쪽으로 가 보세나."

경천은 거복과 함께 산 위쪽으로 발걸음을 옮겼다. 절벽으로 뻗어 있는 가파른 오솔길이 나왔다. 그 길 끝에 망국의 한(恨)이 서린 험한 절벽이 있었다. 당군에게 쫓긴 의자왕의 궁녀들과 귀족 여인들이 그 절벽에서 푸른 사비수에 몸을 던졌던 것이다. 그런 절벽 끝으로 바도루가 아선에게 쫓겨 올라가다니. 아선에 대한 노여움으로 경천은 심장이 부서지는 듯한 통증을 느꼈다.

사방에 어둠이 엷게 깔렸다. 별이 돋고, 서둘러 뜬 둥그스름한 달도 부드러운 빛을 내뿜기 시작했다. 저만치 절벽이 보였다. 경천은 눈을 부릅뜨고 절벽을 살펴보았다. 절벽도 하늘도 어둠 속에 묻혀 버려, 어디가 절벽이고 어디가 하늘인지 분간조차 할 수가 없었다.

경천은 숨을 가다듬고 절벽 끝으로 나아갔다. 거복도 조용

히 경천을 따라왔다. 벼랑 끝에는 티 없는 달빛만이 노닐고 있
을 뿐 아무도 없었다. 경천은 두 다리에 맥이 다 풀려 저도 모
르게 벼랑 끝에 주저앉았다.

"경천랑……."

거복이 가라앉은 목소리로 불렀다. 경천은 아무 대답도 않
고 절벽 저편의 어둠만 뚫어져라 응시했다. 어슴푸레하게 물소
리가 들릴 뿐, 절벽은 거대한 밤의 침묵에 잠겨 있었다. 경천도
거복도 한동안 그 침묵에 몸을 맡기고만 있었다. 한참 뒤에 경
천이 일어났다.

"돌아가세."

절벽을 다 내려와 막사 앞에 이를 때까지 경천은 한 마디도
하지 않았다. 막사 앞에서 비로소 경천이 입을 열었다.

"아까 바도루를 보았다는 아선의 병사를 데려오게. 그자가
분명 아선이와 같이 절벽까지 올라갔을 걸세."

"알겠습니다, 낭."

거복이 어둠 저편으로 사라졌다. 경천은 막사 안으로 들어
왔다. 가만히 자리에 앉아 있을 수가 없어서 천천히 막사 안을
거닐었다. 한 발짝을 떼면서 온몸을 살라 버릴 듯한 불같은 노
여움을 달랬고, 또 한 발짝 떼면서는 마음이 벼랑 아래로 곤두
박질치는 듯한 절망감과 싸웠다.

한참 뒤에 인기척이 났다. 거복이 병사 하나를 데리고 들어오는 참이었다. 경천은 발걸음을 멈추고 거복을 바라보았다. 거복이 경천의 마음을 알아채고는 병사를 남겨 둔 채 조용히 막사를 나갔다.

　경천은 그 자리에 우뚝 선 채 병사를 쏘아보았다. 병사가 움찔하더니 기어들어가는 목소리로 물었다.

　"무슨 일로 절 보자 하셨는지⋯⋯?"

　"물어 볼 게 있어서 불렀다. 자넨 목숨이 몇 개인가?"

　경천의 느닷없는 질문에 병사의 눈이 휘둥그레졌다.

　"모, 목숨이야 당연히 하나지요⋯⋯. 서, 설마 그걸 물어 보시려고⋯⋯."

　"내 물음에 한 마디라도 거짓으로 답하면 살아서 이 막사를 나가지 못할 것이다. 제감인 나를 기만한 죄를 물어 이 자리에서 널 처단할 것이다. 그런 다음 장군님께 보고를 드리겠다. 그만한 일로 병사의 목을 사사로이 베었다고 장군님께서 큰 벌을 내리신다 해도, 난 달게 받을 작정이다. 내 모든 것을 걸 만큼이 일이 내게 중요하기 때문이다. 내 말 무슨 뜻인지 알겠나?"

　경천이 번득이는 눈빛으로 쏘아보며 묻자 병사는 눈에 보이게 온몸을 와들와들 떨었다.

　"제가 어찌 감히 제감님께 거짓말을⋯⋯."

"아까 해질 무렵에 삼천당주하고 절벽에 왜 올라갔는가?"

"예, 예전에 아라성에서 백제 첩자를 잡은 일이 있습니다. 제감님을 찾아왔다는 사람이 그 첩자를 닮은 듯하여 당주님께 알렸더니, 안 그래도 그 일 때문에 오해를 받고 계시다면서 그 첩자를 꼭 잡아야 한다고 하셨습니다. 그래서……."

경천은 두 주먹을 움켜쥐면서 눈을 질끈 감았다. 분노로 심장이 터져 버릴 것만 같았다. 숨을 고르고 또 고르면서 경천은 터질 듯한 분노를 가라앉히려 애썼다. 숨막힐 듯한 침묵이 막사 안을 감쌌다. 이윽고 경천이 눈을 떴다.

"그래서 절벽에서 삼천당주와 무슨 짓을 했지? 그 사람은 첩자가 아니라 내 벗, 화랑 바도루다. 너희들이 감히 우리의 화랑을 해친 것이냐?"

병사의 안색이 하얗게 질리더니 무너지듯 그 자리에 털썩 무릎을 꿇었다.

"제, 제감님. 부디 제 말을 믿어 주십시오. 하, 하늘에 맹세코 그 절벽에는 아무도 없었습니다. 당주님과 저희들이 근처를 샅샅이 뒤져 보았지만 아무도, 아무도 없었습니다. 그리고, 저는 정말 그분이 우리의 화랑인 줄 몰랐습니다. 당주님께서 백제 첩자라고 하셔서 그런 줄만 알고……."

병사는 아예 울먹이고 있었다. 경천은 멀거니 병사를 내려다보았다. 병사가 거짓말을 하고 있는 것 같지는 않았다. 경천은 무거운 한숨을 내쉬고는 거복을 불렀다. 거복이 들어왔다.

"이자를 돌려 보내게. 그리고 막사에는 아무도 들이지 말라 이르게. 혼자 있고 싶네."

거복은 잠시 경천을 바라보더니 무릎을 꿇은 채 덜덜 떨고 있는 병사를 잡아 일으켜 막사를 나갔다.

경천은 의자에 털썩 주저앉았다. 등잔불 빛이 심하게 흔들렸다. 그 흔들림 따라 바도루와 오례혜의 얼굴이 번갈아 떠올랐다.

'아, 바도루는 대체 어디로 간 걸까? 바로 여기까지 와 놓고선, 바로 여기까지…….'

경천의 두 눈에 설핏 눈물이 비쳤다. 경천은 고개를 떨구며 두 손으로 얼굴을 감쌌다. 철이 든 이후로 처음 경천은 어린아이처럼 눈물을 펑펑 쏟으면서 소리 죽여 울었다.

하얀 말의 강

늦가을 오후, 파장 무렵의 사비 저잣거리 어귀에 한 사내아이가 서 있었다. 사내아이는 한 옆에 비켜서서 저잣거리를 빠져나가는 사람들을 유심히 지켜 보고 있었다. 특히 젊은 남자가 지나갈 때면 두 눈이 반짝 빛나곤 하였다. 사내아이 옆에는 덩치 큰 청년이 서 있었다.

"그만 가자, 달해야. 벌써 해가 지잖아."

덕쇠가 서쪽 하늘을 가리켰다. 선홍빛 노을이 눈물처럼 번지고 있었다. 달해는 멍하니 노을을 바라보았다.

장수님이 집을 떠난 지 벌써 한 달이 지났다. 장수님이 집을 떠난 그 날 오후 잠에서 깨어난 달해가 장수님을 찾았을 때 덕쇠가 말해 주었다. 장수님은 달해의 병이 더 깊어지기 전에 아는 사람을 찾아가야 한다면서 성 안으로 갔다고.

그 때 달해는 소스라쳤다. 장수님이 또다시 저 때문에 위험을 무릅썼음을 알아차린 것이다. 성 안으로 갔다가 지난번 인물이 횐한 그 친구를 다시 만나면 어쩌나 걱정이 되었다. 한 번 나쁜 짓을 한 사람은 두 번 세 번 더 고약한 짓을 한다고 덕쇠 어머니가 말해 준 적이 있었다. 금산이를 봐도 그랬다.

아무래도 장수님이 또 변을 당할 것만 같아 달해는 그 날 애타게 장수님을 기다렸다. 하지만 장수님은 밤이 늦도록 돌아오지 않았다. 계속 잠이 쏟아지고 기운이 하나도 없는데도 달해는 자리에 편히 누워 잠을 잘 수가 없었다.

'내가 병만 안 났어도 장수님은 성 안으로 가지 않았을 텐데. 장수님은 내가 지켜야 하는데 멍청이 같이 자리에 누워만 있었다니⋯⋯. 어서 나아야 돼. 어서 일어나서 장수님을 찾으러 가야 돼. 장수님을⋯⋯.'

다음 날부터 달해는 자리에서 일어나려고 안간힘을 썼다. 미음을 꼬박꼬박 받아 먹었고 토하지 않으려 애썼다. 자리에 누워 있는 것보다는 깨어 앉아 있으려 애썼다. 그리고 한 달 만에 이렇게 저잣거리에 나온 것이다.

마음 같아서는 성 안으로 가 보고 싶었으나 성 안은 경계가 엄하다고 하여 대신 저잣거리로 왔다. 그리고 처음 장수님을 만난 이 자리에 서서 오가는 사람을 살폈다. 같이 따라온 덕쇠가 계속 투덜거리는데도 달해는 내내 이 곳에만 서 있었다. 어쩐지 지난 봄처럼 여기서 장수님을 다시 만날 수 있을 것만 같았다.

처음에 달해는 장수님이 지난번처럼 몹쓸 일이라도 당했을까 봐 무척 걱정을 했다. 그러나 지금은 생각이 달라졌다. 그렇게 호락호락 변을 당하거나 맥없이 사라져 버릴 장수님이 아니었다. 장수님은 분명 어딘가에 살아 계실 것이다. 어쩌면 다른 중요한 일이 생겨 수리울로 돌아오지 못한 것인지도 모른다. 그래서 달해가 직접 이 곳까지 장수님을 찾으러 온 것이다.

하지만 장수님은커녕 장수님 비슷한 젊은 사람조차도 거의 눈에 띄지 않았다. 대신 소문은 들을 수 있었다. 이제 나라가 망할 거라던 흉흉한 소문들은 다 잦아들었고, 반면에 장수에 대한 소문은 전보다 더 활기차게 저잣거리 구석구석을 누비고 있었다.

'세상을 구하고 망한 나라를 다시 일으켜 세울 장수가 왔다. 사비수에 몸을 던진 궁녀와 귀족 여인들의 눈물어린 하소연에 감동한 용왕이 아들을 세상으로 내보냈다. 그 아들은 하얀 말을 타고 사비수에서 솟구쳐 올라 세상 속으로 나아갔으니, 머

지않아 백제가 다시 일어서고 좋은 세상이 올 것이다.'

그래서 사람들은 이제 사비수를 백마강이라고 부른다고 했다. 하얀 말을 탄 장수가 솟구쳐 오른 강, 백마강이었다. 달해는 물론 그 소문을 믿지 않았다. 이미 장수님을 만났는데 또 다른 장수님이 올 리가 없었다.

그래도 사비수, 아니 백마강에는 한 번 가 보아야 하지 않을까. 이 곳에 몇 번 더 와 보고 정 장수님을 찾지 못한다면 백마강에 가 봐야 할 것 같았다. 어쩌면 그 곳에서 기적처럼 장수님을 다시 만날지도 모른다.

노을빛이 한층 짙어졌다. 문득 장수님의 봇짐에서 본 자주색 비단신이 어른거렸다. 장수님의 흔적이라도 찾고 싶어서 며칠 전에 달해는 장수님의 봇짐을 뒤져 보았다. 봇짐 안에는 옷가지며 쓰고 남은 약간의 은덩이, 그리고 하얀 꽃이 수놓인 자주색 비단신이 있었다. 그 비단신을 보며 달해는 어머니를 생각하고 누나를 생각했다. 장수님은 누구한테 주려고 이렇게 예쁜 비단신을 봇짐에 넣어 둔 걸까, 그런 생각도 했다.

노을 속에 어른거리는 비단신이 갑자기 달해의 가슴을 콱 막히게 했다. 달해의 두 눈에 눈물이 고였다.

"달해야, 집에 안 가? 날도 어두워지고 추워지잖아. 그러다 병이 덧나면 어쩌려고 그래? 나 배고프단 말야."

달해는 눈길을 돌려 덕쇠를 보았다. 덕쇠는 달해의 눈을 보더니 입을 비죽거렸다.

"야, 또 우냐? 사내녀석이 왜 자꾸 울어, 바보같이…… . 어서 집에나 가자니까."

불현듯 장수님의 봇짐이 집에 있으니 언젠가는 꼭 장수님이 집으로 올 거라는 생각이 머리를 스쳤다. 저잣거리건 백마강이건 장수님을 찾아 헤매다 보면, 봇짐을 잘 보관하면서 끝까지 기다리다 보면 언젠가는 반드시 장수님을 만날 것 같았다.

"알았어, 형. 어서 가."

덕쇠가 앞장 서서 저잣거리를 빠져 나갔다. 옷소매로 눈물을 닦고 덕쇠를 뒤따라가면서 달해는 다시 한 번 서녘 하늘을 쳐다보았다. 노을은 이제 비단신 같은 자주빛이었다.

노을이 스러지고 있었다. 하늘에는 청회색 저녁빛이 퍼져 가고, 유유히 흐르는 강물은 어느새 검푸른 밤의 빛깔을 머금고 있었다.

산성을 순시하다 저도 모르게 이 곳까지 와 버린 경천은 벼랑 끝에 우뚝 서서 강물을 내려다보았다. 부드럽게 일렁이는 저 강물이 모든 것을 알고 있을지도 모른다는 생각이 머리를 스쳤다.

그 날 이 벼랑에서 무슨 일이 있었는지, 바도루가 어디로 사라졌는지, 강물이 말을 할 수만 있다면 강물에게 물어 보고 싶었다. 그 날 해질 무렵 바도루가 이 벼랑까지 온 것은 확실한 것 같은데, 그 다음은 영 오리무중이었다.

아무래도 아선이 의심스러워 경천은 그 다음 날 아침 일찍 거복을 사비수 강변으로 보냈다. 거복은 강 위에서 아래쪽까지 샅샅이 훑고, 강변 마을에도 다 들러 보았다. 그러나 전날 해질 무렵 절벽에서 사람이 떨어지는 것을 보았다는 사람은 없었다. 뱃사공이 물에 빠진 젊은 사람을 구한 일도 없고, 물에 빠진 시신이 떠내려온 일도 없다고 했다. 그 시각에 강에서 헤엄쳐 나온 젊은이를 보았다는 사람도 물론 없었다.

그 때부터 경천은 될 수 있으면 막사를 지키면서 바도루가 다시 오기를 기다렸지만 한 달이 지난 지금까지도 아무런 소식이 없었다.

며칠 전에는 짬을 내어 거복과 함께 사비 저잣거리로 나가 보았다. 혹시 바도루의 흔적이라도 찾을까 기대했으나 아무 성과도 없었다. 다만 저잣거리를 떠도는 소문, 멸망한 백제를 구하고 세상을 구하려고 장수가 왔다는 소문을 들었을 뿐이었다.

그 소문에서 경천은 백제 사람들의 슬픈 꿈과 희망을 읽었다. 결코 현실이 될 수는 없지만 살아가는 데에 필요한 마지막

힘을 주는 그런 꿈과 희망을.

'이제 사람들은 이 강을 사비수가 아니라 하얀 말의 강, 백마강이라 부른다지…….'

우두커니 강물만 바라보면서 경천은 저잣거리에서 들은 소문을 떠올렸다. 백제를 구하고 세상을 구하려고 젊은 장수가 하얀 말을 타고 사비수에서 솟구쳐 올랐다고 했던가?

홀연 하얀 말 흰새를 타고 서라벌 들판을 달리던 바도루의 모습이 눈에 어렸다. 그러고 보니 백마를 타고 들판을 달리던 바도루 또한 젊은 장수처럼 늠름하고 아름다웠다. 셋이서 봄놀이를 했던 들판, 나무마다 눈부시고 화사한 꽃구름을 인 서라벌의 봄 들판도 어른거렸다.

경천은 아름다운 추억을 붙잡아 두려는 듯 지그시 눈을 감았다. 한참 뒤에 도로 눈을 뜨고는 품 속에서 목걸이를 꺼냈다. 바도루가 돌아오면 돌려 주려고 품 속에 넣고 다니는 부적 목걸이였다. 하지만 과연 이 목걸이를 주인에게 돌려 줄 수 있을지.

무겁고 나지막한 한숨 소리가 강 저편으로 퍼져 나갔다. 이 목걸이만 남겨 놓고 바도루가 사라진 그 날 밤, 어린아이처럼 눈물을 쏟으며 울었던 것은 그를 다시는 만나지 못할 거라는 예감 때문이 아니었을까.

경천은 목걸이를 꽉 움켜쥐며 고개를 저었다. 아니다. 바도루는 꼭 돌아와야 한다. 내가, 내 누이 오례혜가, 그리고 또 얼마나 많은 사람들이 기다리고 있는데, 바도루가 돌아오지 않을 리 없다.

경천은 고개를 들어 하늘을 보았다. 이제 노을은 완전히 스러지고, 어느새 하늘에는 저녁별이 하나 둘 돋아나고 있었다. 경천은 잠시 그 별들을 바라보다가 목걸이를 도로 품 속에 넣었다.

막사로 돌아가 서찰을 써야 한다는 생각이 들었다. 내일 삼년산성으로 떠나는 병사들 편에 맡겨 서라벌로 보낼 서찰이었다. 어머니에게 한 통, 오례혜에게 한 통, 두 통을 써야 하리라. 백제 사람들이 백마 탄 장수의 꿈을 이야기하면서 희망의 끈을 놓지 않듯, 경천 또한 자신이나 오례혜에게 희망을 이야기하고 싶었다.

바도루가 아선이 따위를 이기지 못할 리가 없으니, 그가 언젠가는 반드시 건강한 모습으로 돌아올 거라는 희망⋯⋯.

경천은 몸을 돌려 벼랑 아래쪽으로 천천히 발걸음을 옮겼다.

천 년을 기다리리

　누렇게 물든 나뭇잎이 시나브로 떨어졌다. 바람이 살짝 스
치기만 하여도 나뭇잎은 하늘하늘 몸을 떨면서 오례혜의 발치
께로 살풋 내려앉았다.

　오례혜는 커다란 느티나무 아래 서서 들판 저편을 바라보고
있었다. 바도루가 행방불명이 된 것을 안 다음 날부터 오례혜
는 거의 날마다 하루에 한 번씩 이 나무 아래로 와서 그를 기다
렸다. 들판 저편에서 금방이라도 환하게 웃으며 달려올 것 같
은데, 그는 아직도 돌아오지 않았다. 돌아온다고 약속했던 봄
날도 가고, 여름, 이제 가을까지 다 저물어 가는데……

　며칠 전 오례혜는 오라버니 경천이 인편으로 보낸 서찰을 받

왔다. 아직 바도루를 찾지는 못했지만 곧 찾게 될 것 같다고, 그가 무사히 잘 있는 것 같다고 자못 희망적으로 쓴 서찰이었다.

하지만 오례혜는 애써 희망이 보이는 듯한 그 글귀 뒤에 숨어 있는 절망을 놓치지 않고 읽었다. 서찰에는 결코 쓸 수 없었던 어떤 소식을 오라버니가 들은 것이 분명했다.

오례혜는 퀭한 눈을 들어 하늘을 보았다. 얼음 조각같이 차갑고 새파란 하늘에 언뜻 그의 모습이 떠올랐다 사라졌다.

싸늘한 바람결에 실려 어디선가 아이들의 노랫소리가 들려왔다.

복사꽃 붉게 지고 뻐꾸기 울던 날
우리 오라버니 사비로 떠나셨네

요즘 나라 안 아이들이 자주 부르는 '사비로 간 오라버니'란 노래였다. 전쟁터로 떠난 오라버니를 그리워하는 노래였다. 집집마다 오라비와 지아비와 아들이 전쟁터로 나갔으니, 마을마다 아이들이 이 노래를 불러 대는 것은 어쩜 당연한 일이었다.

이기고 돌아오마 다짐하시며
발걸음도 당당히 사비로 떠나셨네

오례혜의 두 눈에 눈물이 핑 돌았다. 서라벌의 젊은이들은 뻐꾹새 우는 초여름, 백제를 치러 사비로 떠났다. 남아 있는 식구들에게 싸움에 이겨 돌아오겠다고 약속하고서. 오라버니 경천도 그 때 서라벌을 떠났다.

하지만 그는 이른 봄에 먼저 사비로 갔다. 그도 떠나면서 꼭 돌아오겠다고 약속했다. 비단 신발도 사다 주겠다 했는데……. 노래가 이어졌다.

싸움터에서 승전 소식 날아오고
국화는 서리 속에 하얗게 피었건만
오라버니한테서는 소식이 없네
귀뚜리 울음소리에 가을은 깊어가는데

참고 참았던 눈물이 볼을 타고 흘러내렸다. 오례혜는 눈물을 닦을 생각도 않고 눈을 깜박이며 들판 저편만 바라보았다. 어릉거리는 눈물 속으로 언뜻 무언가 보인 듯했다. 들판 저편에 사람의 모습이 나타난 듯했다.

오례혜는 얼른 눈물을 씻고는 눈을 크게 떴다. 누렇게 시든 들판에는 마른 가랑잎만 몸을 뒤척이고 있을 뿐 아무도 없었다.

노랫소리가 사라진 들판에는 이제 고즈넉한 바람소리뿐이

었다.

그 바람소리가 또다시 눈물을 돋우었다. 다리가 휘청거렸다. 오례혜는 한 손으로 느티나무 둥치를 꽉 짚으면서 몸을 가누었다. 그가 두고 간 단검이 생각났다. 그가 말했다. 단검은 자신의 마음이라고. 마음이 있는 곳에 몸은 돌아오게 되어 있다고…….

'그래요, 낭. 언제까지나 기다릴 거예요. 천 년이라도 기다릴 거예요. 이번 세상에서 돌아오지 못한다면 다음 세상에서도 낭을 기다리고 또 기다릴 거예요.'

오례혜는 입술을 깨물며 눈물이 멎기를 기다렸다. 한참 뒤에 오례혜는 집에서 걱정하고 있을 어머니를 떠올리며 그 자리를 떠났다.

빈 들판에 다시 바람이 불고, 나뭇잎이 데구르르 들판 저편으로 굴러갔다.(*)

끝나지 않은 이야기

작가가 한 작품을 완성하여 책을 펴내면 대개의 경우, 이야기는 그것으로 끝이 난다. 그런데 가끔 책이 나와도 이야기가 끝나지 않는 경우가 있다. 내겐 『화랑 바도루』가 그런 책이다.

젊은 시절 '바도루'와 '오례혜'라는 이름을 마음에 품은 지 이십여 년 만에 나는 『화랑 바도루의 모험』을 썼다. 하지만 책이 나오자 다른 결말이 나를 사로잡았다. 주인공을 너무 사랑한 나머지 애초에 생각했던 것과는 달리 주인공이 행복해지는 것으로 작품을 끝맺었는데, 그러다 보니 중심 주제의 하나인 '하얀 말을 타고 오는 장수'에 대한 이미지가 제대로 살아나는 것 같지가 않아 아쉬웠던 것이다.

그래서 이번에 『화랑 바도루』를 개작하면서 그가 낙화암 절벽 끝에 쓰러져 정신을 잃는 대신, 절벽 아래 강물로 뛰어내리게 했다. 당연히 작품의 결말은 첫 번째와는 판이하게 달라졌다. 그 결말이 가슴 아프기는 했지만 그것으로 내가 말하고 싶었던 장수의 이미지는 좀더 뚜렷하게 살아난 것 같았다.

그런데 책이 나오자 나는 그것으로 이야기가 끝난 것이 아니라 또 다른 이야기가 시작되었음을 깨달았다. 강물에 떨어져 행방불명이 된 바도루가 다시 오례혜와 경천과 달해에게 돌아오기까지의 긴 여정에 대한 이야기…….

사랑은 무력하여 삶의 폭력 앞에서 어이없이 부서지곤 한다. 그러나 그 무력함 때문에 역설적으로 사랑은 부활한다. 바도루의 사랑을 믿기에, 쓰여지지 않은 이야기 속에서 그가 마침내 사랑하는 사람들 곁으로 돌아오리라고 믿는다. 그것이 오랜 세월 동안 '장수 설화'가 우리 곁에 살아 남은 이유일 것이다.

2005년 여름
강 숙 인

푸른도서관은 10대에서 20대까지 눈부신 성장을 거듭하는 푸른 세대를 위한
본격 문학 시리즈입니다.

*〈푸른도서관〉 시리즈는 계속 나옵니다!